TEA

BOOKS

Naslov originala
Laura Pearson
The Last List of Mabel Beaumont

Za izdavača
Tea Jovanović
Nenad Mladenović

Glavni i odgovorni urednik
Tea Jovanović

Lektura / Korektura
Agencija Tekstogradnja / Agencija TEA BOOKS

Prelom
Agencija TEA BOOKS

Dizajn korica / Crteži za korice
Lizzie Gardiner / Shutterstock

Izdavač
TEA BOOKS d.o.o.
Por. Spasića i Mašere 94
11134 Beograd
Tel. 069 4001965
info@teabooks.rs
www.teabooks.rs

ISBN 978-86-6142-191-4

Lora Pirson

POSLEDNJI SPISAK MEJBEL BOMONT

Sa engleskog preveo
Aleksandar Milajić

Mami i tati. Hvala na svemu.

1.

Stojim kraj čajnika, kuvam čaj za Artura i sebe, i tako već šezdeset dve godine. Dve različite kuće, sâm bog zna koliko različitih čajnika, ali uvek ja, uvek on, uvek jutarnja šolja čaja. On je za kuhinjskim stolom, sa olovkom u ruci, rešava ukrštenicu. Otvorio je prozor pa čujem ptice kako cvrkuću u vrtu. Kos, ako se ne varam, i crvendać. Čitav razgovor koji meni ama baš ništa ne znači. Kad budem sela, Artur će presaviti novine, spustiti olovku i reći: – Dobro – a onda ćemo razgovarati o tome kako ćemo provesti dan. Šetnja, posao ili ništa naročito. Pre penzije smo samo vikendom morali da donosimo takve odluke, ali sada se svaki dan otegne kao godina, sat po sat.

Ubacujem kesice s čajem, mleko mi je već u šolji, dok ga njemu sipam na samom kraju. I pola kocke šećera. Nekada su bile dve, pa jedna. On će reći: – Zašto se lišavati u ovim godinama? – Ali ja se ne obazirem. Oli mi njuška oko nogu, za slučaj da je pala neka mrva. Saginjem se da ga pomilujem po glavi, ali on se izmigolji i vrati se kod Artura, kao i uvek. Smrdi na reku, moraću uskoro da ga okupam. Hleb je u tosteru, a maslac i pekmez čekaju sa strane. Rekla bih nešto, nešto što već decenijama želim da kažem, o životu koji smo izgradili, ali me reči izdaju. Uvek me izdaju.

Dok nosim šolje do stola, primećujem kako se para diže iz njih, a zatim se povije u pravcu mog hoda.

– Dobro – kaže Artur i presavije novine. – Imaš li nešto planirano za danas?

Odmahnem glavom. Tost iskoči uz tihi škljocaj.

– Ja imam onu sahranu – kaže on. – Tomi Vejts.

Uvek ima neka sahrana kad zađeš u ove godine. Artur je šišao Tomija dok je još držao berbernicu, i ponekad su odlazili u klub konzervativaca na piće. Išao je na sahrane nekih koje je poznavao i

7

manje od toga. Nikad nisam sigurna ide li iz poštovanja prema nekome ili prosto zato što je to svojevrstan izlazak. Meze, blago bajat čips i dva-tri viskija za dušu.

– Idi ti – kažem. – Ja sam ga jedva poznavala.

– Mojri bi sigurno bilo drago što te vidi.

– Znaš, uopšte nisam mogla da se setim kako mu se zove žena. Stoga sam prilično sigurna da joj je savršeno svejedno hoću li doći ili ne.

Ramena mu se jedva primetno dižu, i po tome znam da se iznervirao. Stručnjak sam za njegov govor tela, a sigurna sam da je i on za moj. Ne možeš živeti s nekim duže od šest decenija a da ne naučiš ponešto.

– Pa šta ćeš onda raditi dok ja budem tamo?

Mogla bih da čitam, ili da pletem, ili da razgledam stare fotografije. Ili da samo sedim i razmišljam, da prebiram uspomene i pročešljavam svoj život. Naše živote. Ali Artur ne voli takve stvari, smatra da je to samosažaljevanje. Uvek gledaj napred, to je njegova životna deviza. Jedna od mnogih. A ja sam ipak naklonjenija prošlosti, pogotovo sad kad je tako mnogo iza nas, a tako malo ispred. Šta je loše u tome da poslednje godine provedeš u spokojnom razmišljanju? Kasno je da se sad menja svet, zar ne? U tome je muka s nama; ja usporavam, a on i dalje pokušava da dâ gas do daske.

– Hoću da popravim onu fioku što se zaglavljuje – kažem.

– A da, izluđuje me.

Ne kažem mu da se ne bi zaglavljivala kad ne bi gurao svašta u nju iako je očigledno puna. Jelovnici restorana iz kojih nikada ne naručujemo hranu, dugmad, rolne selotejpa i šta sve ne. Baciću bar osamdeset posto toga, a on će biti zadovoljan i neće ni primetiti da su sve stvari koje je gomilao nestale, što će samo predstavljati dokaz da mu nisu ni trebale.

Silazi u odelu za sahrane i pruža ruke preda se da mu zakopčam dugmad na manžetnama.

– To su stara Bilova dugmad – kaže, kao i uvek.

Klimam glavom, ne mora to da govori posle šezdesetak godina, doživljavam ih više kao njegovu nego kao Bilovu, uprkos inicijalima. VM. Vilijam Mensfild.

Nosi to odelo već više od trideset godina i pantalone su mu tesne. Miriše na sapun i vodu. Na čisto. Na sebe.

– Nisi se predomislila? – pita me.

Pogledam ga pravo u oči i zapitam se kad sam poslednji put to uradila. Toliko vremena provedeš razgovarajući s nekim iz druge sobe, ili ležeći na kauču dok je on u predsoblju. Da li ikad stanete na nekoliko centimetara jedno od drugog kao sad, i stvarno se usredsredite jedno na drugo? Još nije ćelav, mada je kosa počela da mu se proređuje, a svetlosmeđe vlasi prošarane su sedima. Oči su mu plave kao onog dana kad smo se venčali, kad sam ih posmatrala pred oltarom i dalje se nadajući da ću se setiti nekog razloga da odustanem. Ugojio se, naravno. Nije više onaj stameni, mišićavi muškarac kog sam upoznala. Sad ima podvoljak i stomak. Lepo stari. Zbog očaravajućeg osmeha, oduvek ga ima, i kad ti se nasmeši ništa drugo ne primećuješ.

– Ne ide mi se – kažem.

On klimne glavom. Znam da razmišlja kako mi se više ništa ne radi. I da sam manje-više digla ruke od života. I to je tačno. Čudno je to. Kad biraš s kim ćeš provesti život, ne razmišljaš o tome kako ćete se oboje osećati kad zađete u osamdesete. Hoće li jedno biti spremno da samo sedi i čeka kraj dok se drugo trudi da uhvati sve što još može. Ali po tome smo se razlikovali i dok smo bili mlađi. On je večito mislio da može nešto da promeni, a ja sam znala da sam samo jedna osoba na svetu i da ono što radim ne znači bogzna šta.

– Pa, onda ćemo se videti kasnije.

– Spremiću paprikaš s kobasicama – kažem, i oboje znamo da je to mirovna ponuda.

– Svaka ti čast.

Pratim ga do vrata i čekam da kaže nešto, svesna da neće otići dok sve ne izgladimo.

– Neću dugo – kaže i zagrli me obema rukama. Osećam kako me njegove čekinje grebu po obrazu i čekam da se odmakne.

I onda ode. Vadim iz zamrzivača kobasice – dva komada, uredno zavijene u prianjajuću foliju – i ostavljam ih sa strane da se odlede. Zatim se hvatam ukoštac s fiokom, i to nemilosrdno. Ako ne znam šta je, ili ako se mesecima nije koristilo, ide u kantu. Za to mi je dovoljno svega pola sata i taman kad sam krenula da uzmem knjigu, Oli prilazi vratima i žalosno me gleda. Znam da bi podigao šapu i stavio sebi povodac kad bi mogao.

– Idemo, momče – kažem mu, pa nas oboje spremim za šetnju.

Vedar i hladan oktobarski dan. Bar nema kiše, mada znam da će mi ruke biti ukočene i hladne kao led kad se vratim kući. Odlazimo do kraja ulice, a zatim ka centru grada. Čitav svoj život provela sam u tom mestašcetu u Sariju, toliko sam puta prošla istim tim putem da me čudi da nema otisaka mojih stopa u asfaltu. Oliju to ne smeta sve dok ima šta da onjuši, druge pse na koje će zarežati i mesto gde će se olakšati. Upravo to sad radi. Čekam da završi, a zatim se saginjem s kesom u ruci, i u jednom užasnom trenutku imam utisak da neću moći da se uspravim, ali onda nešto škljocne i ponovo je sve u redu. Pogledam Olija, koji jedva čeka da nastavimo. Koliko ćemo još moći da se staramo o njemu? Kad me je Artur pre tri godine nagovorio da ga uzmemo (nakon što je sastavio vrlo opsežan spisak razloga za i protiv), rekla sam da će nas Oli možda oboje nadživeti, na šta je on samo odmahnuo glavom kao da prosto ne shvata zašto to pominjem.

– Ponekad govoriš kao da smo već umrli – rekao je.

Dobro sam to upamtila.

Oli i ja idemo dalje. Pored one nove nacifrane pekare što miriše na šećer u prahu i đumbir, i frizeraja na mestu gde se nekad nalazila Arturova berbernica. Pored male samoposluge s kliznim vratima koja se otvaraju i kad samo prolazite ispred njih, kao da su deo plana da se ljudi namame unutra, pa pored *Karpentersa*, gde se verovatno održava bdenje. Na pločniku je mnogo opušaka. Privlačim vuneni kaput uza se i žurno nastavljam nadajući se da me Artur neće primetiti kroz prozor i izaći.

Broton se dosta promenio s godinama. Ali tu sam oduvek imala sve što mi je trebalo, uz povremene odlaske u Overberi po odeću ili nameštaj. London je na manje od sat vremena odavde, ali tamo odlazim otprilike jednom godišnje. Broton mi je uglavnom dovoljan. Kad prodavnice počnu da se proređuju, prelazim ulicu i skrećem na puteljak ka crkvi. Prolazim između nadgrobnih spomenika sve dok ne stignem do njih – moje porodice.

Tu je Bil, koji je otišao prvi, mada nije trebalo da tako bude. Jednog dana je bio pun života, a narednog ga nije više bilo, posredi je bilo jedno od onih skrivenih srčanih oboljenja o kojima slušaš ali ne očekuješ da će doći glave tvom bratu. Zatim majka, deset godina posle njega. Nikada nije prebolela njegovu smrt, i mada je zvanično umrla od raka, bilo mi je jasno da je digla ruke od svega i počela veoma sporo da umire onoga dana kad je čula da njenog sina više nema. A onda tata, manje od godinu dana kasnije. Moždani udar. Sve se završilo za manje od minuta. Da li se smatraš siročetom i ako to postaneš u tridesetim? Arturova majka se ponašala prema meni kao da sam njeno dete, ali uvek sam bila svesna da ću, ako ga izgubim, ostati sama na svetu.

Ne verujem da je Artur ikada mogao to istinski da razume. On je jedno od devetoro dece i oduvek je bio okružen braćom, sestrama i rodbinom. Celog života, kud god da odemo na letovanje, ispostavi se da on tamo ima nekog rođaka, i onda ode s njim na piće ili večeru, a svima se odmah vidi da su od Bomontovih. Po svetlosmeđoj kosi i pegama. Moji roditelji su oboje bili jedinci, tako da smo uvek bili samo nas četvoro. A sad sam ostala samo ja.

Spomenici su potpuno prekriveni crvenim i narandžastim lišćem. Ne vidim majčine datume, niti tatino puno ime. Ali cela ta jesenja slika toliko je lepa da nije ni važno. Ionako sve to znam, zar ne? A ionako nikad nisam videla svrhu raščišćavanja lišća. Ne može se protiv prirode.

Pre nego što im se obratim, osvrnem se preko ramena da proverim ima li koga u blizini.

– Ja sam, Mejbel. Samo sam prolazila sa Olijem. Juče sam u novinama čitala nešto o kolekcionarstvu pa sam se setila tebe, Bile, i onih tvojih markica. Artur se zakikotao kad sam mu pokazala članak. Ispričao mi je kako ih je ponekad iz šale vadio iz tvog albuma i sakrivao, pa si se silno nervirao i durio se danima. Da mi je znati šta bi sad sakupljao. Da si još živ i da se još držiš markica, sad bi ih imao na hiljade. Sve ih čuvam, eno ih na tavanu. Bog dragi zna zašto. Verovatno će ih baciti kad Artur i ja umremo, kao i sve ostalo.

Iznenadim se kad mi suze navru na oči. Uvek tiho popričam s njima kad dođem ovamo, i obično me ne obuzmu osećanja. Možda me hvata nazeb, ili sam neispavana. U poslednje vreme se satima vrtim kao pile na ražnju pre nego što zaspim.

Odlazim kući i čekam da se Artur vrati. Čudno je to, ne smeta mi što izlazi, niti da budem sama, ali drago mi je i kad dođe. Volim da slušam njegove priče. U kući je drugačije kad on nije tu, kao da se sav nameštaj i sve stvari primire i iščekuju, kao da zadržavaju dah. Gotovo je četiri kad začujem struganje ključa u bravi. Raskopčao je košulju i olabavio kravatu, vidi se da je malo popio.

– Jel' sve bilo u redu? – pitam ga.

– Jeste. Tomi je lepo poživeo. Mnogi su došli da ga isprate. Šta misliš, hoće li doći mnogo sveta i kad na nas dođe red?

Seda na kauč, a Oli odmah dotrčava da se igra.

– Zdravo, Dečko – kaže mu Artur.

Oli je oduvek njega više voleo. Gledam Artura kako se saginje da ga počeše iza ušiju, i kako se obojici lice opušta. Razmišljam o njegovom pitanju. Njemu će sigurno doći mnogo rodbine, sjatiće se iz svih krajeva zemlje. A tu su i njegove nekadašnje mušterije, drugari s kojima pije, bar oni koji su ostali. A što se mene tiče, nisam baš tako sigurna.

– Šta te je navelo na to? – pitam ga, mada je glupo, jer je odgovor očigledan.

– Tomi i Mojra su imali četvoro dece, i svi su došli s muževima i ženama, i sa svojom decom. To me je navelo da se zapitam, ništa drugo.

Nemam šta da mu kažem. Sad je kasno da se bilo šta menja.

– Čaj? – pita on, pa ustane i izađe iz sobe.

– Da, hvala.

Do kraja dana sam svesna da oboje razmišljamo o deci koju nismo imali.

2.

– Danas je sajam u Overberiju – kaže Artur, pa otrese kašičicu o rub šolje pre nego što spusti čaj na kuhinjski sto.

– Sajam čega?

– Hrane, ako se ne varam. Hoćeš li da skoknemo i vidimo?

Mogla bih da odbijem. Želim da odbijem. Ali on pokušava da me razonodi i nije pošteno da ga svaki put sasečem. Poslednjih deset godina našeg braka proteklo je u manje-više istom maniru. On iznosi predloge, ja ih glatko odbijam. Muka je u tome što nije oduvek bilo tako. Oboje pamtimo vreme kad smo bili saučesnici u svemu.

– Dobro zvuči – kažem.

On se trudi da prikrije iznenađenje. Predano kusa mekinje.

Prva poteškoća je nalaženje mesta za parking. Nijedno od nas nije vozilo godinama, a onda je Artur naučio kad je prevalio pedesetu jer je u tome video izazov. Položio je iz prve, posle šest meseci strpljivog pohađanja obuke, ali nikada nije stekao samopouzdanje. Uvek vozi lica neprekidno skamenjenog u masku zabrinutosti.

– A onamo? – predlažem dok po drugi put kružimo parkingom. Slabo se vidi na niskom zimskom suncu. – Čini mi se da tamo ima...

– Tamo je jedan mini – procedi on.

– Ako hoćeš, možemo i da se vratimo.

Na klizavom sam terenu. Želim da mu stavim do znanja da se ne mora izlagati tolikom stresu zbog mene, ali ne bih da pomisli kako tražim izgovor da prekinem izlet. On ćuti. Mladi par se vraća ka svom automobilu. Drže se za ruke. On čeka uz kuckanje signalne lampice. Po izlasku iz auta, nosim se mišlju da ga uhvatim za ruku. Kad smo poslednji put tako hodali ulicom, obznanjujući da smo zajedno? Prvih godina smo često to radili, ali ne sećam se kad smo prestali. Da li je neki put pokušao da me uhvati za ruku a ja se izmakla? Ili sam pustila njegovu šaku da popravim kaiš tašne na ramenu, pa je nikada više nisam uhvatila? Iako hodamo jedno do drugog, rame uz rame, sad mi se čini da je taj jaz ipak preveliki. Previše teatralan čin.

Na obema stranama glavne ulice nižu se tezge, a mirisi se bore za pažnju. Šećerna vuna, pikantno meso, svež hleb. Kroz žamor se povremeno probija vika prodavaca.

– Dođite po sveže pecivo!

– Svaka činija voća ili povrća košta funtu i po. Imamo ananas, imamo mango, imamo trešnje...

– Sveža riba, jutrošnji ulov!

Gurkam Artura. – Sećaš li se onog ribara što je prodavao škampe u Morkampskom zalivu?

To je poziv da mi se pridruži na izletu u prošlost, i nadam se da će ga prihvatiti. Nadam se da će se setiti lepših vremena.

On se ozari i glasno se nasmeje. – Vazda mrtav pijan. I onaj glas.

Nakratko zaćutimo, prepušteni zajedničkim uspomenama. Toliko ih imamo da bismo možda mogli da živimo od njih.

– Da uzmemo neku pitu za večeru? A ponestalo nam je i voća.

Odmah iz džepa sakoa vadi zgužvani papirić. Naravno da je napravio spisak.

Biramo jabuke i pomorandže, a onda mi on pokaže nešto za šta bih rekla da je mango i upitno digne obrve.

– Dobro, hajde – kažem.

Odakle mu više izvire ta neutoljiva želja da isprobava novotarije? To me je oduševljavalo u vreme kad smo se upoznali, kad je još bio samo Bilov drugar kojeg sve živo zanima.

Dok se kod tezge s pitama dvoumimo između one s mesom i lukom i one s piletinom i šunkom, začujem kako ga neko doziva po imenu.

– Arture Bomonte, jesi li to ti?

Osvrćemo se i vidimo ženu otprilike naših godina. Čini mi se da je nekada bila lepa, mada joj je lice toliko izborano da je teško reći. Smeši se, zubi su joj previše beli. Hvata Artura za mišicu i propinje se na prste da ga poljubi u obraz, a zatim ponovi isto i sa mnom. Miriše na ruže i sapun.

– Džoun Dženkins – kaže on. – Dakle stvarno.

Ona odmahuje glavom i smeje se. – Odavno nisam to čula. Ja sam Džoun Garnet još od 1959.

Ne znam ko je to, mada mi ime zvuči poznato.

– Dakle, vas dvoje ste se venčali? – Tu pokaže glavom na mene, pa na Artura.

– Nego šta – kaže on i ponosno mi se osmehne. – Šezdeset dve godine u braku.

Ona odmahuje glavom. – Pa, to pokazuje koliko nemam pojma. Mislila sam da niste jedno za drugo.

Artur se nasmeje i njih dvoje počinju da ćaskaju, ali ja se isključujem i u glavi mi se uporno vrti ona opaska o tome kako nismo jedno za drugo. A onda ona mahne rukom i ode, a Artur se ponovo posveti proučavanju pita.

– Ko je to? – pitam ga. – Mislim, treba li da je se sećam odnekud?

– Nekad smo se znali iz viđenja. Sa igranki. Mislim da ju je Dot poznavala.

Odavno ga nisam čula da pominje njeno ime. Na trenutak sam se našla zatečena. Ali to brzo prolazi. Pa ipak sam se na nekoliko trenutaka vratila tamo, sedela sam s Dot uza zid plesne dvorane, došaptavale smo se o tome šta su druge devojke obukle i ko će u čijem zagrljaju provesti veče. Uz zvuke orkestra i znoj koji mi izbija ispod pazuha. I kad god ugledam neki par kako se ljubi u zamračenom uglu, poželela bih da sam to ja. Želela sam da znam kakav je to osećaj, potpuno se prepustiti nekome, ili makar to pokušati.

– Mislim da je bila zaljubljena u mene – kaže Artur kad smo produžili dalje s pitom u papirnatoj kesi.

Stajem kao ukopana. – Dot?

On se zakikoće. – Ne! Džoun. Izgleda da se na kraju ipak udala za Džona Garneta. Jesi li čula kad je rekla da ga je izgubila prošle godine?

Odmahujem glavom. Ništa nisam čula nakon što je rekla da nismo jedno za drugo.

– Zamisli, svih ovih godina živela je u Overberiju, a nikad do danas nismo naleteli na nju.

Možda sam je negde srela. Možda sam stajala do nje na autobuskoj stanici, u redu u kasapnici ili banci, ali nisam je poznavala. Ali znam šta je hteo da kaže. Ponekad imaš utisak da je svet nezamislivo velik, a u nekim trenucima ti se čini da bi ti stao na dlan.

Dok po povratku kući pijemo čaj, a Oli leži sklupčan uz njega na kauču, vidim da će Artur svakog časa zadremati. To je od svežeg vazduha. Iz fotelje gledam njihov odraz u prozoru i primećujem kad mu se usta malo otvore. Preplavljuje me nežnost prema tom čoveku s kojim sam provela ceo život. Mogla sam da prođem i mnogo gore. Dobar je i pouzdan, a ta njegova ljubav prema životu verovatno nas je nekoliko puta oboje spasla da ne potonemo. Bilo je teških godina. Uvek ih ima u ovako dugom braku. To je neizbežno. Možeš se jedino nadati da imaš nekoga kome je dovoljno stalo da ih pregura zajedno s tobom.

Ali ne mogu da se ne zapitam. Šta bi bilo da se venčao s Džoun Dženkins? Sâm je rekao da je bila zaljubljena u njega, i to se moglo naslutiti po načinu na koji ga je jutros gledala, posle toliko godina. Džoun, koja je mislila da nismo jedno za drugo, i bila i te kako u pravu. Džoun, koja bi ga možda volela kako ja nikad nisam mogla. Možda bi mu rodila decu za kojom je čeznuo. Možda bi mu bila uteha i sadrug za pustolovine u poznim godinama, a ne neko ko ga uvek sputava. Možda bi naprosto bila bolji izbor.

Kad me je zaprosio na uglu na povratku s prve igranke na koju sam otišla posle Bilove smrti, na bledoj svetlosti, očiju razrogačenih od straha, nisam razmišljala o tome šta će biti s njim ako ga odbijem. A možda je trebalo. Možda bi ono što sam videla kao slamanje njegovog srca zapravo bilo oslobađanje, možda bih ga time poslala putem koji bi ga odveo pravoj devojci za njega, bila to Džoun Dženkins ili neka koju još nije ni bio upoznao. Kad sam rekla *da*, dok sam u sebi vrištala *ne*, mislila sam da činim ono što je najbolje za njega. Ali sad nisam više sigurna.

On se budi posle pola sata i vrti glavom na onaj svoj smešan način, kao da pokušava da istrese ostatke sna.

– Valjalo bi da ovog ovde izvedem u šetnju, zar ne? Hajdemo, Dečko.

Ne pita me hoću li da im se pridružim. Zna da mi je jedan izlazak dnevno više nego dovoljan. Uzimam knjigu i na jedan sat ulazim u život nekog drugog, nekog mladog, bogatog i punog poleta. Oduvek mi se to sviđalo kod čitanja. To što možeš da iskusiš neko drugo vreme ili mesto, ali prevashodno to što ti se pruža prilika da postaneš neko drugi. Neko hrabriji, ko zna šta želi i uzima to bez pardona, ili neko ko se ni zbog čega ne kaje. Koliko bi mi život bio drugačiji kad bih bila drugačiji tip osobe?

Utom se on vraća, drži se za grudi, bled kao krpa.

– Arture? – kažem i odmah ustajem. – Šta ti je? Da zovem lekara?

– Ne, ne – kaže on. – Samo da dođem do daha.

Vodim ga do kauča i pomažem mu da sedne. U panici sam, ne znam šta da radim. To je jedan od razloga zašto bih bila grozna majka. Ne znam šta da radim kad se desi nešto neočekivano.

– Jesi li dobro? – pitam ga posle minut-dva.

Oli sedi kraj Arturovih nogu, pomno posmatra, povodac mu još visi s vrata.

– Samo me je obuzela neka malaksalost, ništa strašno. Možda zbog varenja. Sad sam dobro, Mejbel. Dobro sam.

Obigravam oko njega. Dajem mu novine da čita dok ne spremim večeru, prebacujem mu najmekše ćebe preko nogu. Kad ste mladi pa se jedno razboli, znate da verovatno nije ništa ozbiljno. Ali u ovim godinama, svaki simptom te prestravi. Razgovarali smo, više puta, kako bismo voleli da umremo. Verovatno isto kao i većina ljudi. Brzo, ako je to ikako moguće. Nenarušenog dostojanstva i razboritosti. Ali ti se tu ništa ne pitaš, zar ne?

Uvek sam mislila da ću ja prva umreti. Ni sama ne znam zašto. On bi posle nekog vremena nastavio da lepo živi i bez mene. Znam da bi ga to teško pogodilo, ali bi prošlo. Dobro se snalazi u kuhinji i ima dosta prijatelja koji bi mu se našli. A šta bih ja bez njega? Ne verujem da bih se snašla. Čini mi se da se ne bih setila da ručam, da ne bih ni ustajala iz kreveta da nema njega.

– Hoćeš li pite? – pitam ga. – Ili nisi gladan?

Podgrejala sam je i obarila šargarepu i grašak, tako da se iz kuhinje širi težak miris mesa.

On dolazi do vrata. – Samo jedno malo parče, molim te.

To ne liči na njega. Od onih je koji napune tanjir kad je posredi nešto što vole, a ništa mu nije milije od pite. Ne pričamo mnogo dok jedemo. Toliko smo puta obedovali zajedno, isto kao sad, ponekad uz utišan radio, ponekad ćutke. Ali večeras tišina pritiska i jedva čekam da odemo u krevet, da okončamo ovaj dan i sutra započnemo novi.

Malo pre sedam zatičem ga u vrtu kako sedi na klupi. Sedam do njega i zagledam se kud i on.

– Lepo je veče – kaže.

Vidi se tek nagoveštaj rumeni, zbog čega oblaci izgledaju kao šećerna vuna. U tišini gledamo kako sunce polako zalazi.

Dok ležimo u krevetu, on prvi put posle mnogo vremena pruža ruku preko prostora između nas. Spušta je na moju butinu.

– Današnji susret s Džoun naveo me je na razmišljanje – kaže.

Evo ga. Kako bi mu s drugom ženom život bio drugačiji. Hoće li to i izgovoriti?

– Jel'?

– Bili su to lepi dani, kad je Bil još bio živ a Dot tu, kad smo učetvoro odlazili na igranke. Baš mi je drago zbog toga.

Oči su mi pune suza. Moj brat Bil i moja najbolja drugarica Dot. Kad smo se neprestano šalili i smejali, kad smo imali čitav život pred sobom, pa nismo marili hoćemo li pogrešiti ili krenuti stranputicom pošto smo imali večnost da sve ispravimo. A onda smo shvatili da nema večnosti, ili bar ne za Bila, i putevi su nam se razišli. Dot je nestala, Arturu se žurilo da se skrasi, a ja sam pristala.

– Lepi dani – kažem u mraku, ali mislim da je Artur već zaspao.

3.

Budim se i istog časa znam da je umro. Leži na leđima, izgleda spokojno kao inače, ali se nešto u vazduhu promenilo. Znam da će, ako pružim ruku i dotaknem ga, biti hladan. Stoga ne činim to, ne odmah. Pridižem se i naslanjam se na jastuke, pa razgovaram s njim kao svakog jutra. Kažem mu da sam dobro spavala i da se nadam da je i on. Zatim silazim u kuhinju da skuvam čaj.

– Arture – kažem mu s knedlom u grlu. – Stvarno je trebalo da pozovem lekara kad si juče osetio probadanje u grudima. Videla sam da ti nije dobro. Ali nisi se žalio. Nikada se nisi žalio. Nisi bio takav.

Naravno, odgovara mi samo tišina.

– Jesi li znao? I ako jesi, kada si saznao? Tek juče ili je to trajalo već neko vreme? Jesi li predosetio kraj? Volela bih da si mi rekao.

Razmišljam, premećem to po glavi, stavljam pod unutrašnji mikroskop. Da li bih zaista to volela? Šta bih uradila drugačije da mi je rekao kako mu se čini da će umreti? Da li bih ga poljubila, ili zagrlila, ili mu zahvalila za sve godine koje mi je dao? Da li bih bila manje džangrizava, imala više strpljenja? Nikada neću saznati.

Kad ga budem dodirnula, kad budem znala zasigurno, moraću da pozovem nekoga i čitav svet će se srušiti. Zato odlažem to još pola sata. Artur i ja, pijem čaj kraj njega u krevetu. Naš poslednji. Godinama smo bili upućeni jedno na drugo. Ne priča se mnogo o brakovima bez dece, o njihovoj silovitosti. U kući nema nikog drugog ko bi se stavio između vas, naterao vas da se pomirite posle svađe. Neko vreme mi se činilo da svi koje poznajem imaju decu, a onda sam ih izgubila zbog takvog načina života. Roditeljstvo nije za slabiće. Godine i godine brige i pažnje. A Artur i ja smo imali samo jedno drugo, i dalje smo tu bili samo nas dvoje. Večito samo nas dvoje.

A kad je Bil umro, bila je to sušta suprotnost ovome. Mama ga je pronašla mrtvog u krevetu jednog nedeljnog jutra kad je imao dvadeset pet godina. Izbezumljeno je zavrištala. Onda sam se ja popela da vidim šta je bilo, mislila sam da je mačka donela miša ili tako nešto. Stajala je tamo, u njegovoj sobi, i kad sam ga pogledala i videla da nema više ničega na njegovom licu, vrisnula sam i ja. Bilo je grozno, potresno. Valjda je uvek tako kad umre neko mlad. Ali Artur je poživeo, dugo i pretežno srećno. Uvek je tvrdio da se smatra srećnim što živi u bezbednoj zemlji i ima krov nad glavom. Nije mi zamerao zbog onoga što mu nisam pružila. Zbog dece koju nikada nije imao. A ako i jeste, onda je to zadržao za sebe.

– Osamdeset devet. Lepe godine. I uvek si ostao isti, sve do kraja, zar ne? Bez zaboravljanja, bez bola. Valjda se tome možemo samo nadati.

Na trenutak se zapitam da li me posmatra. Da li me gleda odozgo i smeje mi se što razgovaram s praznom ljušturom koju sad predstavlja njegovo telo. Da li je s Bilom, sa svojim roditeljima, ili s mojima. I to me navede da se pokrenem. Dovršavam čaj i prisiljavam se da svojom toplom rukom dotaknem njegovu hladnu. Iako znam šta da očekujem, iznenađena sam. Ne osećam se kao da je to on.

Prvi put me je uhvatio za ruku kad smo plesali. Bil i Dot su otišli na podijum, a Artur me je pogledao pomalo stidljivo i nagnuo se napred da me pita, a ja sam klimnula glavom i zakoračila ka njemu. Bili smo trapavi zajedno, bez imalo prefinjenosti. Ali pamtim toplinu njegove ruke, i njenu veličinu, i kako se moja šaka takoreći izgubila u njoj, da je mirisao čisto i umirujuće, i da sam se osećala bezbedno i zaštićeno. A sada, u krevetu koji smo godinama delili, to više nije on. Njega više nema. Telo koje ga je nosilo gotovo devet decenija, sada je beskorisno i prazno.

– O, Arture – kažem slomljeno.

Zatim silazim dole i zovem lekara, pošto ne znam šta drugo da radim, koga da zovem. Sekretarica kaže da će pripremiti obrasce i poslati nekoga da potvrdi smrt, pa mi napomene da nakon toga treba da pozovem pogrebno preduzeće i zamolim ih da preuzmu telo, a ja joj se zahvalim. Tek kad sam spustila slušalicu shvatam da ridam, da glasno grcam i ne mogu da se zaustavim, jecaji uporno nadiru, kao talasi. Jer je sad to postalo stvarno, doći će da ga odnesu, a šta ću ja da radim posle toga? Ko ću ja biti bez njega?

Doktorova poseta je kratka i turobna. Ne poznajem ga. Stalno se menjaju. Na odlasku mi izjavljuje saučešće, a ja samo klimam glavom jer nisam sigurna hoće li me glas poslužiti. Zatim uzimam ajped da potražim pogrebna preduzeća u Brotonu. Ima ih dva, i zovem prvo. Razgovaram s nekim ljubaznim čovekom, kaže mi da bi mogli doći po njega za sat vremena. Da li je to dovoljno? Ne znam šta da odgovorim, pošto u isto vreme želim i da ga odnesu i da bude tu. Nepodnošljiva mi je pomisao da to telo koje više nije on ostane gore i minut duže nego što je neophodno, ali nisam spremna da budem neko ko živi sam. Udovica. Uzdišem i kažem mu da je sat vremena u redu, a zatim se vraćam gore da mu to saopštim.

– Neko će doći po tebe, Arture – kažem mu, pa sednem na ivicu kreveta i ponovo ga uhvatim za ruku. Nisam ga dovoljno dodirivala. Govorio mi je to ponekad, još na početku. Da nisam naročito osećajna. Ali svi smo različiti, zar ne? A nije ti uvek lako da se promeniš. Odavno nije to pomenuo.

Primećujem da je vazduh pomalo ustajao i odlazim da širom otvorim prozor. Vetar hvata zavesu i povlači jedan kraj napolje. Ne uvlačim je nazad.

Na nahtkasni je šolja sad već ohlađenog čaja koji sam mu skuvala. Prosto nisam mogla da skuvam samo jedan. Razmišljam o tome koliko smo čaja ispili zajedno, i kako je uvek govorio da ga savršeno spremam, baš kako on voli, iako nikada nisam radila ništa posebno. Bio je zahvalan, uviđavan. Ne samo oko toga, nego u vezi sa svime što sam činila za njega. Valjda zato što sam pristala da se udam za njega.

Sećanja se prikradaju. Gledam ih kao film koji se prikazuje iza mojih kapaka. Mi s trideset i nešto, on još pun nade i života. Bili smo u kuhinji u našoj prvoj kući, zajedno smo kuvali. On je oštrim nožem sekao praziluk i crni luk, a ja ljuštila krompire. Na radiju su se nizale ljubavne pesme. Povetarac se uvlačio kroz otvoren prozor. On je spustio nož i oprao ruke kako bi mogao da otre oči.

– Luk? – pitala sam ga.

Klimnuo je glavom. Prišao je i stao iza mene, pa me otpozadi obgrlio oko struka. Osetila sam njegov vreli dah na potiljku, a potom je počeo da me ljubi i pokušao da me okrene ka sebi. Otkud ta iznenadna požuda? Pustila sam ga da me okrene, da mi ljubi usne i vrat. Posegao je za donjim delom moje haljine i počeo da je raskopčava.

– Nemoj ovde – rekla sam dok sam nezgrapno pokušavala da se ponovo zakopčam.

Bio je brži od mene, i spretniji. – Ovde – rekao je, a glas mu je bio toliko nestrpljiv da mi je malo falilo da se nasmejem.

Ruke su mu bile svuda, šarale su po meni, a ja sam mogla da mislim jedino na krompire koji su napola oljušteni stajali iza mene. Artur me je pritisnuo svojim nabreknućem i muklo mi zastenjao na uvo. Želela sam da prestane, ali nisam htela to da mu kažem, ne odmah. Uto je počela pesma „I Want to Hold Your Hand“, i tad sam prvi put čula Bitlse i osetila da nastupa nekakva promena. Ili mi se to sad tako čini kad se svega prisećam? Naglo se vraćam u stvarnost, ali ne sasvim. Artur me je podigao i odneo me u dnevnu sobu, pa me spustio na kauč i navukao zavese.

Uspela sam da progovorim tek kad sam ostala potpuno gola. – Prestani – rekla sam.

Odmakao se i pogledao me staklastim očima. – Šta je bilo?

Osećala sam se glupo, bilo mi je hladno. Podigla sam haljinu s poda i pokrila se njom.

– Prosto... nisam raspoložena – rekla sam.

I dalje me je posmatrao kao da pokušava nešto da dokuči, a zatim je navukao pantalone i bez ijedne reči otišao na sprat. Kad je ponovo sišao, bila sam obučena, u kuhinji, a krompiri oljušteni i nasečeni. Nadala sam se da neće pominjati ono.

– Ne možeš svaki put da me odgurneš – rekao mi je.

– Da – složila sam se.

Bio je u pravu, to nije bilo u redu. Ali ipak.

– Volim te, Mejbel. Ti si moja žena. Želim da vodim ljubav s tobom.

– Znam. Ja...

Šta? Šta tu ima da se kaže?

– Izvini – rekla sam.

Pogledala sam ga i videla da mu mišić poigrava pored vilice. U jednom strašnom trenutku pomislila sam da će me udariti, ali onda sam se pribrala i setila se da je to Artur, da on to nikad ne bi uradio.

Razmišljam o onome što sam htela da mu kažem svakog dana koji smo proveli zajedno. Nadam se da ću moći to sad kad je mrtav, ali ne. I dalje je zaglavljeno. Rekla bih mu sad to kad bih mogla. Bolje išta nego ništa.

– Volim te – kažem.

Čudno je, ali istinito. Isprva nije bilo tako, ali sam ga s vremenom zavolela. Nije to bila strastvena ljubav, ne kao ono kad neko kaže da bi umro za voljenu osobu, ova se gradila postepeno. Ljubav sazdana od poštovanja, zajedničkog bola i blagonaklonosti. Bio je dobar čovek. Izuzetno dobar čovek.

Zatečena sam kad čujem zvono na vratima. Kažem mu kuda idem i da ću se vratiti, ali da će onda sa mnom biti još neki ljudi koji će ga odneti. Znam da on nije tu, ali ipak moram da mu objasnim šta se zbiva. Govorim mu kao da je dete. Kao što bih govorila detetu.

– Tu sam, Arture – kažem mu. – Nemoj to da zaboraviš.

Dvojica su, obojica u tridesetima, rekla bih. Predstavljaju se kao Stiv i Mark. Jedan je visok i mršav, drugi oniži i dežmekast, kao da su komedijaši. Učtivi su, obzirni. Izjavljuju mi saučešće. To im je posao i dobro ga obavljaju. Ali stvarno ne mogu da shvatim zašto bi iko to odabrao. Kako se tako nešto nađe na spisku nečijih poželjnih zanimanja. A možda se i ne nađe. Možda je to pre jedno od onih zanimanja koja te prosto zadese, na koja nabasaš.

Kuvam im čaj koliko da se zaokupim nečim, iako su mi rekli da se ne zamaram. U kredencu nalazim neke biskvite. Kad su obavili sve pripreme, pitaju me želim li da se oprostim, a zatim ostaju dole i piju čaj kako bi mi pružili malo privatnosti.

Penjem se uza stepenice uz neopisiv napor, ali na kraju se dovučem do vrha. Vraćam se u spavaću sobu. Hoću li ikada ponovo ući tu a da ne pomislim na njegovo telo na krevetu? Hoću li ikada više videti to kao našu – moju – spavaću sobu? Ne bih da preuređujem kuću, ali ne želim ni da me opseda sećanje na ovo.

– Vreme je – kažem. – Oni će se postarati za tebe. Dopali bi ti se. Uredno su obučeni i glatko izbrijani.

Sve mi deluje prebrzo posle sporog pabirčenja tolikih godina zajedničkog života. I što se sad ovako opraštamo, a još juče smo kupovali voće. Onaj mango u kuhinji, u činiji, nikada neće biti pojeden. Ostaviću ga da stoji dok ne satruli, a onda ću ga baciti. Hoće li to biti tek posle sahrane? Hoću li izdržati? Saginjem se i ljubim ga u čelo.

– Bili su to lepi dani – šapućem kao odjek rečenicu iz našeg poslednjeg razgovora. – I bilo ih je mnogo.

Vraćam se dole i kažem im da sam spremna, a zatim odlazim pozadi, u kuhinju, i tamo čekam da ga iznesu. Jedan je uzeo biskvit i ostalo je nekoliko mrva, pa uzimam krpu da ih očistim. Treba štošta obaviti, ostavljaju mi omanju fasciklu sa obrascima i prospektima, ali još ne mogu o tome da razmišljam. U glavi su mi samo dve stvari, dve nezavisne misli, bavim se jednom, pa drugom, pa se vratim na prvu.

Nije trebalo da se udam za njega.

Sad sam sama na svetu.

4.

Posle njihovog odlaska zavladala je tišina, a ja ne znam šta ću sama sa sobom. Nervozna sam, ne mogu da se svrtim. Je li to adrenalin? Otvaram njegove fioke, gledam gaće i čarape, sve uredno uparene. Vidim ga kako stoji baš tu gde sam ja i bira čarape, a onda se naslanja levom rukom na komodu dok navlači desnu, pa potom obrnuto. Kako je moguće da ga nikada više neću videti da to radi?

Još sam u spavaćici i papučama, u iskušenju sam da se ponovo zavučem pod pokrivač, ali se jedan deo mene plaši da legne u krevet u kom je on umro. Ne verujem u prokletstva, duhove ili bilo šta te vrste, ali ipak se stresem pri pomisli da sam ležala tu kad je umro, pa zato odlazim u gostinsku sobu, koju smo, kad je postalo izvesno da neće biti dečja, lepo uredili za goste koji nikada nisu došli. Ali ne. Ni to nije na mestu. Duboko udahnem, vratim se u spavaću sobu i stanem u dnu kreveta. Malo nakon venčanja zapodenuo se razgovor o onom delu zaveta „što je moje sad je tvoje". Artur je rekao da bi hteo da sve delimo, da ne postoji ništa što je samo njegovo ili samo moje. Odvratila sam da je to glupo i da će uvek biti stvari koje su samo nečije, a kad je tražio da navedem primer, setila sam se stranâ kreveta.

– Hajde da ih menjamo – rekao je.

– Molim?

– Svakih nekoliko nedelja, ili meseci, menjaćemo strane na kojima spavamo.

I tako je i bilo. Svakih šest meseci okretali smo dušek jer je moja majka oduvek tako radila, a Artur je sklanjao moju knjigu i pomadu s nahtkasne i na njihovo mesto stavljao svoje sitnice. Pitam se hoću li sad doveka spavati na istoj strani, budući da je on umro na drugoj.

Ležem i tonem u tako dubok san da mi buđenje posle nekoliko sati deluje kao da se ponovo rađam. Nisam ga sanjala. Spavala sam kao da sam u crnoj rupi, i drago mi je zbog toga.

Vidim to tek kad sam sišla u prizemlje. Papirić pored trpezarijskog stola. Saginjem se da ga podignem i vidim Arturov rukopis. Papir je iz blokčeta sa spiralom koje smo držali na vidnom mestu za njegove beskrajne spiskove, a u prvom redu je olovkom bio napisao „Nađi D". Je li to neka nova zabeleška? Arturov poslednji spisak. Dođe mi da se nasmejem. Zatim izvlačim stolicu i sedam. Nađi D. Šta to znači?

Nađi D. Možda je to poruka upućena meni, ili pak nešto što je zapisao za sebe. Da li je D osoba ili neki predmet? A ako je predmet, čemu onda veliko slovo?

Oli mi se vrzma oko nogu, umalo da me saplete, pa mu zato obuhvatam lice šakama. Ne voli to, pokušava da se istrgne.

– Artur je otišao – kažem mu, na šta on naginje glavu u stranu. – Zauvek. Žao mi je. Znam koliko si ga voleo.

Ne mogu znati šta je razumeo, ali uzmiče od mene i odlazi u ugao. Tamo se sklupča kao da želi da bude sâm. Danas će verovatno biti prvi dan bez šetnje otkako smo ga uzeli. Artur je izlazio bez obzira na vremenske prilike, čak i kad se nije osećao dobro.

– On računa na nas – rekao je jednom. – Nema nikog drugog.

A sad ima samo mene. Onu kojoj nikada nije bio naročito privržen.

Dok stojim kraj čajnika i čekam da začujem potmulu riku kad voda proključa, najednom pomislim na Dot. Da li bi ono moglo da znači Nađi Dot? I ako je to mislio, zašto nije napisao celo ime, nego me je ostavio da nagađam? Da ga nije nešto prekinulo dok je pisao? Premećem po glavi ostale ljude koje znamo ne bih li pronašla još nekog ko se zove na D, ali nema nikoga. Nađi D. Ponavljam to u sebi, iznova i iznova, kao da će se posle dovoljnog broja ponavljanja značenje promoliti kao sunce iza oblaka.

Pomenuo je Dot na pijaci, pa ponovo sinoć, prvi put posle toliko godina. Prisećao se dana koje smo provodili zajedno, učetvoro. Da li je na nju mislio? Da li je znao da umire, pa je hteo da mi predloži da pronađem staru prijateljicu kad njega više ne bude? Da li mi je time dao dozvolu? A šta će mi dozvola?

Ponekad se zbunim kad razmišljam o Dotinom odlasku. Čini mi se da je to bilo odmah posle Bilove smrti, a zapravo je proteklo gotovo godinu dana. Veći deo tog vremena provela sam u tugovanju, ali ona je bila tu, dolazila je da vidi kako smo majka i ja. Majka ju je gledala kao ćerku, toliko je bila ubeđena da bi se Dot i Bil venčali. Ponekad joj je donosila cveće. Lale ili karanfile. Majka je stajala kraj kuhinjskog kredenca, odsecala krajeve drški i stavljala cvetove u vazu, i govorila kako je Dot uviđavna i koliko joj je draga.

Zapravo je nestala uoči mog venčanja. Još je nisam bila pitala da mi bude kuma, ali to se valjda podrazumevalo. Da li joj je bilo teško da gleda moje pripreme za venčanje kad smo svi mislili da će se ona prva udati? Ili je posredi bilo nešto više? Da li je imala razlog da ne želi da se to venčanje dogodi?

Nalazile smo se na uglu Halfpeni strita, pa zajedno odlazile do biroa u kojem smo radile kao daktilografkinje, a onda se jedne srede ona nije pojavila. Dešavalo se da neka ne dođe kad uhvati nazeb ili stomačni grip, tako da se nisam zabrinula, nego sam produžila sama. Ali kad sam stigla na posao, na Dotinom mestu sam zatekla novu devojku i čula kako se šuška da se ona ne vraća. Pomislila sam da su to gluposti, obična naklapanja. Dot sigurno leži u krevetu, ušuškana, s tanjirom okrepljujuće pileće supe na poslužavniku, crvenog nosa i bolnog grla.

Po završetku smene bila sam umorna i gladna, ali ipak sam na putu kuću svratila do nje, koliko da se umirim. Da vidim hoće li doći sutra, da li da je čekam na uglu kao obično. Ali vrata mi je otvorila njena majka i rekla mi da je Dot otišla.

– Otišla? – pitala sam. – A gde?

– U London.

Ajrin, Dotina majka, bila je sitna, žilava žena, ali s njom nije bilo šale. Umela je da uđe u *Karpenters* i izvuče odande muža za kosu. Stajala je na pragu, odlučnog lica. Nije me pozvala da uđem.

– Ali sigurno bi mi rekla – odvratila sam.

Samo je slegnula ramenima, i činilo se nimalo ljubazno.

– Bilo je naprečac – rekla je. – Sestra mi živi tamo, pa je pozvala Dot da bude kod nje.

– Dakle, u pitanju je odmor?

– Ne, nije odmor. Otišla je da živi tamo. Da se zaposli. Oduvek je volela London.

Dot i ja smo zajedno šetale poljima, brale cveće i stavljale ga u kosu. Da li je u duši bila gradska devojka? Morala sam priznati da je bilo nečega, da sam ponekad, kad ne zna da je posmatram, u njenom pogledu uočavala nekakvu čežnju, ali uvek sam mislila da je posredi nešto u vezi s ljubavlju. U vezi s Bilom. Je li to bilo zato što je na pogrešnom mestu, u životu koji joj je pretesan, koji nije za nju?

Navratila sam ponovo posle otprilike nedelju dana i zatražila adresu kako bih mogla da joj pišem. Ajrin se nećkala, ali ipak mi je dala adresu, pa sam uveče napisala dugačko pismo da obavestim Dot o svemu što je propustila. Da su Elsi Džeks otpustili s posla jer se iskradala da puši u toaletu, da se moja rođaka Margaret porodila, pa se nadam da ću dobiti nedelju dana odmora kako bih joj se našla u početku, da je moja majka sad malo bolje, da je počela ponovo da pevuši dok radi po kući, prvi put od Bilove smrti. Nisam joj rekla da mi nedostaje, ali to se sigurno osećalo u pozadini, između redova. Zalepila sam markicu i poslala pismo sutradan ujutru. Nije mi odgovorila.

Ali ja nisam odustala. Poslala sam joj tri-četiri pisma. Tek posle nekoliko nedelja prestala sam da ujutru navraćam u poštu, sigurna da će ovoga puta biti nečega za mene. Da li je trebalo da budem jasnija u pogledu zjapeće praznine koju je ostavila u mom životu? Da li bi to nešto promenilo? Razgovarala sam sa Arturom o mogućnosti da je potražim, da sednem na voz i pođem za njom, ali on se uvek oštro protivio tome. Govorio mi je da je njena odluka to što je otišla i što mi ne odgovara na pisma, i da treba da je ostavimo na miru. Zbog toga sam se uvek pitala da li je imao nešto da sakrije, nešto što je Dot odnela sa sobom i što nije želeo nazad. Da li me sada, kad je za sve kasno, podstiče da ipak to učinim? Da li time priznaje da je pogrešio?

Vrzmam se po kući, ne mogu da se skrasim. Oli kao da je podjednako pometen, ali ne tešimo se uzajamno, jer nikad to nismo radili. Radije ostavljamo ono drugo na miru. Neprestano razmišljam o Arturu, Dot i Bilu, o mladosti i vremenu koje je bilo zlatno. Ne, nije tako. Tada nam se nije činilo da je zlatno, zar ne? Tu nijansu sam kasnije dodala, kad sam znala mnogo više o životu, bolu i tavorenju. Sve sam posula zlatnim prahom, ali koliko se toga odnosi na mladost i slobodu, a koliko na bliske ljude koje sam imala oko sebe? To ne mogu da znam.

Kao da mi se um zaglavio i škljoca uprazno, pa zato odlazim u kuhinju, sedam za sto i ponovo gledam onu cedulju. Nađi D.

– Reci mi šta si tačno mislio, Arture – kažem. – Ovo nije dovoljno.

Otvaram najnižu fioku kredenca, onu koju je jedino on koristio. U njoj su kojekakve kutijice i papiri. Sat koji je dobio od oca. Dugmad za manžetne. Kutija maramica koje je valjda dobio za neki Božić. Šta tačno tražim? Bilo šta. Trag. Ne verujem da ću ga tu naći. Presavijam papir i stavljam ga u džep kućne haljine kako bih mogla da bacim pogled na njega kad god mi dođe. Trudim se da ne mislim na to. Ali ne mogu. Nađi D. To mi se ponavlja u umu kao mantra.

5.

Prvih nedelju dana, ili tako nekako, uopšte ne ustajem. To je svojevrsna pobuna. Artur je morao da se oseća kao da je na pragu smrti da bi proveo dan u krevetu. Sećam se da je, kad smo se penzionisali, rekao da je lako posrnuti i podlegnuti lošim navikama. Mislio je na mene, on nikad ne bi posrnuo.

I stoga ne ustajem iz kreveta. Ponekad plačem, i zbog njega, i zbog svih tih straćenih godina. Zbog života koji nisam proživela. Možemo odabrati samo jedan. Ponekad čitam. Ponekad samo zurim u zid, ili u prazno mesto kraj sebe u krevetu. A sve vreme, negde u zaleđu uma, ponavlja se: Nađi D. Ako je to bila neka vrsta poslednje želje, volela bih da mu je ispunim.

Nekoliko sati nakon što su ga odneli, promenila sam posteljinu. I tek kad je sve bilo u mašini i uveliko se vrtelo, poželela sam da sam je ostavila još malo, da osetim njegov miris u čaršavima. Preostaje mi ormar, uredno obešene košulje i sakoi. Kad mi postane hladno u spavaćici, navlačim njegove vunene džempere i svoje papuče. Sigurno izgledam kao čudo. Ali nema ko da me vidi. Svakog jutra oko jedanaest čujem kad pošta padne na pod, ali inače je tiho.

Naravno, tu je Oli. Puštam ga u vrt da obavi posao i istrči se. Prva dva dana sedeo je kraj vrata i cvilio, a onda kao da se pomirio s time da ga neću izvesti u šetnju, pa je odustao. Jasno je da i on tuguje. Uporno odlazi do dela kauča na kom je Artur sedeo. Da li je shvatio? Pričam s njim, iznova mu objašnjavam da je Artur umro, a on me samo gleda onim svojim žalosnim očima. Uzmakne kad pokušam da ga pomilujem.

Slušaš priče o parovima koji su dugo bili zajedno a zatim umrli u razmaku od nekoliko dana ili nedelja. Da li se i ja tome nadam?

Ne jedem dovoljno, ne vodim računa o sebi. Nestalo nam je mleka, pa zato pijem čaj bez ičega, a na hlebu se po krajevima pojavila plesan. Kad baš ogladnim, skuvam jaje. A Oliju istresem malo suve hrane u činiju, ali on je samo onjuši i ode.

Ovo se neće dobro završiti. Ne može. Telefon zvoni, verovatno su oni iz pogrebnog preduzeća. Arturovo telo je kod njih i vreme je da počnem s pripremama i organizacijom svega. Ali nisam sigurna da sam kadra. Biće toliko odluka što se tiče muzike, govora i molitvi, a to je samo opelo. Moram da odlučim hoće li ga sahraniti ili kremirati, da izaberem kovčeg ili urnu. Jedva mogu da se rešim hoću li gledati televiziju ili čitati, ne mogu da se nakanim ni da odem do supermarketa po osnovne potrepštine. Trenutno nisam u stanju da donosim važne odluke. Kako drugi to rade? Odgovor, naravno, glasi da nisu sami, da razgovaraju o svemu i raspodele teret s drugima. Supružnik ga deli s decom, deca sa unucima. A on, jadan, nema nikoga osim mene da to uradi.

A onda se osmog ili možda devetog dana probudim s mišlju koja mi poput zvona za uzbunu odjekne u glavi: *Dosta.* Dosta je izležavanja. Nisam spremna da ovako umrem, da samo dignem ruke od svega. Da me Artur gleda, ne bi mu se to dopalo. Zabrinuo bi se za mene. Zato ustajem i oblačim se, pa skidam posteljinu i stavljam je da se pere. To je početak. Posle toga moram malo da sednem. Ali sve je u redu. Samo polako. Sedam za trpezarijski sto sa šoljom čaja, blokčetom i olovkom, i počinjem da pravim spisak.

– Vidiš li ovo, Arture? Pravim spisak – kažem naglas u praznoj sobi. Gotovo ga mogu čuti kako se kikoće.

1. *Obavesti prijatelje i familiju*
2. *Javi se pogrebnom preduzeću*
3. *Idi u supermarket*
4. *Očisti kuću*
5. *Nađi D*

Artur me je večito nagovarao da pravim spiskove. Sviđalo mu se što su uredni i svrsishodni. Ali meni je bilo draže da držim u glavi ono čega treba da se setim. Možda počinjem da više ličim na njega sad kad ga više nema. Da uzimam njegove najbolje delove.

Ali kad pogledam ovaj spisak, deluje mi zastrašujuće. Ima samo pet stavki, ali je svaka teška na svoj način. A jednom se ne mogu baviti dok ne saznam šta znači. Zajedno smo čistili kuću, on je usisavao, a ja pajala. Moraću malo-pomalo, sobu po sobu. Jasno je da prvo moram da obavim telefonske pozive, pa zato uzimam adresar i počinjem da ga prelistavam. Koliko precrtanih imena. Oni koji su pomrli ili s kojima smo izgubili kontakt. Zaustavljam se na njegovoj sestri Meri i počinjem da okrećem njen broj pre nego što se predomislim.

– Meri, ovde Mejbel – kažem joj kad se javila. – Arturova žena.

Zbunim se kad sam naglas izgovorila njegovo ime. Zvuči isto, a to uopšte nije u redu.

– Mejbel, kako si?

– Bojim se da nisam dobro. Imam loše vesti. Artur je umro.

Koliko smo takvih poziva imali tokom godina? Uglavnom se Artur javljao na telefon, i po njegovom tonu sam odmah znala da je to posredi, a onda sam po onome što govori pokušavala da pogodim o kome je reč.

– O, Mejbel, baš mi je žao.

Artur i Meri nisu bili bliski. Ona živi gore na severoistoku i sigurna sam da će doći na sahranu, ali se već godinama nismo videli s njima. Kao i svi ostali, bili su prezauzeti zbog dece, a potom zbog unuka. Ona i Artur su ostali poslednji od njih devetoro braće i sestara. A sad je ostala samo Meri. Moli me da joj javim pojedinosti o sahrani kad ih budem znala, i uviđam da ovaj niz poziva povlači za sobom još jedan. A tek kad sam spustila slušalicu shvatam da me glas nije izdao. Obavila sam prvi poziv, koji je uvek najteži, a nisam se onesvestila, slomila ili rekla nešto neumesno. Zato duboko udišem, ponovo dižem slušalicu i zovem njegovog rođaka Frenka. Nastavljam tako celog jutra, sve dok ne javim svima kojih sam mogla da se setim. Osećam iscrpljenost, ali u isto vreme i olakšanje.

Službenik pogrebnog preduzeća koji se javio na telefon zvuči kao da mu je laknulo što sam se napokon javila.

– Zvali smo vas više puta – kaže.

Zvuči kao da se plašio da sam uhvatila maglu.

– Da, eto. Trebalo mi je vremena da... da se naviknem.

On tiho zastenje. – Gospođo Bomont, imate li još nekog ko bi vam mogao pomoći sa svim ovim? Znam da vi i gospodin Bomont niste imali dece, ali imate li neke rođake u okolini, ili dobre prijatelje?

Nema ama baš nikog. A to me navodi da se zapitam jesmo li negde pogrešili.

– Sama sam – kažem, a pazim da to izgovorim jasno i glasno.

– U redu. Možete li da navratite do naše kancelarije u Glavnoj ulici da se dogovorimo o svemu?

Pogledam ulazna vrata, koja se duže od nedelju dana nisu otvarala. Tačnije, otkako su ga odneli. Ispred njih je gomilica pošte koju nisam imala volje da razvrstam. Mogu li da otvorim ta vrata i odem do grada, kao ranije? Čini mi se da mogu.

– Da – kažem. – Mogu da dođem sutra.

Posle razgovora pokušavam da se setim svega o čemu smo Artur i ja pričali a da se tiče sahrane ili smrti. Zapisujem. To se pokazuje kao iznenađujuće korisno. Sećam se da je hteo pesmu „All Things Bright and Beautiful“, jer ga je podsećala na detinjstvo i vreme kad je sve bilo jednostavno. Sećam se da je želeo da bude sahranjen, jer su mu i roditelji sahranjeni na gradskom groblju, pa je hteo da bude s njima. A znam i da je želeo bdenje u pabu, s posluženjem, gde će ljudi moći da proćaskaju i malo se druže. Svratiću do *Karpentersa* kad sutra budem išla u grad, a usput ću kupiti i hranu. To mi zvuči kao plan koji deluje manje-više izvodljivo.

Dozivam Olija i on mi priđe. Vidi da držim povodac i u očima mu zaiskri nada. A kad otvorim vrata, toliko je uzbuđen da me prvih nekoliko metara vuče brže no što mogu da hodam. Čudno je ponovo biti u spoljašnjem svetu. Previše je stvari za gledanje, previše mirisa. Osećam se kao Oli, želim da zastanem i onjušim sve živo. *Ja sam udovica*, razmišljam. *Ja sam udovica Mejbel*. Isprobavam kako to zvuči i ne dopada mi se naročito, ali tako je kako je i mogu samo da se naviknem.

Osećam se kao da izranjam na svetlost. Svuda vidim grupice od po dvoje-troje ljudi. Smeju se i dodiruju jedni druge, izgledaju kao da nikada u životu nisu bili sami. Parovi, roditelji s decom, prijatelji.

– Stvarno smo sve stavili na jednu kartu, Arture, zar ne? Ali nisam sigurna da je ta bila ona prava.

Po začuđenom pogledu tinejdžera na električnom trotinetu shvatam da sam to izgovorila naglas. Stoga se saginjem da malo pomazim Olija, pretvaram se da je to bilo njemu namenjeno. Uopšte ne obraćam pažnju kuda idem, pa tako stignem i do crkve. Dolazili smo tu svake nedelje kad sam bila mala, obavezno uparađeni. Sećam se svraba i nelagode jer mi je kosa bila zategnuta i pokupljena u čvrste kike, a ispod krute haljine nosila sam grube hulahopke. Vikar nam je bio porodični prijatelj, ponekad je subotom posle podne navraćao na čaj i biskvite.

Artur i ja smo se, naravno, tu venčali, ali nas nije venčao taj stari vikar, koji se u međuvremenu penzionisao, nego onaj koji ga je zamenio. Nemam predstavu ko je sad na tom mestu. Godinama nisam ni kročila ispod kamenog luka na ulazu. Čini mi se da je sad dobar trenutak. Vezujem Olijev povodac za šipku i kažem mu da neću dugo, a potom ulazim u sveže, spokojno zdanje i sedam na slobodnu klupu.

Čini mi se da nisam ni čestito zatvorila oči, a neko seda do mene. Muškarac od pedesetak godina, pozamašnog stomaka i blagih očiju. Isprva sam zgranuta, ali on mi odmah umirujuće stavi ruku na mišicu.

– Jeste li došli da u tišini porazgovarate s bogom ili biste više voleli društvo?

Našla sam se zatečena. Jesam li ušla ovamo da bih razgovarala s bogom? Ili samo zbog mira?

– Udala sam se u ovoj crkvi.

On klima glavom kao da zna to.

– U proleće 1961, kiša je pljuštala na mahove celog dana, a u prekidima je bilo sunčano i toplo. Pojavila se divna duga.

– Baš kao u braku – kaže on.

I u pravu je, mada nikada nisam o tome tako razmišljala.

– A on je sad umro – kažem.

– Vaš muž?

– Da. Artur.

– Nije valjda Artur Bomont?

Okrećem se na klupi. – Da, on.

– O, strašno mi je žao što to čujem. A vi ste sigurno Mejbel. S ljubavlju je govorio o vama.

Ne znam šta da kažem, pošto sam mislila da znam sve o Arturu i njegovim navikama, a pojma nisam imala da je dolazio ovamo i poznavao ovog čoveka.

– Da li je često dolazio u crkvu?

– O da, bar jednom nedeljno. Ali nikad na misu. Navraćao je kad izađe da prošeta psa i sedeo ovde i razmišljao u tišini, baš kao i vi dok vas nisam prekinuo.

Sećam se da je Artur govorio da bog nije u crkvama, da ga nećeš tamo naći. Bog je u cveću i snegu, u majušnim crvendaćima u vrtu i tigrovima koje vidimo kako se izležavaju u dokumentarcima Dejvida Atenboroa.

– Nisam znala – kažem. A onda skupim hrabrost da pitam nešto drugo. – Da li je ikada pominjao ženu po imenu Dot?

Po njegovom mrštenju vidim da je zvučalo kao da se švalerisao.

– To je stara prijateljica – kažem. – Moja i njegova. Pronašla sam jednu njegovu zabelešku, pa pokušavam da dokučim šta znači.

– Ne sećam se da je ikada pominjao ijednu Dot – kaže on dok namršteno razmišlja. – Osim ako to nije ona što je trebalo da se uda za njegovog druga Bila.

– Da – kažem, a on se zbuni zbog jačine mog glasa. – Da. Bil je bio moj brat. Dot mi je bila drugarica.

– Pričao mi je o vas četvoro i koliko ste bili srećni.

– Samo to?

On odmahuje glavom. – Žao mi je.

– Ne, to je... u redu.

Podiže ruku do glave da zagladi proređenu kosu. – Ljudi su velika nepoznanica – kaže. – Nikada nikoga ne upoznate u celosti.

Eto, a ja sam upravo to mislila.

6.

Brinulo me je što ću stići tamo sama, što moram sve sama da radim. Toliko sam se pomela zbog toga da sam zaboravila da se pripremim za navalu osećanja. Udara me takvom silinom dok se u pogrebnim kolima približavamo crkvi da sam začuđena što uopšte mogu da izađem a da ne padnem. Noge kao da su mi od pihtija. Mora da sam strašno bleda, pošto jedan visoki muškarac pritrčava da me pridrži, mislim da je to neki Arturov rođak, ali nisam sigurna koji jer su mi svi isti. Čak i miriše pomalo kao Artur, na kafu i penu za brijanje, i u tom trenutku shvatam da mi predstoji jedan od najtežih dana. Sigurna sam u to. Kao onda kad smo našli Bila, kad su mi umrli majka i otac, kad sam ostala bez Dot. Otišlo je mnogo onih koje sam volela. Moj kutak sveta je opusteo. Ne mogu da se ne zapitam zašto sam ja i dalje tu.

– Jesi li dobro, Mejbel? – pita me onaj rođak dok se uzaludno upinjem da se setim kako se zove.

– Da, mislim da jesam.

Uto izlazi i vikar i polazi pravo ka meni. Uvodi me u crkvu i smešta me u prvi red.

– Ovo je mesto za Arturove najmilije. Imate li da mi kažete nešto, Mejbel, pre nego što počnemo? Jeste li odlučili hoćete li se obratiti okupljenima ili ne?

– Hoću – kažem. A onda zastanem i osvrnem se da dobijem i Arturovo odobrenje. Stare navike.

Tokom celog opela osećam se kao da mi je moljac uleteo u uvo i pomahnitalo lepeće krilima. Ne čujem ni reč. I zato kad je došao red na mene, neko iz drugog reda mora da se nagne napred i dotakne me po ramenu, a onda se moljac smiri baš kad krenem ka govornici, tako da čujem jedino lupkanje svojih niskih potpetica.

– Hvala vam što ste došli danas – kažem piskutavim glasom. Zastanem da pročistim grlo. – Arturu bi bilo drago da vas sve vidi. – Malo mi fali da zaplačem kad sam pomislila kako bi mu se licem razvukao širok osmeh da je video sve te okupljene ljude i koliko je tužno i besmisleno što su došli sad kad je umro, i što ćemo govoriti lepe stvari o njemu umesto da smo mu ih rekli dok je bio živ. Zašto čekamo da neko umre da bismo mu rekli šta osećamo? Vikar mi prilazi da me dotakne po ruci pomalo vlažnom šakom i to me prene iz razmišljanja. Onda se nagne ka meni i šapne mi: – Upamtite da ne morate ovo da radite.

Klimam glavom. Znam da ima dobre namere, ali ja ovo moram. Verovatno je to poslednja važna stvar koju ću uraditi u životu. Mogu ja to. Mogu. Treptanjem zaustavljam suze i uštinem samu sebe za unutrašnju stranu mišice. Ništa nisam zapisala. Nisam bila načisto ni šta ću da kažem. Ali sad znam.

– Svi imamo neke svoje uspomene i sigurna sam da ćete mi kasnije ispričati priče koje ranije nisam čula. Zato ću sada ja vama ispričati jednu. Pre šezdeset četiri godine, jednog hladnog i mirnog martovskog dana, opraštali smo se od mog brata Bila upravo ovde, u istoj ovoj crkvi. Ne verujem da je iko ovde poznavao Bila, ali imao je dvadeset pet godina i bio je divan brat i čovek, a njegova smrt bila je neočekivana, iznenadna i okrutna. Tog dana mi se činilo da neću moći da izdržim. Ali tu je bio Artur, najbolji drug mog brata. Stajao je kraj mene i pridržavao me sigurnom rukom, i to mi je iz nekog razloga pomagalo da dišem. A dok smo kasnije stajali kraj njegovog groba i gledali kako ga spuštaju u raku, Artur me je uhvatio za ruku i nije me pustio dok sve nije bilo gotovo.

– Davila sam se u bolu, a on me je spasao. Narednih nekoliko meseci navraćao je kod nas da vidi kako smo moji roditelji i ja, i da me zove na igranke, mada je mnogo vremena prošlo dok nisam smogla snage za to. Vodio me je u bioskop i puštao me da tiho plačem u mraku, uvek sa umirujućom rukom prebačenom preko mojih ramena. Nisam se takoreći ni osvrnula, a došla je zima. Mesecima sam tugovala, iz kuće sam izlazila samo kad idem na posao. A onda sam jednog novembarskog dana rekla Arturu da se osećam malo bolje, malo snažnije, a on je odgovorio da mu je drago. Sutra-dan me je odveo na igranku i zaprosio me, a ja sam znala da neću naći boljeg čoveka s kojim bih provela život.

– I bila sam u pravu. Ista ta sigurna ruka vodila me je kroz sve lepe i ružne stvari svih ovih godina. I za to sam veoma zahvalna.

Zaćutala sam. Shvatila sam da nemam više ništa da kažem, pa sam zato samo klimnula glavom, sišla i vratila se na svoje mesto. Onaj moljac se odmah vratio i dok smo pevali „All Things Bright and Beautiful", tiho sam pevušila nadajući se da ne kasnim za ostalima.

Na bdenju ne znam gde da stojim, niti šta da radim s rukama. Odlazim do šanka i tražim sok od pomorandže, ne zato što mi se stvarno pije, nego samo koliko da bih radila nešto i imala šta da držim.

– Ono je bio baš lep način da mu se oda počast – kaže jedan njegov rođak i prilazi mi.

Klimam glavom. – Hvala. Zaslužio je to.

– Bio je dobar čovek. Jedan od najboljih. I obožavao te je.

Ne znam šta da kažem, pa zato otpijam gutljaj mlakog soka. Za-što je toliko teško čuti da te je neko voleo? Mnogi su to rekli – vikar, rođaci, čak i neki koje ne poznajem. Govore mi s koliko je nežnosti govorio o meni i kako bi mu tada oči zaiskrile, a ja ne znam kako da se postavim. Znam šta je osećao, naravno da znam, ali teško mi pada da čujem to sa svih strana, pogotovo sad kad ga nema više. Jer nikada nisam bila sigurna šta ja to imam što on toliko obožava. Uvek sam se osećala kao smetena devojka isturene brade i sitnih očiju. Jednom prilikom, nakon što mi je napravila frizuru, majka mi je rekla da nije sigurna da sam „devojka za udaju".

Neka žena dolazi da nam se pridruži i vidim da je to Arturova sestra Meri. Nežno me hvata za mišicu, a taj dodir toliko podseća na njegov da osećam kako mi suze naviru na oči. Da li ona to vidi? Je li zato spustila ruku?

– Kad smo bili mali – kaže mi bez ikakvog uvoda – nikada nije bilo dovoljno vremena za svakog od nas. Devetoro dece, znaš već. A od toga sedam dečaka. – Tu prevrne očima. – Ludnica, potpuni haos. Ali Artur je uvek mogao da oseti kad nešto nije u redu s nekim i bio tu da uteši. Stoga se nisam iznenadila kad sam čula da je takav bio i kao muž. Ti si bila srećna žena.

Na to joj se izvinim i odem u ženski toalet. U glavi mi se uporno vrte njene poslednje reči. Jesam li stvarno bila srećna? I zašto u prošlom vremenu? Zato što ga više nema? Razmišljam o raznim ženama koje sam poznavala, pokušavam da se poredim sa svakom i ocenim koja je bila srećnija. Dirdri Mejkomb s njenih šest kćeri i mužem koji kao da ne može da je se zasiti. Etel Smit, poštanska službenica bez ikoga na svetu, koja je večito izgledala kao da je pripita. En Makej, koju je muž ostavio dok im je sin još bio beba. A Dot Brajtmor? Ne znam šta je bilo s njom.

Uviđam da je sreća relativan pojam, da nije nešto za šta se možeš uhvatiti i biti zauvek siguran. Da je nešto što se može imati i izgubiti. Ili pak obrnuto. Ali znam šta je Meri htela da kaže. Volela ga je. Imala je visoko mišljenje o njemu, to se podrazumeva. Popravljam ruž i vraćam se tamo, spremna da nastavim. Ili bar tako izgledam.

Dot i ja smo se na Bilovoj sahrani napile od šerija, tako da smo već u četiri posle podne bile bolno, potresno tužne. Sedele smo podalje od svih ostalih i razmenjivale priče u nadi da ćemo se dosetiti neke koju ona druga ne zna.

– Znaš li ti – rekla je – da je jedini put kad smo se Bil i ja ozbiljno posvađali to bilo zbog tebe?

Nisam to znala.

– Pričala sam mu kako smo se sporečkale na poslu. Nisam bila ljuta na tebe, samo iznervirana, i on je to čuo u mojim rečima. Kazao je da nije čovek koji će slušati kako neko ružno govori o njegovoj sestri.

Tačno sam mogla da ga zamislim kako to izgovara, ali svejedno sam bila iznenađena.

– A šta si mu ti odgovorila?

– Rekla sam mu da ne lupa. Da te oboje mnogo volimo i da je upravo zato sve to savršeno.

Poželela sam da je zapitam šta je to savršeno, ali nisam smela, jer smo bile previše popile i znala sam da bih sutradan mogla zažaliti zbog bilo čega što kažem.

Na trenutak se zaprepastim kad mi se učini da sam videla Artura kako stoji nalakćen na šank, okrenut leđima. Jedan uvojak kose nije mu na mestu i želim da pružim ruku i zagladim ga, ali razume se da tako nešto ne dolazi u obzir, pošto to nije on. Uto se čovek okreće i vidim da je posredi, naravno, neki Arturov rođak. Ali ipak mi je teško. Nikada mu više neću zagladiti kosu. Niti mu zategnuti kravatu. On nikada više neće presaviti novine i reći „Dobro", a zatim sa mnom isplanirati predstojeći dan. Kako ću bez njega?

Kad sam prevalila četrdesetu, ostala sam bez posla u daktilografskom birou u kojem sam radila duže od dvadeset godina. Nekoliko nedelja sam hodala unaokolo kao u bunilu, nisam znala šta ću sa sobom. A onda je, dok smo jedne večeri jeli paprikaš s govedinom iz konzerve, Artur rekao: – Mejbel, znaš li šta tebi treba? Nekakva obaveza. – Bio je u pravu. Sutradan sam otišla u zavod za zapošljavanje i već krajem iste te nedelje počela da obavljam osnovne sekretarske poslove u mesnoj ambulanti. I sad mogu da ga čujem kako mi kaže: – Tebi, Mejbel, treba nekakva obaveza. – Ali gde da je nađem?

Tiho izlazim ne pozdravivši se ni sa kim, jer bih, ako počnem, onda morala da zaređam, a to bi trajalo još pola sata. Oli me sigurno čeka, a i stvarno nisam mogla više da izdržim. Hladno je i duva jak vetar. Možda je trebalo da zamolim nekog od njegove rodbine da me odbaci do kuće. Dok mi potpetice lupkaju po asfaltu, u sebi ponavljam „obaveza, obaveza". Ruke su mi toliko ozeble da jedva uspem da gurnem ključ u bravu. Znam šta treba da radim. Treba da nađem Dot. A takoreći nije ni važno da li je Artur na to mislio, da li bi to zapisao da je mogao, jer je to nešto što je jedan delić moje duše oduvek priželjkivao. I neću da uradim to za njega. Uradiću to za sebe.

Predveče izlazim u vrt da gledam zalazak sunca prvi put otkako je umro. Vidim svoj dah. Na nebu ima mnogo oblaka. Pokušavam da razaznam neki prepoznatljiv oblik, ali nema ničega. Sunce polako klizi sve niže i niže. Zamišljam kako on sedi kraj mene i šta bi rekao.

– Eto, ode sunce na spavanje, Mejbel. Hoćemo li da uđemo?

7.

Nikada nisam očekivala da mi se nešto značajno desi ispred police s turšijom mesnog supermarketa. Ali sad sam upravo tu i posežem rukom za teglom pikalilija,[1] kad mi neki unutrašnji glas šapne da je uzmem. Ali da bih je spustila ne u korpu pored hleba i banana nego u tašnu. Da je ukradem. I to je Dotin glas, kao da me doziva preko svih tih godina. Lak kao lahor, vrca od nestašluka. Svašta smo radile. Sve živo smo morale da probamo, bilo dozvoljeno ili ne, samo da vidimo šta će se desiti. Ona je bila kolovođa, a ja sam je sa zadovoljstvom sledila. Uzbuđene od zadovoljstva, posle toliko godina slušanja o tome šta smemo, a pogotovo šta ne smemo, i u školi i kod kuće.

A Artur je bio od onih koji će izmisliti pravilo ako već ne postoji odgovarajuće. Neko ko povuče crtu samo da bi znao dokle sme da ide. Svi su govorili da je kao stvoren za policajca. Ne bih se složila. Nije mogao da gleda čak ni krimić ako u njemu ima imalo krvi. Ali shvatam šta su hteli da kažu. Da je on neko ko poštuje zakon. Valjda sam s godinama i ja postala slična njemu što se toga tiče. Nisam mogla da se suočim s neodobravanjem na njegovom licu ako makar malo izađem iz propisanih okvira. Ali njega sad više nema. A i ko će primetiti da nedostaje jedna teglica pikalilija? Ko će posumnjati na jednu ovakvu bakicu? Držim teglicu nekoliko sekundi, pretvaram se da čitam etiketu. Bez naočara mi je sve mutno, ali to niko ne mora da zna.

I baš u trenutku kad spuštam teglicu u tašnu, ugledam nju. Izašla je iza drugog kraja police i gleda me. Videla je. Nema više od

---

[1] Sitno isečeno povrće u sosu od sirćeta i senfa. (Prim. prev.)

šesnaest, mršava i koščata, s kratkom dečačkom frizurom, u zelenoj čojanoj uniformi. Na pločici sa imenom piše „Erin“. Viđala sam je na kasi kako skenira proizvode sa izrazom lica kao da bi radije bila bilo gde drugde. Sada izgleda više radoznalo nego ljutito. Gledam je pravo u oči, ali ona ne skreće pogled, tako da moram prva da popustim. Sad ne mogu da izvadim teglicu iz tašne, zar ne? Vruće mi je, osećam peckanje znoja pod pazuhom.

Napraviće scenu. Krupni čuvar će me uhvatiti za ramena, okrenuće me i kazati da uđem u kancelariju. A onda će doći onaj špiclov od poslovođe, onaj što se uvek šunja unaokolo. Kevin Čivli. Pomisao je nepodnošljiva. Ona polazi ka meni, i dalje me gleda pravo u oči. Miriše na neki agrum i još nešto. Tost s maslacem.

– Ne možeš ništa da dokažeš – kažem.

Ona me znatiželjno gleda.

– Šta hoćeš? – pitam je.

– Ja? Neću ništa. Tražila sam nešto.

– Šta?

– Pikalili.

Malo mi nedostaje da se nasmejem. U nekom drugom životu, u kome ja nisam starica a ona nije tako mlada, sigurno bismo bile drugarice. Hoće li me pustiti da se izvučem?

– Vratiću – kažem. – Ne znam zašto sam to uradila.

– Ne znam o čemu pričate – kaže ona, pa se okrene i zamakne iza police.

Srce mi udara kao kastanjete. Osvrćem se, ali nema nikog drugog, pa zato vadim teglicu i vraćam je na policu. Je li to bilo to? Je li gotovo? Besciljno hodam tamo-amo između polica, prosto ne mogu da poverujem da ona neće iskočiti odnekud ili se vratiti sa šefom. Ali ništa se dešava. Odlazim da platim, a ona sedi za kasom i usiljeno mi se smeši.

– Lep dan?

– Molim? – pitam je.

– Da li lepo provodite ovaj dan? Ne morate da odgovorite. Ali ja moram da pitam. Ćaskanje s kupcima i tako to.

– O. Pa da, valjda. U stvari ne, naprotiv. Nedavno sam ostala bez muža.

Nudim to kao izgovor. Hoće li prihvatiti? Ona provlači ispod skenera proizvode koje sam odabrala, jedan po jedan. Deluje hipnotišuće. Na unutrašnjoj strani doručja ima istetoviranu lastavicu.

– Žao mi je – kaže mi. – Treba li vam pomoć oko pakovanja?

– Ne, imam... – Izvlačim presavijene kese iz kolica za pijacu, a ona klima glavom.

Ne kaže mi više ništa dok se spremam, a onda mi se obrati toliko tiho da je jedva čujem. – Završavam smenu za deset minuta, ako hoćete da popričamo.

Toliko sam iznenađena da samo zurim u nju nekoliko sekundi. Još je tinejdžerka, ali ima nešto u pogledu po čemu se naslućuje da o životu zna više nego što bi čovek pomislio.

– Ili ne – dodaje. – Kako hoćete.

Šta možemo da imamo zajedničko ona, koja se tek primiče početku životu, i ja, koja se približavam kraju? O čemu nas dve možemo da razgovaramo?

– Moram kući – kažem.

To je laž. Kod kuće nema nikoga koga je briga hoću li se vratiti za deset minuta ili deset sati. Ona sleže ramenima kao da joj to nije važno, a po mojoj reakciji sigurno misli da ni meni nije važno. Ali celim putem do kuće ponavljam njene reči u sebi. Razgovarati. Slušati. Ne znam kad mi je poslednji put neko to ponudio.

Oli čeka da ga nahranim. Otvaram kesu njegove omiljene hrane i punim mu činiju vodom. Artur mu je davao sve i svašta, a ja se trudim da mu se umilim onim što najviše voli. Ali ne uspeva mi. On i dalje sedi kraj daljeg kraja kauča a ja u fotelji, gleda me kao da bi mu bilo draže da nisam tu. Saginjem se da ga pomilujem po glavi, a on podigne tužan pogled sa činije.

– Šta je bilo, momče?

Počela sam češće da razgovaram s njim otkako sam ostala sama. On na to samo nagne glavu u stranu kao ljudi kad im pričaš nešto tužno, a zatim nastavi da jede. Ali dva dana nije režao na mene, a i to je nešto.

Sigurno me je razmišljanje o Dot u supermarketu navelo da se u gostinskoj sobi popnem na stolicu i izvadim albume s fotografijama.

Ako padnem, ako završim slomljene noge na podu, kako će iko znati da sam tu? Oli će možda lajati kad ogladni. Otrežnjujuće deluje pomisao da bih mogla umreti ovde, sasvim sama, a da me niko ne nađe.

Tu su, nagurana sasvim pozadi, dva albuma u povezu od veštačke kože, plavi i crveni. Iznutra se čuje krckanje masnog papira. Ne gledam ih sve dok se nisam smestila u fotelju kraj prozora, a onda otvaram prvi i zastaje mi dah. Evo je. Dot.

Na slici smo nas dve, Bil i Artur, svi lepo obučeni. Ako se dobro sećam, slikala nas je naša majka. Bila je to jedna od prvih igranki na koju smo otišli učetvoro, pa je ona predložila da nas slika „za buduće naraštaje". Možda je mislila da će to biti prelomna noć, da će se Bil vratiti kući i reći da je zaprosio Dot. Obe smo u haljinama pripijenim u struku, a nacigovanog donjeg dela. Fotografija je crno-bela, naravno, ali pamtim da je moja bila svetloplava, a njena limunastožuta. Ta haljina mi je bila knap, pa nisam smela mnogo da jedem ako ću je nositi. Mogla sam da zamolim majku da mi je malo popusti, ali mi je bilo draže da se pretvaram kako sam vitkija nego što jesam.

Dot je dolazila kod nas posle čaja kod kuće, pa smo onda oblačile haljine i pravile frizure. Majka je imala običaj da kaže kako nikad u životu nije čula toliko kikotanja. A onda bi Artur pokucao na ulazna vrata, a majka bi ga pustila unutra i pozvala nas da siđemo. Bil bi izašao iz svoje sobe i ozario se kad ugleda Dot, a zatim bismo otišli svi zajedno. Nas dve smo hodale držeći se podruku, a momci iza nas. Ponekad su mi pripreme i te zajedničke šetnje predstavljale najbolji deo večeri. U stvari, gotovo uvek. U dvorani je uvek bilo preglasno, a ja nikad nisam bila naročito dobra u plesu, ali u odlasku donde, dok smo polako silazili niz padinu, čitav grad se prostirao pred nama kao prekrivač i osećali smo se kao da nam je ceo svet na izvolte i samo čeka da ga uberemo kao jabuku.

Fotografija je ne prikazuje verno. Izgleda ukočeno, kao da joj nije drago što je tu. Za razliku od današnje omladine koja neprestano pozira, mi nismo bili navikli da se slikamo. Ja gledam u svetlo, trudim se da odglumim onu vedrinu koju je ona uvek imala, ali bezuspešno. Majka nije to uhvatila. Ili je kriv foto-aparat. Zatim posmatram sebe. S jedne strane, prosto ne mogu da verujem da sam ikada bila toliko mlada, dok s druge i dalje sebe tako vidim, sve dok slučajno ne ugledam svoj odraz u ogledalu. Tamna kosa mi je pokupljena u rep, koža čista. Brada mi je blago isturena, ali to nije toliko strašno kao što mi se nekad činilo. Bil je Bil, izgleda isto kako je uvek izgledao. Bez nesigurnosti ili nelagode. Stalno slušaš o tome kako treba da se osećaš ugodno u sopstvenoj koži, a Bil je bio upravo takav. Kosa zalizana briljantinom, staložen pogled, pomalo izgužvana košulja. Zamišljam majku kako se naginje napred da koliko-toliko zagladi nabore pre nego što podigne foto-aparat. Pravi lepotan. A pored njega Artur, iskričavog pogleda. Na slici se ne vidi crvenkasti odsjaj u kosi, niti da je malo krupniji, malo stameniji od Bila. Ne gleda u objektiv nego u stranu, ka Dot.

Svi smo bili mladi i lepi. A sada Bil već decenijama nije živ, Artur tek nekoliko nedelja, a ja ne mogu da se ne zapitam šta je s Dot. Jesam li ostala samo ja, ili i ona negde još hodi ovim svetom.

Ponovo čujem njen glas, tek neznatno jači od šapata. *Nađi me.*

8.

Ne sećam se kad se poslednji put oglasilo zvono na ulaznim vratima, pa se zato trgnem. Nazuvam papuče i odlazim u predsoblje. Otvaram vrata i vidim neku ženu koja mi se srdačno smeši. Ima pedesetak godina. Dobre su to godine, štošta si proživeo, a ipak je još dosta pred tobom. Farbana plavuša, paž frizura, odeća joj ne stoji kako treba.

– Ko ste vi? – pitam je.

Ona zabaci glavu i nasmeje se. Od onih je koji se smeju celim telom. Ali ima tužne oči.

– Ja sam Džuli – kaže. – Vaša pomoć u kući. Mogu li da uđem?

Pomoć u kući, nije nego. Odgovaram joj da je sigurno posredi greška, ali ona ne odustaje. Pa ne mogu da pustim u kuću nekoga kog vidim prvi put u životu, zar ne? Pokazuje mi plastificiranu karticu koju nosi na pantljici oko vrata, ali svako može to da napravi. Kad smo dospele u pat-poziciju, ona predlaže da pozove svog šefa. Čeka da se on javi, a zatim mi daje svoj mobilni telefon.

– Halo – kažem. – Ovde Mejbel Bomont. Na vratima mi je neka žena koja tvrdi da mi je nekakva pomoć, ali ja ne znam ništa o tome.

– Ah, niko vam nije javio?

– Nije.

– Vaš muž nam se obratio...

– Moj muž je umro – kažem mu.

– Da, pretpostavio sam. Objasniću vam, gospođo Bomont.

– Bilo bi dobro.

– Znate, vaš muž nam se javio pre izvesnog vremena kako bi uplatio paket naših usluga za vreme kad... kad ga više ne bude. Potom je zvao svakih mesec-dva da nas obavesti o svom zdravstvenom stanju, a kako je prestao da se javlja, pretpostavili smo da je sad pravi trenutak. Ali trebalo je da vas prvo neko pozove. Razumem da je sve ovo šokantno. Izvinjavam se.

Artur. Paket usluga. Dakle, znao je, ili bar podozrevao, da mu nije mnogo ostalo. A nije rekao ni reč. Hvatam se rukom za grlo, na šta me Džuli prestravljeno pogleda i zakorači ka meni ispruženih ruku, valjda ako krenem da padnem, ali ja joj samo dam znak da uđe. Očigledno je bezopasna. Ne mogu je ostaviti da se trese od hladnoće dok ja ovo raščivijam.

– Meni to ne treba. A i ne mogu to da priuštim – kažem joj.

– O, rekao je da ćete možda tako reagovati, pa je zato unapred platio za prva tri meseca.

Prva tri meseca. Otprilike do kraja februara. Razmišljam o njemu, kako se dosetio toga, a zatim isplanirao i ugovorio sve do najsitnijih pojedinosti, i osećam se kao da mi je srce najednom naraslo i zatvorilo mi dušnik, ne mogu da dišem. Zašto mi nije rekao? Toliko smo puta ležali noću jedno do drugog jer smo zadnjih godina oboje patili od nesanice. Bilo je toliko prilika da mi kaže.

– Jel’ to sve? – pita me onaj čovek. – Znate, čeka me mnogo posla. Ako imate bilo kakvih pitanja, siguran sam da će Džuli moći da pomogne.

Pogledam Džuli. I dalje stojimo u predsoblju, a ona je u pufnastom kaputu, tako da neće moći da prođe sve dok se ja ne pomerim.

– Hvala vam – kažem i vraćam joj telefon, a zatim se okrećem i odlazim u dnevnu sobu.

– Žao mi je što vas je ovo zateklo nespremnu i što ste izgubili muža, ali hajde da vidimo šta ćemo.

– Koliko često ćete dolaziti?

Očekujem da kaže jednom nedeljno. Možda dvaput.

– Svakog dana, po dva-tri sata.

– Svakog dana! Pa to će koštati čitavo bogatstvo! – Prećutala sam da još nisam sigurna koliko mi se ona dopada.

Ona slegne ramenima. – Da li je Artur sve platio, Mejbel? Možda je dugo ostavljao novac sa strane za ovako nešto, za svaki slučaj. A kao neko koga je muž nedavno ostavio zbog mlađeg modela, moram reći da ste imali mnogo sreće.

Kako može to da kaže? Ona ne zna ništa o mom braku. Niti će saznati. Ali verovatno to objašnjava tugu u očima. U sobi se oseća cvetni miris kojeg pre nije bilo, pa pretpostavljam da je posredi njen parfem. Lep je, vedar.

– Hoćete li to uvek biti vi? – pitam je.

Ponovo se nasmeje isto onako i nasloni se rukom na kauč. – O Mejbel, pa vi ste neodoljivi. Da, uvek ću to biti ja. Čini mi se da ćemo se lepo slagati, a vama?

Meni se ne čini. Ali ne kažem joj to. Sedamo, ja u fotelju, a ona na kauč, do Olija. Pruža ruku da ga pomiluje, i tek što sam pomislila da je upozorim, on to čini umesto mene – povuče se i tiho zareži.

– A ko je ovaj čupavac?

– To je Oli. Ne voli naročito... većinu ljudi.

– Čak ni vas?

– Čak ni mene. Bio je privržen Arturu.

– A tako. Pa dobro, hajde da vidimo šta mogu da učinim za vas. Treba li vam pomoć oko oblačenja i kupanja?

Stresem se i od same pomisli na to. Artur je jednom rekao da bi radije umro nego da mora da računa na tuđu pomoć u obavljanju najintimnijih radnji. I isterao je svoje, zar ne?

– Ne.

– U redu. A što se tiče razvrstavanja i uzimanja lekova?

– Ne.

– Kuvanje? Pranje veša? Pajanje i usisavanje?

– Ne.

– Druženje?

– Druženje?

– Da, druženje. Da malo proćaskamo uz kafu ili sendvič.

– Artur i ja smo uvek pili čaj u jedanaest.

Ne znam zašto joj to govorim.

– Pa eto – kaže ona. – Možda bismo nas dve mogle da radimo nešto slično. A ako hoćete da sačuvate to kao nešto posebno što je bilo samo vaše, mogle bismo da smislimo neku svoju tradiciju.

– Na primer?

– Na primer... topla čokolada i keks. Nešto dekadentno tog tipa? Ili da ispečem pogačice, pa da ih jedemo s maslacem i pekmezom.

Kako god vi kažete, Mejbel. Možemo da radimo bilo šta zbog čega će vam život biti malo vedriji, malo lakši. A možemo i ponešto menjati u hodu. Ako utvrdite da vam ipak treba pomoć oko nečega – nema problema.

Jasno mi je zašto se bavi ovim poslom. Ima nečeg umirujućeg u njenom glasu. Ali nije valjda da jede pogačice s pekmezom sa svima koje obilazi?

– Razumete li se u kompjutere? – pitam je. – Nisam beskorisna kao neki stari ljudi. Artur je uvek govorio da moramo ići ukorak s vremenom. Kupio je ajped čim su se pojavili, i oboje smo ga koristili. Muka je u tome što bih volela da pronađem nekoga s kim sam izgubila kontakt, a ne znam kako se to radi.

Džuli se zavali da razmisli. – Znate, uvek sam govorila Martinu da je ovaj moj posao kao deset zanimanja u jednom. Bolničarka, čistačica, kuvarica, sve što vam duša ište. Ali još nisam bila privatni detektiv. Jel' to neka stara ljubav?

Prezrivo šmrknem. – Ne! Stara prijateljica. Dot. Iznenada se odselila kad je moj brat umro. Znate, trebalo je da se venčaju. Ali onda je on umro, a ona nestala bez traga.

Džuli zuri u mene. – Strašno mi je žao.

– Zbog čega?

– Zbog vašeg brata. Žao mi je što vam je brat umro.

– A to. Eto. Bilo je davno.

– Da li biste razgovarali o njemu?

Ako se izuzme ono na Arturovoj sahrani, godinama nisam pričala o Bilu. Decenijama. Artur ga je retko pominjao, a nakon što su nam roditelji pomrli, nije ostao više niko ko ga je istinski poznavao. Nije mi bilo do toga, ne posle toliko vremena, ali njen predlog me je naveo da se setim njegovog vragolastog, lepog lica i običaja da me zagrli oko ramenâ čim primeti da me nešto muči.

– Ne, hvala – odgovaram, ali to je laž.

Džuli klima glavom. – U redu. Slušajte, Mejbel, volela bih da se lepo slažemo. I da vam pomognem, ako ikako mogu. Stoga mi slobodno recite ako vam se nešto ne sviđa. Ne ustežite se.

Neću se ustezati.

– Pristaviću vodu za čaj – kaže ona. – Mislim da je to uvek dobar početak.

Vraća se noseći porcelanske šolje i tacne koje smo dobili kao svadbeni poklon. Morala je sve da otvori da bi ih našla. Uvek su mi se sviđale, ali Artur je više voleo obične keramičke šolje, pa smo zato s vremenom prešli na njih. A pronašla je i biskvite. One s kremom. Spušta moju tacnu na prozorsku dasku.

– Volim lepe šolje – kaže. – Uvek sam govorila Martinu: „Šta ako navrati kraljica? Treba je valjano ugostiti.“

– Rekoste da vas je ostavio?

Na trenutak se ukoči kad to čuje, ali brzo se pribere.

– Tako je.

– Nedavno.

– Pre dve nedelje.

– Ja sam izgubila Artura pre mesec dana.

– Razlika je u tome što sam sigurna da bi vaš Artur ostao s vama da je mogao.

Tu je u pravu.

– Kakav je bio? Vaš muž.

Ona oduva šiške sa očiju i pogleda me pravo u oči. Primećujem njen nos. Špicast je, pa zbog toga izgleda kao je uobražena, mada vidim da nije takva. – Sasvim prosečan, rekla bih. Bio je prvi koji je obratio pažnju na mene, i nisam stigla ni da trepnem, a već su svi pričali o braku. Ali umeo je da me nasmeje. Stvarno. Uostalom, nije gotovo dok debela još peva, a da li me čujete da pevam?

Znam da se šali, a i nije debela. Da se bolje poznajemo, rekla bih joj to. Samo joj trebaju jedan broj veće pantalone i izgledala bi sasvim dobro.

– Nadate se da će vam se vratiti, zar ne?

– Da, Mejbel. Neće mu ići s tom drugom, zar ne? Zavrtela mu je mozak, eto šta je posredi. Ali sigurna sam da neće dugo trpeti njegove gluposti, a onda će mi se on vratiti podvijenog repa, a ja ću ga naterati da obeća da će me odvesti na neko stvarno lepo mesto kako bi se iskupio, i to će biti to. Dok stignem u vaše godine, akobogda, to će biti davna prošlost. Postaće ono „sećaš li se kad si...?“. Znate na šta mislim?

Najradije bih joj savetovala da ga zaboravi. Čini mi se da nije vredan truda. Ali ne možeš govoriti drugima kako da žive svoj život. U stvari možeš, ali neće te slušati. Znam to bolje nego iko. I zato samo klimnem glavom.

– Elem – kaže ona – pričajte mi o toj prijateljici koju hoćete da nađete. Jeste li sigurni da je još živa?

Smešna mi je i pomisao da bi Dot mogla biti mrtva. Nikad nisam poznavala nikoga tako punog života. A opet, isto sam nekada mogla reći i za Bila.

– Nisam je videla šezdeset dve godine. Ništa ne znam o njoj, izuzev kako se zove. Naravno, možda se i udala.

Razume se da se udala. Neko kao Dot ne ide sâm kroz život.

– Pa, čini mi se da će to biti prilično težak zadatak, zar ne? Ali imamo vremena. Moram malo da razmislim odakle da krenemo, a onda ćemo prionuti na posao. Važi? A sada, mogu li da vam spremim nešto za užinu? Da naseckam povrće ili nešto slično? Da stavim veš na pranje? Osećam se kao da zabušavam kad samo sedim ovako i ćaskam.

Ne mili mi se da mi prekopava po korpi za veš, pa joj zato kažem da oljušti i naseče nekoliko krompira i šargarepa. Gledam je iz dnevne sobe dok se vrzma po kuhinji i peva jednu od onih grandioznih balada. Iznenađujuće je muzikalna. To me navede da shvatim koliko je kuća bila tiha. Artur je povazdan zviždukao, pevušio ili pričao, i mada smo često bili u različitim prostorijama, ovo je mala kuća, pa sam uvek znala da je on tu. Pomislim kako je ipak lepo imati društvo. Možda mi je to bilo potrebno, a on je to shvatio pre mene. Dešava se to kad s nekim provedete čitav život. Uvek sam znala kad ga hvata nazeb ili kad se malo ugoji. I kad ima ljubavnicu.

9.

Reči one devojke – „ako hoćete da popričamo" – već danima mi ne izbijaju iz glave. Zato mi je pomalo čudno kad je ponovo vidim, kao ono kad naiđe neko koga si sanjao. Sedi na klupi najbližoj grobovima, što je pomalo nezgodno, pošto volim da stojim baš tu, kraj ograde, kad hoću da proćaskam sa svojima, a ne mogu to kad ima nekoga u blizini. Osećala bih se kao budala. Hoće li me se ona setiti? Privlačim kaput uza se. Ona je bez kaputa, i stresem se kad je vidim takvu. Prilazim ogradi i ovlaš se naslanjam na nju, a Oli seda. Osvrćem se i vidim da me ona gleda.

– Ćao – kaže mi.

– Zdravo.

Podigla je noge na klupu i privukla kolena grudima, pa ih obgrlila rukama. Izgleda kao da pokušava da bude što je moguće manja.

– Mogu li da sednem? – pitam je.

Ona klimne glavom. Ima dosta mesta za obe, ali uvek deluje neobično prisno kad deliš klupu s neznancem. Sedam na suprotan kraj. Neki psi su dobri za probijanje leda u sličnim prilikama, ali moj ne spada u takve. Leže mi kraj nogu i sprema se da odrema.

– Htela sam da ti se zahvalim – kažem. – Jer onog dana nisi rekla ništa. Obično ne radim takve stvari. Nemam tu naviku. Obuzeo me je čudan poriv, i podlegla sam a da ni sama ne znam zašto.

Ona sleže ramenima. – Nikad ne prijavljujem one koji kradu hranu.

Razmislim malo o tome, pa upitam: – A zašto?

– Pa, zato što ne kradu nešto otmeno ili luksuzno, zar ne? Ili nešto skupo. Ako neko krade hranu, verovatno to radi zato što mu je potrebna, a mene se to ne tiče i nemam nameru da mu dodatno zagorčavam život.

Saosećajan odgovor, vidi se da je razmišljala o tome. Pomalo sam zatečena jer o tinejdžerima znam samo ono što čitam u novinama: da su razmaženi i sebični. Naivno sam uzimala zdravo za gotovo ono što su mediji hteli da verujem. Artur je imao običaj da kaže: – Koristi sopstvene oči i uši, sama donesi sud. – I bio je u pravu.

– Dešava li se često? Da ljudi kradu.

– Tu i tamo, ništa strašno. I obično ne pikalili.

Posramljeno pognem glavu. Ja ga čak i ne volim naročito. Artur ga je obožavao. Božić se nije mogao zamisliti bez pikalilija. Još se nisam sasvim odvikla da uz svoje omiljene stvari kupujem i njegove. Ponekad ne mogu da se setim ko je šta voleo. Ali mnogo sam razmišljala o onom što se desilo i zašto sam to uradila, i čini mi se da naslućujem odgovor.

– Kad si mlada, i pritom žena – kažem joj – svima si zanimljiva. Zbog svog izgleda i onog što imaš da kažeš. A onda dođe trenutak u životu, otprilike oko pedesete, kad sve to prestane i postaneš nevidljiva. I to je stvarno glupo, jer si tad daleko zanimljiviji sagovornik, ali niko ne želi da te sluša. Još odavno sam se pomirila s tim, ali otkako mi je umro muž, ima dana kad ni sa kim ne progovorim ni reč, kad mi se čini da me niko ne vidi, pa sam valjda htela da isprobam je li stvarno tako.

Po njenom praznom pogledu rekla bih da sam otišla predaleko.

– Aha – kaže. – Nevidljivost.

Sedimo, obe zurimo preda se, mada povremeno kradom bacim pogled na nju. Nije neka lepotica, ali je neodoljiva na onaj način svojstven mladima. S tim što oni toga nisu svesni. A ne možeš to da im kažeš. Sve dok bude živa pokušavaće da oživi makar delić ovoga što sada ima.

– Beše li Erin? – Sećam se imena sa značke.

– Da.

– Mejbel – kažem.

A onda ona uradi nešto čudno. Pruži mi malenu šaku i rukujemo se kao dva biznismena, kao saveznici, kao poslovni partneri. Šaka joj je sitna i veoma hladna. Ćutimo, pa se sa svih strana jasno čuje ptičji cvrkut.

Ona pokaže ka spomeniku palim borcima iza grobova. – Sećate li se kako je bilo?

– Za vreme rata? Jedva. Samo nekih pojedinosti.

– Kad sam bila u mlađim razredima, jednom su nas doveli ovamo. Morali smo da hodamo po dvoje, držeći se za ruke. Učiteljica me je izgrdila jer sam previše pričala. Rekla je da je to nepoštovanje prema mrtvima. Ali prosto nisam mogla da povežem ovaj kameni spomenik s ljudima koji su poginuli u borbi. Imala sam deset godina. Ništa mi nije bilo jasno.

Razumem šta hoće da kaže. Ako nisi to proživeo, a pritom si i dete, sigurno ti je potpuno strano.

– Moj otac se borio u ratu. Vratio se, ali su svi tvrdili da nikada više nije bio isti. Bilo je mnogo žrtava poput njega, nisu svi bili ranjeni ili sahranjeni na drugom kraju sveta.

Ona me otvoreno posmatra, bez ustručavanja. Kako je to naučila? Da se dignute glave suočava s teškoćama. Tako je mlada.

– Žao mi je – kaže.

– Jesu li ti roditelji još živi?

Ona klima glavom.

– Smatraj da imaš sreće.

Ona polako odmahuje glavom.

– Ne slažeš se?

– Ma... Hoću da kažem, drago mi je što moj tata nije morao u rat, razume se da mi je drago, ali se ne slažem s roditeljima u pogledu nekih stvari.

– Kakvih stvari?

– Pa, za početak, u vezi s tim što volim devojke.

Isprva mi nije jasno na šta misli. Voli devojke? A onda shvatim i pocrvenim. Nisam navikla da razgovaram o takvim stvarima, o tuđim sklonostima. Jer ispod površine takvih razgovora vreba seks, a kad sam bila njenih godina, to je bila tolika tajna da majka nikada nije čak ni nagovestila ništa u vezi s tim, osim što mi je rekla da će me možda malo boleti prve bračne noći.

– Aha.

– Moja mama je religiozna, kaže da Bog to ne odobrava. Doduše, nikad joj nisam ni rekla za sebe, ali već godinama slušam šta govori, tako da... – Tu odglumi da se stresla.

Ja ćutim, ne znam šta da kažem.

– Pa – kaže ona – moram na posao.

Smešim joj se, mada ne znam kako će to da protumači. Zatim odlazi, u hodu vadi slušalice iz jarkocrvenog ruksaka i stavlja ih na glavu. Ona odrasta u potpuno drugačijem svetu. Svetu koji će naslediti. Ima mogućnosti o kojima ja nisam čak ni razmišljala. Obrazovanje, karijera. I trebalo bi da joj bude lakše, zar ne, mada nisam sigurna da je tako. Možda nema jednostavnog načina da se pređe u svet odraslih, bez obzira na vreme u kome živiš.

– Zdravo, mama i tata, zdravo, Bile – kažem i prilazim ogradi.

Oli njuška unaokolo, ćuška opuške vrhom nosa.

– Mislila sam da ću biti usamljena bez Artura, ali on je platio ženu koja će mi dolaziti svakog dana. Zove se Džuli. Možda ću je jednom zamoliti da dođe sa mnom ovamo, pošto se ne osećam baš sigurno na nogama, a samo mi još treba da padnem i slomim kuk. To se desilo mojoj prijateljici Inid, i nikad više nije ustala iz kolica. Gadno je kad ostariš. Ali vi ste svi to izbegli, zar ne? Nijedno nije prevalilo šezdeset šestu, a ja imam dvadeset više. Svakog jutra kad se probudim, prvo moram da procenim stanje sopstvenog tela, da utvrdim šta me boli i koliko, i da li me je juče bolelo. A potom mi treba deset minuta da ustanem.

– Čini mi se da sam se smučila Oliju. Ne staram se o njemu kako treba. Stvarno ne mogu. Mislim da ću morati da se raspitam da li bi ga neko uzeo...

Oli sedi kraj mojih nogu, miran kao bubica, i samo tiho zacvili u tom trenutku, kao da me razume.

– Sećate li se Dot? – pitam ih kako bih promenila temu. – Naravno da je se sećate. Pokušaću da je nađem. Znam, znam, možda je već dugo mrtva. Ali mislim da ipak treba da pokušam. Još odavno je trebalo to da uradim. A sad moram ovog ovde da vodim kući i nahranim ga. Navratiću ponovo.

Odmičem se i uto mi slika iz prošlosti sevne pred očima. Bil je na drvetu, ljulja granu na kojoj sedi da bi me uplašio. Maše mi. Da li je i Artur bio tad s njim? Verovatno jeste. Godinama su bili nerazdvojni. Da, ako pogledam malo bolje, vidim ga iza Bila kako se smeje i izvija se da bi održao ravnotežu. Otići ću i do njegovog groba, da vidi da mislim na njega.

Treba mi nekoliko minuta da ga pronađem. Nadgrobni spomenik još nije gotov.

– Pronašla sam cedulju koju si mi ostavio – kažem mu. – Spisak. Mislim da hoćeš da nađem Dot. Pokušaću to u svakom slučaju. Nisam sigurna zašto bi to želeo, ali možda ću shvatiti kad počnem. Ne znam. Volela bih da si poživeo dovoljno dugo da mi objasniš, Arture. Volela bih da si živ.

Znam da ću se slomiti ako ostanem tu makar još trenutak, pa mu zato šaljem poljubac i polazim kući bez osvrtanja. U hodu se prepuštam sećanjima. Artur i ja, šezdesetogodišnjaci, sedimo na našoj klupi i gledamo zalazak sunca jednog hladnog zimskog dana kao što je ovaj. Sigurno je bio vikend. Šolje čaja stajale su nam kraj nogu, tako da se para mešala sa oblačićima što su nam izbijali iz usta kad progovorimo.

– Bliži se Božić – rekao je. – Ima li nešto što želiš?

Štošta sam želela. Ali ništa od toga nisam mogla da mu kažem.

– Ništa mi ne treba.

– Kad je reč o božićnom poklonu, nije važno da li ti treba, zar ne? Mogli bismo da skoknemo do Overberija, da izabereš nove minđuše ili haljinu.

– A ti? – pitala sam ga.

Zamislio se nakratko, a ja sam za to vreme u sebi nabrajala ono što sam znala da želi, ili bar da je želeo. Sin, ćerka. Žena koja ne ustukne kad god je dotakne.

– Ne bih se protivio novom tranzistoru za šupu.

Otkako se penzionisao, počeo je tamo da provodi dosta vremena popravljajući sve i svašta. Komšije su nekako saznale, pa su počele da mu donose stvari da ih zalepi ili opravi. A on je u tome uživao.

– Tranzistor – ponovila sam.

Zapitala sam se tada da li je u braku uvek tako, s toliko stvari što se kriju iza neobaveznog razgovora? Toliko tajni, toliko pretvaranja.

Već sam nadomak kuće kad se iznenada začuje nečiji krik. Dižem pogled i vidim da ispred mene stoji lepa mlada žena s dečjim kolicima i da je rukáma pokrila usta. Primećujem da su joj nokti tamnoplavi, savršeno oblikovani. Besprekornog tena i s firmiranom tašnom, izgleda kao da je izašla iz reklame.

– Šta je bilo? – pitam je. – Jel' sve u redu?

– Vaš pas! – kaže ona.

Pogledam Olija, koji mi uzvrati pogled. Oboje smo začuđeni.

– Ovo je Oli – kažem, pošto mi ništa drugo ne pada na pamet.

– Oli! – Ona čučne, a dugi plavi uvojci se zaljuljaju.

– Ha! Koli[2] Oli?

– Dosetka mog pokojnog muža. Ali vodite računa, ume da...

Ali već je kasno, pošto ga ona češka ispod brade, što meni nikad nije dozvolio da uradim, a on sedi zavaljene glave kako bi joj omogućio pristup. Ona mu se očigledno dopada. Izdajnik nijedan.

– Božanstven je – kaže ona i ponovo ustaje. – Ja sam Kersti.

– Mejbel.

– Zdravo, Mejbel. A ovo... – Pokazuje mi bebu koja spava u kolicima. – Ovo je Doti.

– O, ja...

Ona me zabrinuto pogleda. – Jeste li dobro, Mejbel?

– Da, da, samo sam...

– Šta?

– Imam prijateljicu, tačnije, imala sam prijateljicu koja se tako zvala. U stvari Dot. Doroti.

– Baš lepo! – kaže ona i pljesne rukama. – U stvari, ne, rekli ste da ste imali prijateljicu, zar ne? Baš mi je žao što je više nema.

– Ne, nisam tako mislila, više se ne družimo, ali nije umrla, ili bar ne da ja znam. Nameravam da je potražim.

Onda zaćutim jer sam shvatila da ona sigurno misli da sam neka ludakinja koja joj prepričava svoj život nasred ulice. Ali ona me dobroćudno gleda. – Sad moram dalje, mala se obično probudi kad stanem, a to ume da bude nezgodno. Ali svakako mi je drago što sam vas upoznala, Mejbel. A i tebe, Oli. Nadam se da ćete naći tu prijateljicu.

---

[2] Engleski naziv za škotskog ovčara. (Prim. prev.)

Kersti se ponovo saginje da ga pomiluje po leđima, a on se topi od milja. Zatim ona odlazi.

– Šta je to trebalo da znači? – pitam ga kad se dovoljno odmakla da me ne čuje.

Ulazim u kuću i zatičem Artura kako stoji kraj police za knjige u dnevnoj sobi. Hvatam se za grudi i brzo trepćem, ali on je i dalje tu, stvarno je tu.

– Arture?

On ne odgovara, samo se blago nagne napred. I u narednom trenutku nestane, a ja više nisam sigurna da li je ikada bio tu.

10.

U emisiji *Dobro jutro* gledala sam prilog o ljudima koji imaju potrebu da vam ispričaju intimne pojedinosti svog života dva minuta nakon što ste se upoznali. Majkl Silver je bio tu, pomno je slušao dok se pričalo o raku, držeći ruku na bradi, a potom je s psihoterapeutkinjom koja je napisala knjigu o toj pojavi razgovarao o tome zašto su danas ljudi mnogo skloniji da pričaju o sebi nego u prošlosti. Imala je oko četrdeset pet godina, okrugle naočare i staromodan kostim. Upola mlađa od mene, s čitavim nizom titula. Glava me zaboli kad se samo setim. Elem, Majkl Silver je rekao da poznaje nekoliko takvih, a zatim ispričao priču o prijateljici svoje druge žene, koja je došla kod njih na večeru i počela nadugačko da raspreda o svojoj histerektomiji i višegodišnjoj depresiji, a zatim je pomenuo i nekadašnjeg kolegu koji je voleo da do tančina prepričava svoje krevetske poduhvate. Podigao je ruke i prstima napravio navodnike u vazduhu kad je pomenuo „krevetske poduhvate". Ipak je to jutarnji program.

Stekla sam utisak da niko od njih ne može da se meri sa Džuli. Prve nedelje sam saznala sve o tom Martinu za kog je bila udata duže od dvadeset godina, i kako je jednog jutra iz čista mira zaključio da nije srećan i da je među njima gotovo. Kleo se u sve živo da nema drugu, a nedelju dana kasnije naletela je na njega u supermarketu – i to baš kad je uzimao musli, a celog života je jeo isključivo *kranči nats* – a potom ga je pratila do onog novog naselja nadomak Overberija i videla kako ulazi u kuću i pada u zagrljaj visoke riđokose po imenu Estel.

Kad sam je pitala otkud zna da se riđokosa zove Estel, rekla je:
– Pa, to je druga priča. – A zatim je krenula da mi i to nadugačko

objašnjava, pri čemu mi nije dala vremena da kažem zanima li me to ili ne. Pratila je tu ženu do mesne zajednice u Overberiju, i kad je ušla tamo za njom a da pojma nije imala šta se dešava, obrela se na času plesa. Čula je kad ju je instruktorka oslovila kao Estel. Kad je Estel ugledala bivšu ženu svog momka kako ulazi, najednom joj je pozlilo pa je morala da ode. I nikad se više nije vratila.

– Ali tako sam upoznala Peti – kaže sad.

Uvek nastavi tamo gde je stala, kao da je prošlog puta pritisnula dugme za pauzu.

– Na času plesa?

– Da, ona je instruktorka.

– Kakvo je to ime? Zvuči američki.

– Ona je Amerikanka.

– Pa da.

– Pa da... šta?

Ne znam šta da kažem, jer je „pa da" nešto čemu pribegavam kad nemam ništa da kažem. Stoga samo blago slegnem ramenima. Srećom, ona nastavlja da priča. Nije gnjavator što se toga tiče. Ne zamera ako nešto shvatiš pogrešno i ne zapitkuje šta hoćeš time da kažeš.

– I šta ta žena... ta Estel... ima što vi nemate?

Džulin pogled nakratko postane čežnjiv. – Za početak, ima deset godina i deset kila manje.

Oduvek me je nervirala ta opsednutost mladošću. Žena Džulinih godina štošta je videla i doživela. Zna šta hoće i ima šta da kaže.

– Mislim da je on budala – kažem, na šta mi ona zahvali i stavi šake preko mojih, što mi deluje malo previše prisno, pa se zato povlačim. Mada moram priznati da mi je sad malo simpatičnija. Onog prvog dana činilo mi se da nećemo izdržati ni do kraja nedelje.

– Setila sam se nečega oko čega bi mi trebala pomoć – kažem.

– Jel'? – zadovoljno pita ona.

– Francuski krevet – kažem. – Artur i ja smo svakog četvrtka okretali dušek, a to ipak ne mogu sama.

– Smatrajte to učinjenim – kaže ona i odlazi na sprat.

Malo kasnije stoji kod zida kraj vrata i razgleda naše fotografije. Artur je dao da se urame, a zatim zakucao eksere i okačio ih. On i ja na dan venčanja, na Anglsiju, na ukrcavanju na trajekt za Dover. Meni je delovalo pomalo samoljubivo da tako izlažemo sopstvene fotografije, ali Artur me je na to pitao a čije bismo inače izložili, i bio je u pravu.

– Lep je čovek bio vaš Artur – kaže ona.

Nisam sigurna šta očekuje da odgovorim. Oduvek sam znala da je naočit. Žene bi ga pogledale, a zatim mene, kao da procenjuju jesmo li jedno za drugo. Kao da se njih to tiče. Često se dešavalo da se njemu osmehnu a mene mrko odmere, valjda zato što im nije bilo jasno zašto je izabrao mene. On se nije obazirao na to. Nije bio sujetan. Njemu je sve bilo krajnje jednostavno. Bila sam mlađa sestra njegovog najboljeg druga, a jednom mi je priznao da sam mu zapala za oko još kad me je prvi put video.

Imao je devetnaest godina a ja šesnaest kad ga je Bil pozvao na ručak. Imali smo svinjske kotlete, krompir pire, kupus i moču. A ja se tog dana uopšte ne sećam. Uvek sam se osećala kao da je on stalno tu, takoreći neodvojiv od Bila, ali mu nisam to rekla. Pretvarala sam se da je i meni taj dan važan. Rekao je: – Pojela si sve do poslednje mrve iz tanjira, a potom i jednu krušku. Sećam se da sam rekao u sebi kako mi se sviđa devojka koja ima dobar apetit.

Nije bilo naročito romantično što sam mu se dopala jer sam izelica, ali kao što rekoh, njemu je sve bilo jednostavno. Čim me je upoznao, znao je. Ja sam ona prava.

– Verujete li da za svakog postoji „onaj pravi"? – pitam Džuli.

– Ono kao srodna duša?

– Da.

– Ne znam, Mejbel. Mislila sam da mi je Martin sve na svetu, a šta to sad treba da znači? Da je sve gotovo, da nema više? I kako se tu uklapa Estel? Pored toga, ako na svetu postoji neko ko je stvoren za mene, zar ne bi bila sumanuta slučajnost da živimo u istom gradu? I da ga upoznam u kasapnici.

– Tako ste se upoznali? – Na pamet mi padaju kobasice, goveđe polutke, krvave satare i prljave kecelje.

– Dok smo stajali u redu – kaže ona, pa oduva šiške sa očiju. – Birao je jagnjeću plećku za uskršnji ručak kod majke.

– A šta ste vi radili?

– Kupovala tati šunku za sendviče.

– I to je bilo to?

– Dobro, ne baš. Malo smo proćaskali, ali mi nije zatražio broj telefona. Bilo bi previše nametljivo, zar ne? Ali kad smo se ponovo sreli u kasapnici posle nekoliko nedelja, pozvao me je na piće. Mnogo godina kasnije, kad smo već bili u braku, priznao mi je da je pitao kasapina ko sam, i da mu je ovaj rekao da obično naiđem utorkom posle posla. Vrzmao se pred kasapnicom tri utorka zaredom čekajući da se pojavim.

Zvuči kao da je vrlo ponosna zbog toga, a meni dođe da joj kažem kako to baš i nisu buketi ruža i iznenadna putovanja u Pariz, ali ipak se uzdržim.

– A jeste li oduvek znali da je on onaj pravi? – pitam je.

– Pa, nisam sigurna. Neki kažu da su znali, ali nisam sigurna da je stvarno tako.

Greši, ali neću to da joj kažem.

– Izveo me je nekoliko puta, upoznala sam ga sa svojima i dopao im se. Posle jedno godinu dana predložio je da živimo zajedno, a kad smo nakon nekoliko meseci utvrdili da nam lepo ide, zaprosio me je.

– Da li je kleknuo?

– Nije, mada je kupio prsten. – Tu zaćuti i zagleda se u svoj prst, a onda se valjda seti da više ne nosi taj prsten. – Bio je dobar prema meni.

Jesu li ženska očekivanja i inače toliko niska? Nekoliko izlazaka i prsten? Nije ni pomenula strast i ljubav za sva vremena. Ni vrtoglavicu i mučninu, ni osećanje da ne može bez njega.

– Jeste li ikada osećali mučninu? – pitam je.

– Mučninu? Kako to mislite?

– Od siline osećanja. Od, znate već, ljubavi.

– Ne, nikada nisam osećala mučninu. A vi, Mejbel?

– Ja jesam – kažem. – Mučninu i strah, kao da stojim na vrhu zgrade od pedeset spratova i spremam se da skočim.

I sad to osetim kad zatvorim oči. Ona me gleda pomalo začuđeno. Kao da nije očekivala tako nešto od mene.

– Sigurno je bio izuzetan čovek. Jeste li za čaj, Mejbel? Ili biste radije da se prošetamo?

Gledam kroz prozor. Oblačno je, ali suvo. Oli, koji je dotle čvrsto spavao, diže glavu čim je neko pomenuo šetnju.

– Hajde da se prošetamo – kažem.

Dok sam u kupatilu, ona stavlja Oliju povodac, oblači kaput i vadi moj i rukavice iz ormara u predsoblju. Ranije je Artur to radio. Sitni znakovi pažnje koji su u zbiru davali mnogo. Izlazim i zatičem je kako stoji pomalo izgubljeno, odsutnog pogleda, a onda pomislim kako mi je pomogla i da bih stvarno volela da joj nekako ublažim tugu.

Hladno je i prilično vetrovito, gotovo sam zažalila što nisam ostala unutra i zamolila Džuli da upali gasni kamin. Ona me hvata podruku i taj osećaj mi je poznat, ali kad spustim pogled, Džuli me privuče malo bliže.

– Ne smem dozvoliti da mi padnete – kaže. – Morala bih da popunim gomilu obrazaca.

To mi je smešno pa prasnem u smeh, a onda se ona zarazi i narednih minut-dva stojimo na uglu moje ulice i grohotom se smejemo, onako kako smo se Dot i ja smejale takoreći svakodnevno dok još nisam znala koliko sam srećna što imam takvu drugaricu. Neki čovek prolazi sa skorojevićkim psetancetom koje zareži na Olija, ali zaćuti čim on odsečno lane na njega. Čovek nas začuđeno pogleda, kao da je nezamislivo da dve žene šetaju i smeju se u četvrtak posle podne, ali baš me briga. Koliko sam vremena straćila tokom godina jer sam se brinula zbog toga šta će o meni misliti ljudi koji me ne poznaju i nikad me neće upoznati?

– Treba li vam nešto iz prodavnice? – pita me ona kad smo se sabrale. – Mogle bismo da skoknemo tamo ako hoćete.

Nameravala sam da spremim ribu, to mi je bilo na spisku za večeras, ali kad sam zastala i razmislila da li mi se to zaista jede, shvatila sam da nije tako. Artur je govorio da nikad ne bi mogao da u nedelju odabere šta će mu se jesti u sredu, ali ja sam volela da isplaniram obroke sedam dana unapred i da kupim sve namirnice odjednom. Lako mu je bilo da to govori jer nije on morao sve da rasporedi i vodi računa da se ništa ne baci. Ali sad sam tu samo ja, i uviđam da ne moram večeras pojesti onu ribu iz frižidera, da je mogu ostaviti za sutra ako mi se prohte. I da mogu kupiti neko gotovo jelo, nešto s testeninom ili čak kari.

– Da – kažem. – Hajdemo do prodavnice da kupim nešto za jelo.

– Pravac prodavnica!

Nije to bogzna šta, ali meni mnogo znači.

11.

U supermarketu smo, čekamo u redu. Namerno sam odabrala Erininu kasu. Nisam sigurna zašto, ali nešto me vuče ka njoj. Kao da slutim da joj preti nekakva opasnost ili tako nešto, pa hoću da budem u blizini. Znam da je to glupost. Čak i da se stvarno nešto desi, šta bih mogla da preduzmem? Kako bih mogla da joj pomognem? Namrgođena je, i najednom se setim da joj je Artur jednom prilikom nešto rekao, neku od onih gluposti koje muškarci govore ženama. „Deder se nasmeši", „Razvedri se, dušo" i tome slično. Tada nisam obraćala pažnju na to, ali kad malo bolje razmislim, zašto bi se ona smešila samo da ugodi drugima? Kad smo već nadomak kase – Džuli je usred priče o Martinu, maskenbalu i tome kako je neko mislio da je on raznosač pica – Erin podigne pogled i široko se osmehne kad me prepozna, kao da ju je sunce ogrejalo.

– Zdravo, Erin – kažem joj.

Džuli na to zaćuti i pogleda nju, pa mene. – Prijateljica?

– Tako nekako – kažem, a Džuli slegne ramenima i produži do druge strane kase kako bi zapakovala moju pileću masalu i naan.

Tek što mi je Erin saopštila koliko sam dužna, poslovođa joj prilazi i kaže joj da hoće da porazgovaraju kad završi s kupcem. Pogleda me dok izgovara reč „kupac", a na licu mu je upravo onaj izraz kao kad primetiš da imaš pseći izmet na cipeli tek nakon što si prošao kroz celu kuću. Zove se Kevin Čivli i ne zna da sam nekad radila s njegovom majkom Alis. Sećam se kad je odlazila na porodiljsko, stomaka tvrdog i okruglog kao košarkaška lopta, i kako smo stajali oko nje s tortom, čestitkom koju smo svi potpisali i punom kesom džemperića koje je Šila isplela. Klela se da ćemo se videti za nekoliko meseci, ali nikada se više nije vratila pošto je rodila tri dečaka u kratkim razmacima, a posle se zaposlila kao pomoćnica i čistačica u frizerskom salonu. Mi devojke iz biroa povremeno smo se okupljale, i Alis je uvek dolazila s jednim ili više dečačića koji su je grčevito držali oko vrata ili za porub suknje. A sad je tu on, pravi mufljuz, šepuri se svojom pišljivom titulom kao da je kicoško odelo.

– Sačekajte – doviknem Džuli, koja je spakovala sve u moju torbu i krenula ka vratima.

– Šta je bilo? Problem s karticom?

– Ne – kažem i pružam Erin novčanicu od deset funti. – Samo hoću da vidim šta to gospodin Čivli ima da kaže Erin.

– To se vas ne tiče – kaže on, očigledno iznerviran što znam kako se zove.

– Ali ipak bih volela da čujem – kažem.

Erin gleda njega pa mene, s pakosnim smeškom. Svesna je, kao i ja, da on neće smeti da bude otvoreno neuljudan prema meni, niti pokušati da me izbaci iz supermarketa. Došlo je do zastoja i sve oči su uprte u njega.

On se nakašlje. – Pa, Erin, jutros si zakasnila pet minuta.

Erin samo klimne glavom. On očigledno čeka njen odgovor, iako joj nije postavio nikakvo pitanje.

– A to je nedopustivo – nastavlja. – Ne mogu da vodim ovo mesto ako svi počnu da dolaze *oko* devet, ili *otprilike* u podne. Štaviše, morala bi da budeš ovde bar pet minuta pre početka smene kako bi stigla da odložiš stvari u ormarić i budeš na svom radnom mestu na vreme.

– Neće se ponoviti – kaže mu Erin.

– Pa, postaraj se da se ne ponovi.

– Jel' to sve? – pitam.

On začkilji ka meni, kao da pokušava da dokuči ko sam.

– Mogu li da znam, gospođo, kakve vi veze imate sa Erin?

– Mi smo prijateljice – kaže Erin.

– Da – potvrđujem. – Tako je. Mi smo prijateljice.

– Pa – kaže on dok otresa ruku o ruku i okreće se da ode – možda bi ubuduće mogla da svoje privatne razgovore vodiš van radnog mesta.

Kad je otišao, Erin mi zahvaljuje.

– Jel' ono o kašnjenju bilo istina? – pitam je.

– Nije. Video je mene i Hanu. – Pokazuje ka devojci sličnih godina na susednoj kasi. – Video nas je kako se ljubimo na parkingu. Nas dve smo u vezi. Njemu se to ne sviđa.

– A kakve to veze ima s njim?

Ona slegne ramenima. – Nikakve. Takvi muškarci misle da mi postojimo samo zarad njihove razonode, zar ne? I ne dopada im se ako nas ne zanimaju. Ako nas ne zanimaju muškarci. Doživljavaju to kao ličnu uvredu.

Odmahujem glavom. – On nikako nije mogao da nauči da ide na nošu.

– Molim? – Erin tu blago zatrese glavom kao da nije sigurna da me je dobro čula.

– Poznavala sam njegovu majku. Srao je u gaće gotovo do pete godine.

Ona prasne u smeh i pokrije usta šakom, a oči joj se zacakle. Mahnem joj rukom i odem.

– Šta je to bilo? – pita me Džuli.

– Ne volim siledžije – kažem.

Zatim izađemo, ona odveže Olija od stuba kraj kog smo ga ostavile i polazimo kući.

– Imam još pola sata do sledeće mušterije – dovikuje mi Džuli iz kuhinje dok kuva čaj.

Pogledam sat s kukavicom na zidu. Njena dva sata sa mnom istekla su odavno. Baš u tom trenutku kukavica iskoči i ja se trznem. Sećam se kad je Artur doneo tu grozotu iz jedne šoping-ture na koju je otišao sâm pre trideset godina. Kako je to čudo toliko izdržalo? Nedeljama smo se raspravljali zbog toga, rekao mi je da je želeo sat s kukavicom još otkad je bio dečak, ja njemu da su mi odvratni, a onda sam jednog jutra sišla na doručak i ugledala tu grozotu na zidu. Najednom shvatam da sad mogu da ga skinem. Više me niko i ništa ne sprečava.

– Izvolite – kaže Džuli i spušta šolju čaja na prozorsku dasku kraj moje fotelje.

Donela je jednu i sebi, i sad seda na kauč.

– Smena vam se završila još u četiri – kažem joj.

– Znam, ali sledeća gospođa živi bliže vama nego mojoj kući, pa bi bilo besmisleno da trčkaram tamo-amo. Naravno, pod uslovom da nemate ništa protiv.

Pomno je posmatram, ali ne mogu da ocenim da li laže. Još je ne poznajem dovoljno dobro. Želim da joj kažem da ne želim nikakve povlastice, da neću da me niko sažaljeva. Ali ne znam kako to da sročim.

– Niste mi potrebni – kažem.

To ju je povredilo. – Ko kaže da sam vam potrebna, Mejbel?

– Niko. Ali stvarno je tako. Neću da mislite kako morate da se starate o meni samo zato što nemam nikog drugog.

– Nikad nisam to ni pomislila – kaže ona.

Ovog puta znam da laže. Pogledala je ulevo. Videla sam to u dokumentarcu o detektorima laži. Imam te, pomislim. To, dakle, znači da malopre nije lagala o razlogu što je ostala duže.

– Mogu li da pitam zašto niste imali dece, Mejbel?

– Mogu li da pitam zašto *vi* niste?

Na to joj se dah preseče. Da li je za nju već kasno? Čovek čuje raznorazne priče. Blizanci u pedesetoj i tome slično. Kad sam prevalila trideset petu, svi su podrazumevali da je moje vreme prošlo, ali sad nije tako jednostavno. Možda se ona još nada. Iako joj, sad kad ju je muž ostavio, izgledi nisu sjajni.

– Godinama smo pokušavali – kaže glasom toliko teškim od tuge da mi je sad krivo što sam je pitala.

– Godinama? – To je samo reč, može da znači bilo šta.

– Godinama. Tri puta sam ostajala trudna. Prvi put smo dogurali do dvanaeste nedelje, i kad smo otišli na ultrazvuk, ustreptali, držeći se za ruke, saopštili su nam da ne hvataju otkucaje srca. Potom ništa četiri godine, i kad sam već prestala da se nadam, ponovo mi je zakasnila menstruacija. Nisam mogla da verujem kad sam se testirala. Ali Martin se zabrinuo. Mislila sam da se neće valjda desiti dvaput zaredom, a on je bio oprezan. A onda sam posle nekoliko nedelja počela da krvarim. Otišla sam u bolnicu, preklinjala ih da preduzmu nešto, ali rekli su da ne mogu ništa da učine. Ako ćeš pobaciti, onda ćeš pobaciti i tačka. Sećam se mirisa sredstva za dezinfekciju u sobi kad mi je lekar to saopštio bez imalo saosećanja. Poslali su me kući. Satima sam sedela na klozetskoj šolji, grčevi su dolazili i prolazili sve dok nije bilo gotovo.

Meškolji se na kauču kao da oseća fizičku nelagodu dok to priča. Oli leži do nje, i ona se rasejano sagne da ga pomiluje, ali on se izmakne.

– Martin je rekao da više ne pokušavamo, da je previše bolno. Pribojavao se kako će to uticati na moje telo, a i na naša srca. Ali ja sam očajnički želela dete. Naravno, sve moje prijateljice već su bile majke. Ova zatrudnela slučajno, ona dobila blizance, i tome slično. Malo je nedostajalo da se razvedemo zbog toga. Tvrdio je da sam opsednuta. I bila sam, rekla bih, jedno vreme. Treća trudnoća je usledila pet godina posle prve i čim sam dobila pozitivan nalaz, kazala sam Martinu da dajem otkaz na poslu. Da ću ležati u krevetu sve dok se ne porodim. Odvratio je da sam luda, da ne možemo to da priuštimo. I stvarno nismo mogli. Ali nismo ni morali da se brinemo jer sam u šestoj nedelji opet prokrvarila.

Zurim u nju, verovatno otvorenih usta. Pa to je strašno. Ali još žena ima sličnu priču, zar ne? Mnogo žena. I žive s tim. Moraju.

– Onda je on stavio tačku na to. Odbio je da pokuša ponovo. Dosta je bilo, rekao je. Bila sam spremna da probamo vantelesnu oplodnju, ali on je rekao da ne računam na njega. I da ako toliko želim dete, mogu da uradim to s nekim drugim. Razume se da nisam htela tako nešto. Želela sam dete koje bi bilo moje i njegovo, godinama sam sanjarila o tome čiji će nos imati a čiju bradu. Otišao je na vazektomiju a da mi nije ni rekao. Tvrdio je da je uradio to za nas oboje.

Onda me pogleda, i očekujem da ću joj videti suze u očima, ali nema ih. Možda ih je sve isplakala. Onda pomislim da ta tuga koju uvek primećujem kod nje nije samo zbog Martinovog odlaska. I zbog ovoga je. Zbog porodice koju je želela, a nikada je nije imala.

– Eto zašto nemam dece – kaže.

– Žao mi je – kažem. Mizerna izjava.

– Sve je u redu.

Očigledno nije. Ali ona je već daleko. Kilometrima daleko.

– Ja nisam htela decu – kažem. – Artur jeste. Pat-pozicija. Nije u redu što sam se udala za njega a da mu nisam to predočila.

Džuli sleže ramenima. – Ne možete sebi da prebacujete zbog toga. Ako mu je to već toliko značilo, trebalo je da vas pita pre nego što vas je odveo pred oltar. Kad smo već kod toga, volela bih da sam pitala Martina koliko je spreman da se potrudi ako zatreba. I hoće li odustati ako nam dete ne padne s neba. Ali nisam, i eto gde smo sad.

Ćutimo. Otpijam gutljaj čaja. Vazduh u sobi je bremenit od našeg kajanja.

– Baš me zanima da li je vaša drugarica Dot imala dece – kaže ona.

Pokušavam da zamislim Dot s decom, ali ne mogu. Ona je devojčica, kikotava i vragolasta. Nije majka. A opet, znam da je mala verovatnoća. Žene kao što smo ja i Džuli, koje završe bez dece – mi smo u manjini. Izopštenice.

Posle Džulinog odlaska palim kamin, a zatim opružam noge i razmišljam o onom što mi je ispričala. Toliko patnje. Toliko bola. Ona prilično dobro to krije. Uglavnom. Pitam se jesam li i ja tako dobra. Te noći u krevetu sklapam oči i u glavi vrtim razgovor o kome odavno nisam razmišljala. Artur i ja ležimo jedno do drugog u našoj prvoj kući. Oboje smo na boku, okrenuti jedno ka drugom. Kroz otvoren prozor čuju se automobili koji prolaze. Leto je, pa smo pokriveni samo čaršavom, bez ćebeta. Artur pruža ruku i privlači me bliže.

– Mislio sam da je to sledeći korak – rekao je. – Kad se budemo venčali. To tako ide, zar ne?

Jeste, bio je potpuno u pravu. Ali čudno je što se stvaranju novih ljudskih bića pristupa jer „to tako ide“, bez imalo razmišljanja.

– Ja to ne želim – odvratila sam.

– Usamljena si otkako je Dot otišla. Posle nisi više imala tako blisku prijateljicu. Zar nisi spremna da promeniš nešto? Da daš otkaz na poslu i budeš domaćica. Ako povedemo računa, možemo da živimo od moje plate.

Kao da nije čuo šta sam rekla. Ne da nisam spremna, ni da nisam sigurna, nego da to ne želim. Okrenula sam se na drugu stranu.

– Mejbel, pričaj sa mnom.

– Ne slušaš me – odvratila sam.

– Objasni mi zašto.

– Nema šta da se objašnjava – rekla sam i ponovo se okrenula ka njemu da bih ga gledala u oči dok mu to govorim. – Ja to prosto ne želim.

Da li bi s nekim drugim bilo drugačije? S nekim kog bih više volela, istinski volela? Možda. A možda i ne bi.

12.

– Hoću da probam nešto što nikad nisam radila. – Tim rečima sam dočekala Džuli.

Ona ne zna koliko hrabrosti to iziskuje. Ne zna koliko mi je to nesvojstveno, zato što me ne poznaje. Čini mi se da je upravo to i presudilo. Da sam tako nešto rekla Arturu, od šoka bi pao sa stolice. Ali Džuli nije ni trepnula.

– Dobro jutro i vama, Mejbel. Pa dobro. Nešto što nikada niste radili. U redu, samo da razmislim.

Pola sata se vrzma unaokolo, a onda mi donosi šolju čaja (previše mleka, očigledno ga je sipala posle vode iako sam joj napomenula kako volim), i kaže: – Mogla bih da vas povedem na one časove plesa na koje ponekad idem.

– Umem da plešem – kažem.

Dok to izgovaram, vraćam se tamo u mislima. Na igranci sam sa Arturom, Bilom i Dot, gledam Bila i Dot kako skladno klize preko poda, srce mi lupa jer osećam Arturov pogled, jer znam da će me svakog trenutka pitati.

– Ali jeste li ikada bili na času plesa? – ne odustaje ona.

– Nisam.

– Eto.

Kaže to kao da smo se sve dogovorile. Moglo je biti i gore.

– Peti će se oduševiti što vidi novo lice.

– Ja ću je zvati Patriša – kažem.

– Ne znam da li se tako zove.

– Sigurno se tako zove.

Ona izgleda kao da se pokolebala što se tiče predloga, ali neće ga povući. Dovoljno sam je upoznala da to znam. Drži pajalicu i kruži po sobi dok razgovaramo, iako joj nisam tražila da to radi.

– Šta bi sa onom vašom prijateljicom? – pita me.

Naglo se osvrnem ka njoj. – Dot? Jeste li smislili kako da je nađemo?

– Pa, razmišljala sam o onome što bismo mogle da pokušamo. Kako joj je puno ime i prezime?

– Doroti Brajtmor. Doduše, to joj je bilo devojačko prezime.

– Da, razume se. Ako ništa drugo, nije često prezime. To bi moglo biti od koristi.

– Stvarno?

– Pa, svakako je bolje nego da se prezivala Smit ili Džouns.

Shvatam šta hoće da kaže. Ozbiljno me shvata i cenim to. Uto osetim miris amonijaka i vidim da je počela da prska prozore.

– Ne morate da ih čistite – kažem.

Ona zastane, okrene ka meni s krpom u ruci i nasmeje se. – Pa moram nešto da radim, zar ne?

Nadam se da neće ostaviti tragove.

– Jeste li čuli za Fejsbuk? – pita me.

Prevrćem očima. Ko još nije čuo za Fejsbuk? – Imam osamdeset šest godina, nisam mrtva.

Ona se nasmeje. – Mogle bismo tamo da probamo. – Vadi telefon i seda na kraj kauča bliži fotelji. – Da vidimo, Doroti Brajtmor.

Virim joj preko ramena. Ima tri nalaza, ali ni na jednom nema čestite slike. Na dva se vidi ona plavo-bela silueta na mestu gde treba učitati fotografiju, a na trećem je karikatura psa. Gledam kako Džuli otvara jedan po jedan profil. Prva Doroti je u Americi, i ona me upitno pogleda, pa hitro otpravi taj profil kad ja odmahnem glavom. Druga je u Škotskoj, stoji da je išla u školu u Edinburgu. Odmahujem glavom. Na trećem profilu, onom s karikaturom psa, nije navedena lokacija. Džuli klizi niz stranicu sve dok ne stigne do fotografije muškarca i žene od po pedesetak godina, koji se drže podruku. Pogledam je.

– Ne – kažem.

– Znam da to nije ona, premlada je, ali bi to mogla biti slika njene ćerke ili tako nešto.

– U pravu ste. Nastavite.

Ima još nekoliko fotografija. Na svima je ista žena.

– Ne – kažem. – Pokušajte Dot. Ukucajte Dot Brajtmor.

Ona me posluša, ali nema nijednog rezultata. Zatim otvara *Tviter*.

– Ovo ne koristim – kaže.

Gledam je kako kucka neko vreme, ali ishod je isti.

– Ne mogu ni da je zamislim na *Tviteru* – kažem.

– Možete li da je zamislite bilo gde?

Pitanje je čudno, ali ipak pokušavam. Kako zamišljam sadašnju Dot? Mogu li da je vidim kao sedokosu staricu, a njeno ljupko lice išarano borama? Mogu li da je vidim pogrbljenu i otromboljenu? Ne. Da budem iskrena, vidim je jedino kao devojku kakva je bila. Moj um neće da je postari. A gde je zamišljam? U Londonu, zato što je prvo tamo otišla? Znam da se ljudi sele, da bi mogla biti bilo gde, ali London zvuči kao dobar početak.

– London – kažem. – Osećam da je u Londonu.

Sad je Džulin red da prevrne očima. – Divota. Igla u plastu sena mi pada na pamet.

– Kako tačno izgledaju ti časovi plesa?

Patriša se, shodno predviđanjima, obradovala kad nas je videla kako ulazimo. Dosta je starija od Džuli, sigurno je blizu sedamdesete. I prelepa je. Ravna proseda kosa ošišana u kratak paž, neverovatne plave oči i noge do brade. Pored Džuli i mene, ima svega nekoliko ljudi. Prilazim joj.

– Patriša – kažem. – Ja sam Mejbel. Nisam baš najstabilnija na nogama, ali bih volela da se oprobam u ovom.

– Zovite me Peti – kaže otegnuto.

– Ne bih, ako nemate ništa protiv.

Ona se na trenutak zbuni, ali se brzo pribere. – Dobro došli, Mejbel. Svi ovamo! Lepo je kad ima dovoljno ljudi da mogu da kažem „svi"! Hajde da se zagrejemo.

Traži da kružimo ramenima i hodamo na petama. Kaže mi da ne žurim, da slobodno stanem i sačekam ako se radi nešto što mi ne odgovara. Čudan je osećaj, jer su u trenutku kad je pustila muziku godine naprosto nestale i ponovo se osećam kao devojka. Mogu da zamislim kako se vrtim unaokolo, lakonoga i hitra.

Zatim nas uparuje, i meni zapadne Džuli. Čudno mi je što smo toliko blizu, što se dodirujemo. Otprilike smo iste visine, tako da je, kad ispravim glavu, gledam pravo u oči, i neobična mi je tolika bliskost.

– Daću sve do sebe da vas ne izgazim – šapne mi.

– I ja isto – odgovaram. – Odavno nisam plesala.

Ali onda kreće muzika, pesma je „Unforgettable", a glas dubok i baršunast kao čokolada, i nas dve počinjemo, slušamo Patrišina uputstva, krećemo se pomalo nezgrapno i prilično sporo, ali se krećemo. Kao jedno. Godine nestaju kao čarolijom. Ova sala, ova muzika. Kao vremeplov.

Pesma se završava, a Džuli me zabrinuto posmatra. – Šta je bilo?

Dižem ruku do obraza i napipam suze. – Oh – kažem. – Ništa. Dobro sam.

Sat prolazi dok trepneš. U jednom trenutku, dok plešem s Patrišom uz „Que Sera Sera", nešto u njenoj umešnosti i snažnom stisku ohrabri me da zaplešem onako kao nekad, ili bar koliko je to moguće na ovim staračkim nogama. Na kraju se osećam poletno i umorno u isto vreme. Od kretanja i osećanja. Zahvaljujem Patriši, a ona odgovara da mogu doći kad god hoću i da joj je zaista bilo zadovoljstvo.

– Kafa? – pita.

Džuli me pogleda. – Jeste li za kafu, ili biste radije da pođemo kući?

I sama sam iznenađena kad shvatim da ne želim da se ovo veče završi. – Kafa – kažem. – Mada sam pre za čaj.

Patriša se nasmeje. – Šta god vam duša ište, Mejbel.

Džuli navaljuje da ona plati piće, a Patriša i ja odlazimo da nađemo sto. Nadam se da se neće ustremiti ka onim visokim tvrdim stolicama, pa mi lakne kad se ipak opredeli za nizak sto s velikim, mekanim foteljama. Čitav lokal miriše na sveže skuvanu kafu, a na zidovima su uramljene apstraktne slike. Artur bi rekao da je previše nacifrano, a ja bih se verovatno složila s njim. Više je voleo starovremske kafeterije s kariranim stolnjacima. Ali dok se osvrćem oko sebe i sređujem utiske, zaključujem da mi se sviđa.

– Pričajte mi o sebi – kaže mi Patriša sa osmehom.

Oduvek sam mrzela tu rečenicu. Šta ima da se priča? Osvrćem se ka šanku, ali Džuli još stoji u redu.

– Imam osamdeset šest godina – kažem. – Odnedavno sam udovica...

– O, baš mi je žao.

– Sve je u redu, lepo smo poživeli.

Ona klima glavom i ja shvatam da očekuje da nastavim. Šta je zanima?

– Živite u Brotonu? – pita me.

– Da.

– Tu ste proveli ceo život?

– Jesam.

Ljudi se nisu toliko seljakali nekad, kad sam ja bila mlađa. Ostajao si tu gde si, osim ako nemaš neki jak razlog za selidbu. Kao što je posao, ili neka osoba. Na taj način si uvek bio okružen ljudima koje voliš i koji će ti uvek priteći u pomoć.

– Zašto ste iz Amerike došli ovamo? – pitam je.

Iznenadilo ju je to pitanje. – Moram priznati da me mnogi pitaju kada, ali retko ko pita zašto. Dakle, ovako. Kao manekenka sam proputovala čitav svet i zaljubila se u London. Ima nečeg čarobnog u tom gradu.

– Rekoste da ste bili manekenka?

– Da. Svašta sam radila – reklamne kampanje, nekoliko modnih revija.

– Pa, visoki ste.

Ona se na to nasmeje, neočekivano i iznenađujuće vedro, i kao da se čitava soba najednom ispunila mehurićima.

Uto stiže Džuli s poslužavnikom i servira nam piće. Njima dvema kafu, a meni čaj. I tri šnita voćne torte.

– Nisam tražila tortu – kažem.

– Mislila sam da se malo zasladimo – kaže ona.

Odavno nisam jela tortu, i već pri prvom zalogaju preplave me sećanja na rođendane i smešne kape.

– Jeste li pričali Peti o našoj misiji? – pita Džuli kad se smestila.

– Misiji?

– Da nađemo vašu prijateljicu. Možda će ona imati neki predlog.

– Ah – kažem. Najednom mi je vruće i pomalo neprijatno. Nisam sigurna koliko sam spremna da s bilo kime razgovaram o Dot.

Džuli to ne primećuje, nego nastavlja: – Mejbel je imala najbolju drugaricu kad je bila mlada, ali se nisu videle još otkad su bile dvadesetogodišnjakinje. Mi sad pokušavamo da je nađemo.

– Au – na to će Patriša. – Zvuči kao ozbiljan izazov.

– Mislila sam da su Amerikanci ubeđeni da se svi mi Britanci međusobno poznajemo – kažem.

Patriša se ponovo nasmeje. Još mehurića. – Samo oni koji nikada nisu bili ovde.

Na trenutak zaćutimo, a ja to koristim da uzmem još jedan zalogaj torte i zatvaram oči dok se prepuštam uživanju.

– A tada kad ste se družile, pre mnogo godina, gde je živela? Mislim, ovde u mestu – pita Patriša.

– U Manor lejnu 42.

– Jeste li bili tamo?

Nisam sigurna šta tačno hoće time da kaže. – Mislite da je sve ovo vreme bila tamo?

– Ne, naravno da nije, ali možda tamo ima nekoga ko zna kuda je otišla. Svakako vredi probati, pošto ne zahteva nikakav napor.

Želim da joj objasnim da je kuća verovatno više puta menjala vlasnike otkako su se Dotini odselili odande. Pored toga, ostatak porodice nije otišao s njom, tako da je mala verovatnoća da bi naredni vlasnik imao njenu novu adresu.

– Sjajna zamisao – kaže Džuli. – Zašto se mi nismo toga setile, Mejbel? Dobro je što imamo Peti u timu.

Kasnije razmišljam o tom izrazu. U timu. Je li ovo sad grupni poduhvat? Ko će nam se još priključiti? I hoće li od toga biti ikakve vajde? Dok tonem u san, prestajem da brinem o bilo čemu, da

preispitujem jesam li ispravno postupila ili ne. Prepuštam se seća-
njima na to kako sam plesala, kako sam se osećala dok sam klizila
kroz onu dvoranu uz pesme koje godinama nisam čula odvrnute do
daske. Setila sam se i torte, vazdušaste kore i bogatog krema. I kad
se Artur najednom stvori tu kraj mene, ja mu se osmehnem.

– Bio je ovo dobar dan – kažem mu.

On ne odgovara.

– Zašto si tu, Arture? Imaš li nešto da mi kažeš ili pokažeš?

On se smejulji kao što je imao običaj kad ima neku tajnu ali još
nije spreman da je podeli. A to me strašno nervira. Posežem rukom
da ga nežno ćušnem, ali krevet je prazan.

13.

Zbunila sam se kad su Džuli i Patriša rekle da će obe poći sa mnom do nekadašnje Dotine kuće kako bismo videle može li se nešto saznati. A opet, znam da je Džuli teško bez Martina a da Patriša živi sama, pa možda nemaju pametnija posla. Onda mi nešto padne na pamet. Dok one pomažu meni, možda bih i ja mogla pomoći njima. Dok vadim spisak koji sam sastavila, ponovo pomislim koliko bi to radovalo Artura.

1. ~~Obavesti prijatelje i familiju~~
2. ~~Javi se pogrebnom preduzeću~~
3. ~~Idi u supermarket~~
4. ~~Očisti kuću~~
5. Nađi D

Prve četiri stavke su sad precrtane, ali sam zato ispod dopisala dve nove.

6. Pomozi Džuli da vrati muža
7. Saznaj zašto je Patriša sama

I zato, čim ih ugledam na pragu, prelazim na stvar.
– Živite li oduvek sami, Patriša?
Ona zausti da mi kaže da je zovem Peti, ali onda zatvori usta.
– Ne – kaže. – Doskora su ćerka i unuke živele sa mnom.
Danas je u tamnoplavoj haljini sa smelim cvetnim uzorkom i smeđim kožnim čizmicama do gležnjeva. Da li bih ja mogla da nosim nešto slično? Ranije mi to ne bi bilo ni nakraj pameti, ali na

njoj stvarno dobro izgleda. A onda se setim da je ona ipak bila manekenka. Usredsređujem se na ono što je upravo rekla. Tu se krije
neka priča.

– Aha, a gde su se odselile?

– U okolinu Mančestera. Sara je upoznala nekog preko interneta, pa hoće da vide kako će im ići.

Po njenom glasu mi je jasno da joj to teško pada. Da ne odobrava.

– A koliko godina imaju unuke?

– Šest i četiri.

Džuli nas gleda naizmenično. Izgleda da nije to znala.

– Sigurno vam nedostaju – kažem.

– O da. Neopisivo.

Dakle, to je posredi. I ona je usamljena. Nas tri, svaka sama na
svetu. Džuli joj prilazi da je zagrli, što izgleda pomalo čudno jer je
Patriša daleko viša od nje, ali nekako im pođe za rukom. Patriša
vadi iz džepa maramicu da izduva nos. Pretpostavljam da bi trebalo
da se izvinim jer sam je uznemirila, ali to je bilo iz najbolje namere.
Ne mogu joj pomoći ako ne znam u čemu je problem, zar ne?

Zato samo kažem: – Pa, hoćemo li?

Nisam često prolazila kraj Dotine stare kuće. U početku sam
svesno to izbegavala, a kasnije ne, ali prosto mi nije bila usput, nije
se nalazila ni na jednoj od putanja kojima smo Artur i ja stalno išli
kroz varoš. Od moje kuće mora da se krene ka trgu, ali da se malo
ranije skrene u lavirint uličica među kojima je i Manor lejn. Kad
smo stigle do mesta gde treba skrenuti, noge mi same polaze na tu
stranu kao da sam se vratila u vreme kad sam često tuda prolazila,
kao da su decenije iščilele. Skrećem u drugu ulicu levo, pa u treću
desno. Džuli je ubeđena da smo zalutale, ali ja znam da nismo. A
onda stižemo u Manor lejn i krećem duž niza kuća sve do broja 42
i stajem ispred.

Manja je. U stvari nije, naravno da nije, ali uvek sam je doživljavala kao impozantnu, a sada je to obična porodična kuća. Tipičan
primer viktorijanskog stila. Gledam prozor koji je Dotin brat jednom razbio loptom za kriket. Vrata su drugačije boje. Pre su bila
crna, a sad su svetloplava.

– Jel' to ta? – pita Patriša.

Smatram da je pitanje glupo, pa ne nalazim za shodno da joj odgovorim.

– Mejbel? – obrati mi se Džuli i dotakne mi lakat.

– Molim?

– Jel' ovo Dotina stara kuća?

– Pa naravno da jeste. Šta mislite, zašto blenem u nju?

Ona se na to nasmeje onim svojim raskalašnim smehom, i baš tad se ulazna vrata otvore, a elegantno odeven sredovečan muškarac blago se iznenadi kad ugleda tri žene kako stoje i posmatraju njegovu kuću.

– Mogu li da vam pomognem? – pita nas dok zatvara vrata za sobom.

– Moja prijateljica je živela ovde – kažem. – Četrdesetih i pedesetih. Zvala se Dot Brajtmor.

On prebacuje težinu s noge na nogu i lupka ključevima automobila o dlan. Čeka da nastavim.

– Da možda ne znate nešto o njoj ili njenoj porodici?

– Žao mi je, doselili smo se ovamo tek pretprošle godine. – Spušta pogled, pa nas zatim ponovo osmotri. – Supruga i ja – dodaje, iako to ama baš ništa ne menja.

– Hvala u svakom slučaju – kažem.

On nam mahne i krene ka svom audiju, ali onda zastane i dovikne nam: – Sad sam se setio. Kad smo dolazili da pogledamo kuću, prethodna vlasnica je rekla da je malo istraživala njenu prošlost. Možda ona nešto zna. Moja supruga je tu, ako hoćete da je pitate.

Zatim seda u auto i pali motor ne sačekavši čak ni da vidi kako ćemo reagovati.

– I to je nešto – kaže Džuli. – Zar ne?

– Moglo bi biti – kažem.

Džuli pozvoni, a vrata otvara sitna, naizgled nervozna žena njenih godina. Malo se zbuni kad nas vidi, na šta shvatim da sigurno izgledamo kao vrlo šarolika družina. Svakako ne kao neko koga biste očekivali da ugledate na svom pragu u četvrtak ujutru.

– Izvolite? – kaže.

– Upravo smo razgovarale s vašim mužem – kaže Džuli bez uvoda. – Moja prijateljica Mejbel traži nekoga koga je davno poznavala, a živeo je ovde. Vaš muž je rekao da biste nas možda mogli uputiti na prethodnu vlasnicu, koja je istraživala istorijat kuće.

Žena nas ne poziva unutra. Uzima izgužvani telefonski imenik i prelistava ga na pragu, a kad je našla to što je tražila, zastaje na trenutak.

– Nisam sigurna da treba bez pitanja da dam njen broj – kaže.

– A da je pozovete i pitate je da li je to u redu? – predlaže Džuli.

Dopala joj se ta zamisao. Ostavlja vrata otvorena i nas da stojimo na pragu, dok ona ode po mobilni telefon.

– Halo, Triša? Ovde Andžela Mortimer, ona što je kupila od vas kuću u Mortimer lejnu.

Zatim joj objasni zašto zove i klimne glavom nekoliko puta.

Džuli podigne ruku tražeći dozvolu da kaže nešto, a kad je ne dobije, svejedno se ubaci. – Umesto da nam date njen broj, možda bismo mogle odmah da je pitamo, preko vašeg telefona.

Andžela se na trenutak zgrane, ali onda joj ipak preda telefon neprestano nas držeći na oku. Šta misli, da je sve ovo neki zamršena smicalica kako bismo joj ukrale telefon?

– Zdravo, ovde Džuli Renolds. Da, da, ne, ja nikad nisam živela ovde. Reč je o mojoj prijateljici Mejbel, u stvari ne, ni ona nikad nije živela ovde, nego njena drugarica... Dot, Doroti Brajtmor. Da, upečatljivo ime. Ne zvuči vam poznato? A koliko ste duboko zadrli u prošlost kad ste istraživali? Aha, tako. Da. Pa dobro, vredelo je pokušati. Mogu li da vam ostavim svoj broj, za slučaj da se setite nečega što bi nam moglo pomoći? Da, svakako, sigurna sam da će vam Mejbel rado reći šta zna o njima. Dobro, sjajno, hvala. Dakle, Džuli Rejnolds... – Zatim izvergla svoj broj, zahvali još jednom i poželi joj prijatan dan.

Vraća telefon Andželi, pa se i njoj zahvali. Zatim se vraćamo na ulicu, gde zastanem da još jednom pogledam kuću u kojoj sam provodila mnogo vremena.

– Istraživala je samo poslednjih tridesetak godina. Četiri ili pet vlasnika, ako sam dobro razumela – kaže Džuli.

Dok se vraćamo ka mojoj kući, imam utisak da je vetar hladniji nego kad smo dolazile. Oseća se miris dima, zadržao se od lomače koju su palili ovog vikenda. Oli se uvek plašio vatrometa. Morala sam da ga pustim kod sebe u krevet.

– Zašto je istraživala istorijat kuće? – pita Patriša. – Ljudi obično istražuju svoju porodicu.

– Pojma nemam – kaže Džuli. – Možda je saznala sve o porodici, pa nije imala čime da prekrati vreme.

Sviđa mi se ta ideja, ali ćutim. Znati nešto o svim ljudima koji su delili isti prostor. O ljudima koji su se kupali u tvojoj kadi i kuvali u tvojoj kuhinji. Ne čudi me što Patriša to ne razume. Kuće u Americi nemaju istoriju, zar ne? Nisu dovoljno stare.

Kad smo stigle kod mene, Džuli odlazi da nam skuva čaj, a ja postavljam pitanje koje mi ne dâ mira još otkako smo pošle odande.

– Šta sad?

Njih dve se zamisle. Prva progovori Džuli.

– Rekli ste da ste od njene majke čuli da je otišla. Da li je pomenula gde je Dot u Londonu?

Na to mi sine. Pisala sam joj pisma. Imala sam njenu adresu. Možda je još imam negde. Kažem im to, a Džuli izgleda kao da će pući od sreće.

– Sećate li se kako glasi? – pita me.

– Ne, ali sigurno sam je zapisala.

– Šta mislite, da li je još imate negde?

Gotovo sigurno. Ja sve bacam, ali je Artur sve čuvao. A pogotovo papire. Beležnice i adresari – nema šanse da bi dopustio da se takvo nešto izgubi. Hvala nebesima.

– Da – kažem. – Negde.

– Pa, onda ćemo je iskopati – kaže Džuli. – I otići tamo.

– U London? – Godinama nisam bila u prestonici. Artur i ja smo povremeno odlazili da pogledamo poneku predstavu ili da se prošetamo ulicama punim sveta, ali odavno nismo išli tamo.

– U London – potvrdi Džuli.

Uto Oli ode do vrata i počne da cvili.

– Da li je danas išao u šetnju, Mejbel? – pita Patriša.

Nije. Istini za volju, jedva uspevam da zadovoljim njegove potrebe u pogledu šetnje, i znam šta to znači, ali još nisam spremna da se s tim suočim.

– Još nije. Nisam htela da ga vodim tamo za slučaj da nas pozovu da uđemo, a zaista ne mogu da izlazim više nego jednom dnevno.

– Ja ću ga izvesti – kaže ona i skida povodac s čiviluka. Zatim se okrene ka meni. – Naravno, ako vi nemate ništa protiv, Mejbel.

Nešto je čudno u načinu na koji je izgovorila moje ime. Kao da je malo prejako naglasila drugi slog. Ali prećutim to.

– Nije naročito druželjubiv – kažem.

Ona se lepršavo nasmeje kao da sam ispričala vic, i očigledno to shvata kao *da*, pošto je izašla pre nego što sam stigla išta da dodam.

Mora da sam zadremala, jer otvaram oči i primećujem da se iz kuhinje širi miomiris. Pojavljuje se Džuli, zajapurena, s kuhinjskim rukavicama.

– Šta to muljate tamo? – pitam je.

– Uzela sam da vam spremim pitu s ribom za večeru.

Godinama nisam jela pitu s ribom. Artur je nije voleo, nije voleo nikakvu ribu ako nije pohovana. A i previše je to zamajavanja za samo jednu osobu. Ali Džuli je to uradila.

– Nije trebalo da se toliko mučite samo zbog mene.

– Nije mi teško, Mejbel.

– Znate šta? – kaže Patriša dok ulazi, kao da smo maločas prekinule razgovor. – Ako vam je teško da ga izvodite, mogla bih da popričam s mojom komšinicom Kersti. Ona stalno šeta s bebom, a baš pre neki dan mi je pomenula kako je odrasla s mnogo pasa i kako bi strašno volela da ima jednog. Sigurno ne bi imala ništa protiv da ponekad izvede Olija. A i ja sam tu, naravno.

– Jeste li se setili da ponesete kesice za izmet? – pitam je.

– Jesam.

Više ne pominje šetanje Olija, i njih dve ubrzo kažu da moraju da idu.

– Pita će biti gotova za dvadeset minuta – kaže Džuli. – Mislim da će biti tri-četiri porcije. Možete da obarite malo graška kao prilog. Videla sam ga u zamrzivaču.

Kao da misli da nikad u životu nisam sebi spremala hranu. A i šta je imala da prekopava po zamrzivaču?

– Savršeno sam u stanju da sama sebi spremim večeru – kažem.

– Znam da jeste, ali ponekad je lepo kad ne morate. Kad dođem sutra, mogle bismo da potražimo onu adresu. Važi?

Znam da bi trebalo da joj se zahvalim, obema treba da se zahvalim, ali preplavila su me osećanja, a ne želim da one to vide.

Zato kažem: – Pazite na vrata, pomalo zapinju. Možda biste mogle i to da mi sredite.

14.

Patriša je rekla u deset, i zvono na ulaznim vratima oglašava se tačno u minut. Ona stoji na pragu s mladom ženom na koju sam jednom naletela na ulici, onom kojoj se dopao Oli. Onom savršenom. Kako ono Patriša reče da joj se zove komšinica? Kersti?

– Zdravo! – kaže mlada žena. – Ja sam Kersti. Već smo se upoznale, zar ne?

Patriša je iznenađena. Već je zaustila da nas predstavi.

– Uđite – kažem im. – Gde je beba?

Kersti se nasmeje. – O, kod kuće sa ocem, za promenu. Čudno mi je kad ne mogu da se oslonim na kolica, maltene sam zaboravila da hodam. Imate li vi dece, Mejbel?

Pitanje je potpuno bezazleno, ali je za mene vrlo neprijatno. Oduvek sam mrzela kad me to pitaju. Zato što ako odgovoriš potvrdno, razgovor se nastavi zapitkivanjem o imenima i uzrastima, o tome koliko ih ima i jesu li dečaci ili devojčice. Ali kad kažeš da nemaš dece, nastupi neprijatna tišina, potpuno nezavisno od toga ko je postavio pitanje. Tokom godina sam prolazila kroz različite faze. Odgovarala sam „Ne, mada...", kao da bi se to moglo promeniti jednog dana. Zatim sam govorila da se još predomišljam, a posle, kad je postalo očigledno da je taj voz prošao, odgovarala sam da nikad nisam mogla da se odlučim. Jer društvo ne voli žene koje su odlučile i koje ne žele decu, zar ne? To sam vrlo brzo naučila.

Smeteno stojimo u uskom predsoblju.

– Uđite – kažem. – I ne, nemam dece.

– Oh – izusti Kersti, a besprekorna koža joj blago porumeni. Vidim da bi volela da joj je beba tu da odvuče pažnju.

Srećom, uto nam prilazi Oli.

– Oli! – usklikne ona kao da je posredi prijatelj kojeg je poslednji put videla 1976. Kad malo bolje razmislim, tad se verovatno još nije ni rodila. Čim je čučnula, on počinje da skakuće oko nje, a ja, kao i prošlog puta, prosto ne mogu da se načudim takvoj reakciji.

– Jeste li za šolju čaja? – pitam ih, na šta se Patriša ponudi da pristavi vodu, pa tako ostajem da stojim i gledam kako se ta neznanka sprijateljuje s mojim inače uzdržanim psom. Ima u njoj nešto što ne mogu da dokučim. Besprekoran naglasak, odeća koja joj stoji kao salivena. Danas je u pripijenim crnim pantalonama do gležnjeva i morskozelenom džemperu na kom se odmah vidi da košta više nego sva moja garderoba zajedno. Očigledno je imućna. Kao i Patriša, ali ona je Amerikanka, pa ne smem ništa da tvrdim.

– Peti mi je rekla da vam postaje teško da ga šetate – kaže Kersti i ustaje. – Rado bih dolazila po njega kad god vam odgovara. Doti hoće da spava jedino u kolicima, pa zato stalno bazam ulicama. – Tu se nasmeje pomalo histerično. Verovatno je neispavana.

Osvrnem se ka kuhinji, gde Patriša pevuši dok kuva čaj.

– Možete li da ga uzmete? – pitam je. – Mislim, zauvek.

Ona me usplahireno pogleda, i tek tad shvatim koliko je inače pribrana. Čini mi se da je previše samouverena za nekog ko ima dvadeset i nešto godina, ali svakako nije zašla duboko u tridesete. Kakva sam ja bila kad sam bila njenih godina? Bilo je previše davno da se setim, mada se onog vremena s Dot, koje je bilo još davnije, sećam kao da je juče bilo.

– Da ga uzmem? Mislite da ga usvojim?

– To je bio pas mog muža. Mene nimalo ne voli, a sve teže mi pada briga o njemu. A vi ste se tako lako sprijateljili s njim. Pored toga, Patriša mi je rekla...

– Šta sam rekla? – pita Patriša dok ulazi noseći poslužavnik.

– Da tražim psa, očigledno – kaže Kersti.

Ne mogu da ocenim da li je ljuta, ne mogu da proniknem u njihov odnos. Koliko su bliske, otkad se poznaju.

– Hajde da ga prvo nekoliko puta izvedem u šetnju – kaže Kersti. – Upoznaćemo jedno drugo. Videćemo kako ćemo se slagati.

Nisam se tome nadala. Nadala sam se da će ga odmah uzeti, već danas. To bi bilo bolno ali brzo, kao skidanje metaforičkog flastera.

A ovako ću nedeljama morati da se bavim time. S druge strane, nemam kome drugom da ga dam, tako da nisam u položaju da se raspravljam.

– U redu – kažem. – Kako vi mislite da je najbolje.

Čim smo sele da popijemo čaj, Oli joj pritrči i pusti je da ga češka. Gledam kako joj na moje oči prirasta srcu. Uzeće ga, sigurna sam da će ga uzeti. To je samo pitanje vremena.

– Mejbel je u potrazi za starom prijateljicom – kaže Patriša kako bi prekinula tišinu, koju nisam ni primetila jer sam već toliko svikla na nju.

Opet ta priča. Osećam se kao da se pretvara u javnu dobrotvornu akciju.

– Stvarno? – kaže Kersti i otpija gutljaj čaja.

– Dot, zar ne?

Patriša zna da se ona zove Dot. Pokušava da me uvuče u razgovor.

– Tako je – kažem.

– O, pomenuli ste svoju prijateljicu Dot kad smo se onomad srele na ulici. Koliko je dugo niste videli? – pita Kersti. Šakom je obuhvatila šolju, pa mogu da vidim kako joj svetluca prstenje. Ali ne vidim burmu.

Razmislim malo. – Šezdeset dve godine.

– Au. A šta vas je navelo da je sad potražite?

– Pa, muž mi je umro...

– O, žao mi je što to čujem.

Svima je žao. Već sam navikla da samo pređem preko toga, da ne koči razgovor.

– Sve je u redu, Kersti. Imao je osamdeset devet godina, tako da i nije bilo neko iznenađenje.

– Ali pretpostavljam da se ipak treba navići. Tim pre što niste imali decu, pa ste uvek bili samo vas dvoje. Koliko dugo ste bili u braku?

– Šezdeset dve godine.

Ona me pomalo začuđeno pogleda, valjda zato što sam isto odgovorila i na njena prethodna dva pitanja.

– To je đavolski dugo – ubacuje se Patriša.

– Da. Elem, kad je umro, setila sam se nje, i koliko smo se zabavljale pre nego što sam ga upoznala. Sad nemam nigde nikoga, ni rodbine, ni muža, ni bliskih prijatelja. I tako sam rešila da je potražim.

Opet je zavladao muk i osećam da me sažaljevaju. Uvek bude tako kad kažeš ljudima da nemaš nikoga. Ali to je istina.

– Dakle, poslednji put ste je videli šezdesetih? – pita Kersti.

– Tako je. Nekoliko nedelja pre mog venčanja 1961.

– Kako je izgledala?

Džuli i Patriša me nisu to pitale. Verovatno zato što su mislile da ona sad sigurno potpuno drugačije izgleda. Ali svejedno je lepo podsetiti se.

– Imala je plavu, navijenu kosu.

– Isto kao ja – kaže Kersti.

Tačno je da ima plave uvojke, ali joj frizura uopšte nije kao Dotina. Kosa joj je ravna u korenu, a zatim počinju talasi, kao što, imam utisak, sve mlade devojke danas nose, dok je Dot imala krupne skakutave kovrdže kakve dobijaš od viklera, s tim što su njene bile prirodne. Vidim je kako stoji u zavetrini autobuske stanice, s crvenim ružom u jednoj ruci i ogledalcetom u drugoj, napućenih usta. Očevi nam nisu dali da se šminkamo, pa smo zato morale da se snalazimo kako znamo i umemo, dok su Bil i Artur stajali u blizini, pušili i ubeđivali nas da nam to ionako ne treba.

– Samo trenutak – kažem. – Imam sliku.

Nisam vratila albume na policu. Još su na trpezarijskom stolu. Uzimam onaj u kom je slika nas četvoro i dajem im da pogledaju.

– Ovo je ona? – pita Kersti i pokaže prstom.

– Da.

– Čoveče, što je lepa. A ova druga devojka, to ste vi, Mejbel? – Nekoliko puta pređe pogledom s fotografije na mene i nazad, kao da ne može da poveruje.

– Tako je.

– O, Mejbel, baš vam je lepa ova slika. Jel' jedan od ovih momaka vaš muž?

Pokažem joj Artura, pa napomenem da mi je Bil bio brat. Verovatno su iz mog pogleda shvatile da ne treba da pitaju šta mu se desilo ili su se pak setile da sam rekla da nemam više nikoga, jer obe ćute kao zalivene. Kersti vadi fotografiju iz omota, a ja zaustim da joj kažem da vodi računa, ali onda vidim da je pažljiva. Okreće je i vidi da nešto piše na poleđini. Nisam to ranije primetila.

– Bil, Dot, Mejbel i Artur, jun 1957 – čita naglas.

Ustajem i pružam ruku da mi doda fotografiju. Prepoznajem majčin rukopis i osećam se kao da sam videla duha. Pisala je *l* na osoben način. Svugde bih to prepoznala. A onda mi se učini da sam osetila dašak njenog mirisa – ruže, mleko i pokošena trava. Sigurno je posredi parfem jedne od njih.

– Moram da pođem – kaže Kersti i dovršava čaj. – Ben za sat--dva mora u London na momačko veče. Da li da izvedem sad Olija u kratku šetnju, Mejbel? Imam pola sata.

Odgovaram da bi to bilo sjajno, a Patriša kaže da će poći s njom, pošto se ne kreće dovoljno otkako su joj se unuke odselile pa ne mora više da trči za njima po parku. Tek kad su otišle a ja se vratila u fotelju, shvatam da nisam bila spremna za njihov odlazak. Da sam želela da ostanu malo duže.

Artur me je zadirkivao kako ne umem s gostima. Kako nikada nikog nisam zvala da nam dođe i da sam jedva čekala da se ratosiljam svakog koga on pozove. Bio je druželjubiv, voleo je da bude deo tima. Civilna straža, kuglaški klub i tome slično. A voleo je i da ugosti. Ali tvrdio je da ja stojim ljudima nad glavom, da sam kao na iglama dok ne odu, da ih takoreći isteram pajalicom iz predsoblja. Činjenica je da nikad nisam volela da mi ljudi koje jedva poznajem špartaju kroz kuću u prljavim cipelama i spuštaju masne šake svud po naslonu kauča.

Po čemu su onda Patriša i Kersti drugačije? I Džuli, kad smo već kod toga. Ponekad kaže da je vreme da pođe, a ja prosto ne mogu da poverujem, čini mi se da nema ni dvadeset minuta kako je došla, poželim da joj predložim da ostane i popije još jednu šolju čaja, ali znam da joj je to posao i da treba da obiđe još neku staricu.

I zato sedim i gledam kroz prozor sve dok ih ne ugledam kako se vraćaju. Kad izbiju iza ugla, nalet vetra podigne Kerstinu kosu i zalepi joj je preko lica, a ona pokušava da je skloni i dodaje Olijev povodac Patriši. Obe se smeju, a meni se čini da sam i ja deo toga. Ubrzo se začuje zvono, ali ja ne žurim naročito da im otvorim. Ne bih da pomisle da sam ih iščekivala, da nemam pametnija posla.

– Kakav je bio? – pitam.

– O, bio je pravo srce – kaže Kersti i dodaje mi povodac preko praga. – Da dođem i sutra po njega? Da li vam odgovara u deset?

Teško se razmrdam ujutru. Ponekad ne stignem da ustanem i obučem se do deset, ali neću to da im kažem. Znam da su sve te mlade majke iste. Ona je do tog vremena verovatno doručkovala i oprala nekoliko mašina veša.

– To je u redu – kažem.

Ona se okreće da ode, a Patriša polazi za njom, ali zastane kad je pozovem po imenu.

– Šta je bilo, Mejbel? Jesam li nešto zaboravila?

– Hvala vam – kažem.

– Ma nema na čemu – odgovara ona i odmahuje rukom.

– Ima – kažem, na sopstveno iznenađenje. – Ima na čemu. I hoću da znate da poštujem to.

Ona mi onda priđe i nakratko me zagrli. Miriše na polja u proleće, a na vratu osećam njenu meku kosu. Potom odlazi, maše i šalje Oliju poljupce, dovikuje da ćemo se videti sutra. A meni je drago što ću je ponovo videti. Kao da su njeni mladost i polet oslobodili nešto u kući, a možda i u meni.

15.

– Ne verujem da se danas iko više upoznaje uživo – kaže Kersti.
– Pa kako se onda upoznaju? – pitam.
– Putem aplikacija i sajtova – kaže i mahne mi mobilnim telefonom.

Džuli donosi na poslužavniku čaj i kolač od šargarepe koji je ispekla Patriša. Sve su tu, u mojoj dnevnoj sobi, a ja ne mogu čudom da se načudim. To je počelo da se dešava takoreći redovno. Džuli dolazi svakodnevno, naravno, Kersti svrati da izvede Olija i vrati ga, pa često ostane da proćaskamo uz čaj, a Patriša često naiđe da donese kolače i pita treba li mi nešto iz prodavnice. Mislila sam da će mi biti naporno ako se pogodi da se sve zateknu tu istovremeno, ali nije tako.

Džuli nam je pričala kako bi da upozna nekog samo da bi pokazala bivšem šta propušta, a Kersti je odmah priskočila da pomogne.

– Da te pripremimo – kaže i uzima Džuli telefon iz ruke. – Mogu li da ti pogledam slike?

Džuli klima glavom, mada deluje pomalo nesigurno. Dodala bih nešto – da bi svaki muškarac s tih aplikacija bio srećan da je upozna – ali nisam sigurna kako to da sročim.

– Jesi li ti pokušavala? Upoznavanje preko interneta – pita Džuli Patrišu.

– Ne, ali se nisam bogzna koliko upoznavala ni uživo. – Nasmeje se, mada neveselo. – Naravno, moja ćerka Sara je tako upoznala svog novog momka. Kad je već pominjem, javljala se jutros, izgleda da se medeni mesec završio.

– O, jel'? – pita Džuli.

– Pa, taj Džef nikada ranije nije živeo sa ženom...

– A prevalio je četrdesetu? To svakako treba shvatiti kao crvenu zastavicu[3] – kaže Kersti.

Ne znam šta je crvena zastavica, mada mogu da pretpostavim, pa zato pomno slušam. Svašta učim s njima.

– A pride nema decu – nastavlja Patriša – pa zato mislim da mu je sve to pomalo... previše, ako me razumete. Devojčice su neumorne, verujte mi na reč. Ne staju. A povrh svega, njegova bivša se šunja unaokolo...

– Ma nije valjda! – kaže Džuli.

– On se kune da je raskrstio s njom, ali imam utisak da je Sara ipak zabrinuta.

– Mislim da će se one vratiti kod tebe dok trepneš – kaže Džuli i nežno stavi ruku Patriši na rame, a ova je pogleda puna nade.

– To je to! – kaže Kersti. – Ovo će biti sjajna profilna slika. – Zatim svakoj pokaže telefon da se uverimo. – Može? Mogu li samo da odsečem ovu ženu?

– Ne. – Džuli joj oduzima telefon. Nikada je nisam čula da se nekom tako oštro obraća.

Sve se okrenemo ka njoj, a ona ne zna kud da gleda.

– Nisam spremna za ovo – kaže i stavlja telefon u džep farmerki. – Možda neki drugi put.

Zatim ustaje i odlazi u kuhinju. Čujemo kako vadi dasku za sečenje, a zatim i šum vode. Sprema ručak.

Kersti nas smeteno gleda. – Nisam htela da je uznemirim.

– Nisi ti kriva – kaže joj Patriša. – Biće ona dobro.

– Želi da joj se muž vrati – kažem. – To je sve. Uopšte joj nije do upoznavanja nekog novog.

Zavladala je neprijatna tišina, pa zato uzimam daljinski upravljač i palim televizor. U toku je *Dobro jutro*, a onaj Majkl Silver priča s nekom nacifranom ženom o zimskim kaputima. Manekenke se švrćkaju po studiju, sve su namrgođene. Pomislim na svoj svetlozeleni dugački kaput s pojasom i zapitam se da li je vreme da se ponovim. Služio me je dve zime, ili beše tri? Artur mi je pomogao da ga izaberem u *Marks i Spenseru* u Overberiju, tražio je da se okrećem

---

[3] Žargonski izraz za znak za opasnost. (Prim. prev.)

u kabini kako bi ga osmotrio iz svakog ugla. Za jednog muškarca, bio je dobro društvo za kupovinu. Rado me je čekao, držao kese i govorio kako mi šta stoji. Kad mu se nešto ne dopadne, ne bi rekao ništa negativno, nego da ne ističe moju lepotu u potpunosti.

– Mogu li? – pita Patriša, pa uzme daljinski upravljač i ugasi televizor. – Ne mogu da smislim tu emisiju.

Ne može da smisli *Dobro jutro*? Pa to je nezaobilazan deo života u ovoj kući. Ali pre nego što sam stigla išta da kažem, Džuli se ponovo pojavljuje na vratima dnevne sobe.

– Izvinjavam se što sam onako izjurila – kaže. – Stvarno želim da napravim profil za upoznavanje. Ali mogu li ja da odaberem sliku?

– Svakako – kaže Kersti i diže ruke kao da se predaje. – Kako ti drago.

Ponovo me obuzima ono osećanje da Kersti nije baš sasvim takva kao što izgleda. Da krije nešto. A opet, nemamo li svi neku tajnu?

– Odakle ste, Kersti? – pitam je.

Vidi se da ju je iznenadila promena teme, ali ipak odgovara bez oklevanja. – Odrasla sam nadomak Čeltenama.

– A da li su vaši još tamo? Idete li često s Benom i Doti da ih posetite?

Ona se na to nelagodno promeškolji, a Patriša mi kradom uputi upozoravajući pogled, ali ja se pravim da ništa nisam primetila.

– Nismo... naročito bliski – kaže ona.

– Evo – kaže Džuli i pruža telefon Kersti. – Ova.

– Divna je – kaže Kersti sa smeškom. Zubi su joj savršeni. – Pa, onda na posao.

Pola sata kasnije Džuli je spremna, i mi dodajemo jedna drugoj telefon da odobrimo ili ne odobrimo naizgled beskrajan niz sredovečnih muškaraca. Prilično je zabavno, ali deo mog uma želi da pita Kersti namerava li da izvede danas Olija u šetnju. On je u uglu, leži na tepihu jer nema mesta na kauču, i s vremena na vreme podigne pogled pun nade, a zatim ponovo spusti glavu na šape. Džuli se u jednom trenutku toliko glasno nasmeje izjavi nekog čoveka kako voli da peca i vodene i kopnene ribe, da Oli ustane i odvuče se u kuhinju.

Šta bi Artur mislio o svemu ovome? Verovatno ne bi znao šta da misli, zar ne? Godinama sam se družila takoreći jedino s njim, a sada, jedva nekoliko nedelja otkako je umro, kuća je puna žena. Upoznavanje preko interneta. Šale o ribama. Poveravanje. Sve je tako neočekivano. I ponekad previše za mene.

– Pomalo sam umorna – kažem.

One se kao po komandi osvrnu ka meni.

– Zaboga – kaže Kersti. – Stvarno smo nemoguće, zar ne? Vreme je da izvedem Olija. Doti neće doveka spavati.

Potpuno sam zaboravila na kolica, koja je odgurala u kuhinju kako bi Doti imala malo mira.

– I ja treba da pođem – kaže Patriša. – Imam nekog posla.

Uvek je neodređena u pogledu onoga što radi, ali pretpostavljam da ne ostaje bogzna šta kad se izuzmu igraonica u kojoj povremeno pomaže i čas plesa jednom nedeljno. Sledeći put ću je pitati više o Sari. Biće veselija kad ponovo bude okružena porodicom. Možda bih mogla da joj pomognem u tome.

– Trebalo je da krenem još pre deset minuta – kaže Džuli dok gleda na sat. – Izgubila sam pojam o vremenu. Treba li još nešto da uradim pre nego što odem, Mejbel? Napravila sam vam sendvič, eno ga u kuhinji na tanjiru, zavijen samolepljivom folijom.

– Ne, hvala – kažem.

A onda su najednom sve tri na vratima. Kersti se nateže s kolicima, a Patriša joj drži povodac dok ne izađu. Iz fotelje ih gledam kroz prozor. Džuli je došla autom, ali ne seda odmah za volan. Stoje zajedno, Kersti blago gurka kolica napred-nazad, verovatno da se Doti ne probudi. I dalje razgovaraju, gledaju profile na Džulinom telefonu, smeju se. I iz nekog neobjašnjivog razloga, tim pre što sam im upravo rekla da idu, volela bih da se vrate ovamo pa da i ja budem deo toga.

Stvarno su neobična družina. Kersti je mlada mama, čini mi se da je rekla da ima trideset dve godine, uglađena, uvek besprekorna i, đavo bi ga znao zašto, jedino ljudsko biće koje je moj pas trenutno voljan da trpi. Džuli je nadomak pedesete, odvažna i možda malčice nametljiva, ali sa ogromnom nesigurnošću koju krije iza te fasade. I

Patriša, koja je onomad izjavila da ima sedamdeset godina, mada ja u to i dalje ne mogu da poverujem, s nogama do brade i elegantnim hodom. Sigurno zbog onoliko plesa.

Ne razumem se mnogo u ženske grupe, ali znam da se obično zasnivaju na životnom dobu. Ima nečeg osvežavajućeg u ovoj družini, kako je sve zbrda-zdola a ipak prosto funkcioniše.

Sigurno sam zadremala, pošto je sledeće što znam da sam se trgla jer neko kuca na vrata, da mi je hladno i da osećam ustajao ukus u ustima. Polako ustajem i odlazim da otvorim. To je Kersti, dovela je Olija.

Smeši se dok mi pruža povodac, ali nije vedra kao inače.

– Jel' sve u redu? – pitam je.

Da li bi ušla ako je pozovem? Da li bi svratila na još jednu šolju čaja i ispričala mi šta je to tišti? Ali ne, vidim da je Doti budna i da izgleda kao da će svakog trenutka zaplakati.

– Malopre ste me pitali za porodicu – kaže Kersti. – Ben ih nikada nije upoznao. Ne viđamo ih. Nisu upoznali Doti.

To je i mnogo i neočekivano. Pomislim kako Patriša strašno pati za unukama, a da negde u okolini Čeltenama žive ti ljudi koji i ne znaju da imaju unučicu, ili pak znaju ali je nikada nisu videli. Mala Doti je kao šećer. Kad su navratile jednom prilikom, sedela je dobrih dvadeset minuta u Patrišinom krilu i lupkala kockicama. Ima gustu tamnu kosu, sigurno na oca, ali zato su oči Kerstine.

– Zašto? – pitam je.

Ona slegne ramenima. – Ben to ne razume. Hoće da se venčamo, ali ne mogu to da učinim bez njih, a još nisam spremna da ga upoznam s njima.

Možda zbog Bena, razmišljam. Možda neće ispuniti njihova očekivanja i ona to zna.

– Bilo kako bilo, razmišljala sam o tome dok smo se šetali, pa sam zaključila da bi trebalo da vam odgovorim na pitanje. – Okreće se da ode.

– Čekaj, Kersti. – Pitala bih je da li je srećna, pošto bi trebalo da se sve svodi na to, ali gledam njene suzne oči i prosto ne mogu da nađem prave reči. Šta mi je pa nikako ne umem da izrazim ono što mislim? Na kraju kažem: – Vidimo se sutra.

Ona žurno klimne glavom i ode – već gura kolica niz prilaznu stazu, a zatim na ulicu.

Celog poslepodneva i večeri razmišljam o njoj. Čudno je to – tako je lepa, i imućna, ima dete i sve ostalo, a ipak nije srećna. Nisam ni morala da je pitam, to se prosto vidi. Pitaću Patrišu kakav je taj njen. Ben. To sigurno ima nekakve veze s njim. A i prve su komšinice, pa je možda čula nešto. Svađe ili tako nešto. Iskreno se nadam da posredi nije ništa ozbiljnije. Da je ne tuče. Nikad se ne zna. Bila je jedna žena u daktilografskom birou – Šila – koja se poverila Dot i meni, i još zavrnula rukave da nam pokaže masnice. Dot je pobesnela, ubeđivala ju je da ga ostavi i da ćemo sve učiniti da joj pomognemo. I dan-danas se sećam gneva u njenim očima. Da li Kersti proživljava nešto slično? Vadim svoj spisak.

1. ~~Obavesti prijatelje i familiju~~
2. ~~Javi se pogrebnom preduzeću~~
3. ~~Idi u supermarket~~
4. ~~Očisti kuću~~
5. Nađi D
6. Pomozi Džuli da vrati muža
7. Saznaj zašto je Patriša sama

Prepravljam sedmu stavku u „Pomozi Patriši da vrati ćerku", a zatim ispod nje dopisujem osmu.

1. ~~Obavesti prijatelje i familiju~~
2. ~~Javi se pogrebnom preduzeću~~
3. ~~Idi u supermarket~~
4. ~~Očisti kuću~~
5. Nađi D
6. Pomozi Džuli da vrati muža
7. Pomozi Patriši da vrati ćerku
8. Postaraj se da Kersti bude dobro

S jedne strane, čini mi se da tapkam u mestu. A sa druge, imam utisak da jurim napred brže nego svih ovih godina.

16.

Tražim Dotinu adresu. Ova fioka, ona kutija. Džuli se ponudila da pomogne, ali nije mi se baš mililo da mi pretražuje privatne stvari, pa sam zato rekla da ću ipak to uraditi sama.

– Gledajte da ne ispraznite naglavce svaki kredenac u kući – rekla je. – Posle nećemo moći sve da vratimo na mesto.

U pravu je, pa zato idem polako ali sigurno. Štošta sam pronašla. Bioskopska ulaznica od one večeri kad smo Artur i ja išli da gledamo *Rock Around the Clock* i đuskali u prolazu između sedišta. Sva pisma i razglednice koje mi je slao tokom godina – uvek sa istim pozdravom na kraju. „Zauvek tvoj." Osetila sam se kao da živim u prošlosti. Ali to nije tačno, jer sam svašta radila u međuvremenu. Stoga bi se moglo reći da sad živim u živopisnijoj sadašnjosti nego ranije, a da samo umačem prst u prošlost. Danas prebiram po kutiji koja takoreći oduvek stoji ispod Arturovog i mog kreveta. Juče sam zamolila Džuli da je pre dolaska izvuče i snese mi je u prizemlje, tako da imam bar još tri sata dok ponovo ne dođe.

Spremam čaj, smeštam se u fotelju i podižem poklopac s kutije na podu. Prvo iz nje vadim beležnicu koja mi je odnekud poznata. Veličine je džepne knjige, s crnim kožnim koricama. Počnem da je prelistavam, a onda mi dah zastane kad prepoznam rukopis. Bilova je. Zatvaram je, nisam spremna to da vidim. Zašto smo je čuvali? A onda se setim da je majka rekla Arturu da uzme iz Bilove sobe sve što poželi. Sigurno je uzeo ovu beležnicu za uspomenu. Ponovo je otvaram. I sâm oblik slova dovoljan je da ga vrati. Kako se smejao kad sam pokušavala da se šegačim s njim, kako je jeo sve što mu se sipa u tanjir i tražio još. Čak i njegov miris – mešavina briljantina i talka. Ne verujem da ću u beležnici naći nešto bitno. Samo nažvrljane beleške i ideje. Spiskovi. Verovatno je to nešto najbliže dnevniku što je vodio, s tim što ga nije punio tajnama i razmišljanjima iz mračnih zapećaka duše. Već se spremam da odložim beležnicu i još jednom je ovlaš prelistavam, kad ugledam još jedan rukopis. Arturov.

Prepiska između njih dvojice.

Zaprosiću Dot. Šta misliš, Arture, šta će reći?
Pravi si srećnik, Bile. Siguran sam da će pristati.
A ti i Mejbel?
Misliš li da imam šanse kod nje? Ipak je ti znaš najbolje.
Ume da bude nedokučiva, ali mislim da imaš. Ne postoji niko drugi.

Ne postoji niko drugi. Bio je potpuno siguran. I potpuno omašio. Kada su to pisali, koliko pre Bilove smrti? Sigurno ne mnogo pre, ali nema datuma. Sve su bili isplanirali. Bili smo sjajna četvorka i hteli su da tako i ostane. Ne zameram im, i sama sam to želela. Koliko bi sve bilo drugačije da nismo izgubili Bila? Da li bismo ostali svi zajedno, venčali se i držali zajedno dok smo živi? A onda ponovo pogledam Arturove prve reči. *Pravi si srećnik.* Zbog toga se osetim pomalo kao utešna nagrada.

Zatvaram beležnicu i spuštam je na naslon za ruku, još nisam spremna da je ponovo sklonim nakon što je toliko godina čamila ispod kreveta. Zato ponovo posežem u kutiju i vadim još jednu sveščicu, takođe poznatu, mada ne bih umela da je opišem. Moj adresar, Bil mi ga je kupio za osamnaesti rođendan. S ružičastim i crvenim ružama na koricama. Počinjem da ga listam i zastajem na slovu B. Tu je. Dot Brajtmor i adresa u Hamersmitu, u zapadnom Londonu. Dok je sad gledam na papiru, čini mi se da se sećam kako sam je ispisala na običnoj beloj koverti i ugurala pismo unutra.

Prisećam se povremenih odlazaka u London. Šetnje sa Arturom. Poneka pozorišna predstava. Nikad nisam bila u tom delu grada, ništa ne znam o njemu. Ne mogu čak ni da je zamislim onde. Hoćemo li stvarno otići tamo, kao što je Džuli rekla? Tako lako?

Kad je proteklo nekoliko nedelja bez odgovora, razgovarala sam sa Arturom o mogućnosti da odem tamo i potražim je.

– Da se samo pojaviš? – pitao me je.

– Što da ne?

– Pa, budući da je otišla bez pozdrava, da nam nije bila na venčanju i da ti nije odgovorila na pisma, čini mi se da nam šalje prilično jasnu poruku. Slažeš li se?

Mnogo sam razmišljala o tome. Zar stvarno više nije želela? Ili joj je bilo previše bolno da gleda kako se venčavamo i počinjemo zajednički život nakon što se njena bajka raspala s Bilovom smrću? Da li joj je trebao nov početak, od nule? Zar je zaboravila šta smo značili jedni drugima? Ili joj je sâmo naše venčanje predstavljalo problem? Na kraju ipak nisam otišla i gotovo potpuno sam prestala da je pominjem. Ako njeno ime i naiđe u razgovoru, bilo je to uglavnom u vezi s Bilom i vremenom kad smo sve četvoro bili zajedno, kao da je prestala da postoji kao zasebna ličnost.

A da sada, posle više od šezdeset godina, zapucam tamo sa ovim neustrašivim ženama koje sam upoznala? Znam da je neću naći na toj adresi, da u Londonu – kao ni bilo gde drugde – niko ne ostaje toliko dugo na istom mestu, ali možda nas tamo čeka neki trag, nešto što će nas uputiti ka njoj. Jesam li spremna za to? Jesam li joj oprostila što je nestala?

Kasnije Džuli ulazi pevajući neku Abinu pesmu i zatiče me vrlo odlučnu.

– Našla sam je – kažem joj.

– Dotinu adresu u Londonu?

– Da. – Dižem adresar kao da je nekakav dokaz.

Ona zacici. Nikako mi nije jasno zašto joj ovo toliko znači. Šta ima od toga? Je li posredi obična ljudska znatiželja? Sve mi se čini da se tu krije još nešto.

– Da vidimo. Hmm, skinuću plan metroa da isplaniram put. Kad biste hteli da idemo?

Zatečena sam. Znam da mi je i pre predlagala da odem u London, ali razmišljala sam o tome kao o nečemu što ćemo uraditi u nekoj neodređenoj budućnosti, a sad me pita kad tačno i ja ne znam šta da kažem.

– Sledeće nedelje? – predlaže. – Mogla bih da uzmem slobodan dan.

– Možda – kažem. – Razmisliću.

Ona se nasmeje. – Čekali ste šezdeset godina, Mejbel. Hajde da više ne gubimo vreme!

Znam, suludo je, ali nisam sigurna da sam spremna.

Utom stiže Kersti da izvede Olija. Čim joj je otvorila, Džuli joj kaže za adresu.

– Jeste li gledale na Guglovoj uličnoj kameri? – pita Kersti.

Ne znam šta je to, ali Kersti uzima Doti i kolica, a zatim vadi telefon i ukucava adresu koju joj je Džuli pokazala. I dok si rekao keks okreće telefon ka meni da mi pokaže niz prodavnica.

– Sigurno je posredi stan iznad neke radnje – kaže.

Upinjem se da se setim da li je Dotina majka rekla nešto o svojoj sestri ili o tome gde živi, i da li je Dot ikada pomenula tetku i teču koji žive u Londonu, ali nema vajde. Da li mi pamćenje popušta ili se prosto nagomilalo toliko godina, neobaveznih razgovora i običnih dana da više nema mesta za sve?

– Hoćete li ići? – pita Kersti.

– To je bila zamisao, ali se Mejbel pomalo snebiva – kaže Džuli, pa me nežno dotakne po ramenu da pokaže kako ne misli ništa loše. – Jesi li za šolju čaja, Kersti?

– O da, hvala, ako već kuvaš.

Džuli odlazi u kuhinju i počinje da zvižduće dok čeka da provri voda, a Kersti se okreće ka meni. Sedi na kauču, u besprekornom tamnoplavom kombinezonu. Doti joj je u krilu. Obe me ozbiljno posmatraju.

– Šta vas zadržava? Mislila sam da želite da nađete Dot.

– Mislite li da bismo stvarno mogle? Da je nađemo.

– Pa, čini mi se da ima šanse, pod uslovom da je još...

– Živa?

– Da. I zato, ako ne želite ili niste sigurni, možda bi trebalo da odustanemo, ili bar da sačekamo još malo.

– Želim – kažem. – Ali prošlo je toliko vremena, a ja ne znam zašto je otišla i da li se naljutila na mene zbog nečega.

Kersti me proučava. Šakama pridržava Dotina stopala. Tako su prirodne zajedno, to što Kersti tačno zna šta njenoj ćerki treba, i kako se Doti oseća bezbedno u majčinom naručju. Da li je kod svih majki tako? Rado bih joj saopštila svoje zapažanje, ali ne znam hoće li joj to išta značiti budući da dolazi od nekog ko nije majka.

– Kako ste znali da želite dete? – pitam je.

Pomalo je zatečena promenom teme, ali se brzo pribere. – Stvarno ne znam. Prešla sam tridesetu, oduvek sam razmišljala o tome, a onda sam upoznala Bena i stekla utisak da je i on spreman, i nekako je sve došlo na svoje mesto.

– I da li vam je sad drago?

Ona se osmehne i pokrije Dotine uši. – Uglavnom.

I ja se smeškam. Kad su me prijateljice mojih godina napuštale zbog majčinstva, bila sam ogorčena zbog toga. Činilo mi se da nije pošteno što su sve pošle putem kojim ja nisam htela, pa sam zato ostala sama sa Arturom, mada je i on priželjkivao da pođe tim putem. Ali sad kad je sve to decenijama iza mene, uviđam da mi pričinjava radost to što sam u društvu majke i njenog deteta. I što vidim kako funkcionišu zajedno i koliko se vole.

– Uvek sam zamišljala da ni Dot nema dece. Šta ako je nađem i utvrdim da uopšte nije onakva kao što sam celog života mislila?

Kersti se nakratko zamisli, ne brza sa odgovorom, i to poštujem. Džuli donosi čaj i ponovo izlazi uz napomenu o čišćenju kuhinje, premda je bila sasvim čista kad sam spremala doručak. U dnevnoj sobi vlada tišina, obe pijuckamo čaj, Kersti vodi računa da drži šolju izvan Dotinog domašaja. To traje predugo i već pomišljam da je sigurno zaboravila šta sam je pitala.

– Mislim da niko nije onakav kao što mislimo, pa čak ni onaj ko je stalno prisutan u našem životu – kaže ona na kraju.

– Kako to mislite?

– Pa, mislim da svi imamo tajne, stvari kojih se stidimo i stvari koje preterano naglašavamo jer nas prikazuju u lepšem svetlu. Pa šta ako je Dot imala decu, ili šest muževa, ili je pobegla s cirkusom? Šta onda? I dalje je to Dot.

– Džuli! – dozivam.

– Da, Mejbel? – Toliko brzo se pojavila na vratima da se zapitam da nije prisluškivala. – Mislim da bismo mogle otići sledeće nedelje, kao što ste predložili. Ako imate vremena.

– Nego šta – kaže ona. – To je sjajna vest.

– Eto tako – kaže Kersti, pa ustane i visoko podigne Doti, na šta se malena zakikoće. – Idemo u šetnju, hoćemo li, gospođice?

Oli odmah dotrčava, a Kersti uzima povodac.

17.

Ako je i primetila koliko sam se potrudila, Džuli ne diže dževu oko toga i za to sam joj zahvalna. Ustala sam još u pet i prošla u glavi sve moguće razvoje događaja. Probala sam tri kombinacije i odlučila se za suknju i bluzu koju sam kupila za neko venčanje pre nekoliko godina, i sve upotpunila jarkožutim džemperom. Znam da je zapravo nevažno šta sam obukla, da je danas nećemo naći, ali nešto mi iznutra pritiska grudi i prosto sam poželela da izgledam najbolje što mogu.

– Sviđa mi se taj džemper – kaže Džuli. – Divna nijansa.

Nasmešim joj se, mada prilično mlako.

– Jeste li se predomislili? – pita me.

– Nisam. – Odlučila sam. Ako sad uzmaknem, nikada neću to uraditi. – Kad Patriša dolazi ovamo?

Džuli drmusa ruku sve dok joj sat ne sklizne iz rukava kaputa. – Treba da stigne svakog trenutka.

– Pa, uđite onda. Upravo sam sređivala tašnu.

Patriša stiže i Džuli nas sve tri vozi do stanice. Tek tamo pomene upoznavanje. – Sinoć – kaže. – Bilo je grozno. A izgledao je tako normalno na slikama.

– Šta mu je falilo? – pita Patriša.

– To što je ludak. Rekao je da ne trpi vezivanje, da se viđa s mnogo žena, i da ako ne mogu s tim da se nosim, on nije čovek za mene.

Sedimo na klupi na peronu.

– Daleko mu lepa kuća – kaže Patriša. – Kako si se izvukla?

– Okrenula sam se i otišla – kaže Džuli. – A on je potrčao za mnom, tražio je da mu vratim novac za piće koje mi je naručio!

Njih dve se zacene od smeha, a ja pokušavam da se osmehnem, ali je to preko volje.

– Jeste li dobro, Mejbel? – pita Džuli kad je došla do daha.

– Zašto ne bih bila?

– Samo ste se ućutali, ništa drugo.

– Pa, odavno nisam putovala dalje od Overberija.

– Onda je ovo važan dan – kaže Patriša.

Sigurno misli da sam udarena. Ona je iščupala sopstveni život iz korena i preselila se na drugi kontinent, a ja se uprepodobila zbog putovanja vozom od četrdeset pet minuta. Gledam golubove koji kljucaju mrve na ivici perona, kako se bore i guraju. Kako bez mnogo okolišanja pokušavaju da uzmu ono što žele.

– Recite mi ponovo rutu – kažem.

Džuli vadi telefon iz džepa da se podseti. – Idemo do stanice *Vaterlo*, zatim linijom Džubili do *Grin parka*, a onda linijom Pikadili do *Hamersmita*. Ta ulica je na deset minuta hoda odande, pa ćemo videti kako ćemo se osećati kad stignemo. Ako budemo htele, možemo uzeti taksi.

Lepo je od nje što se pretvara da ćemo videti kako ćemo se sve tri osećati, a ne hoću li ja biti previše umorna da hodam. Voz stiže, a Džuli ustaje i nudi mi ruku. Kad smo se ukrcale i našle stočić za koji možemo da sednemo, upućuje mi onaj svoj ozbiljan pogled.

– U svakom trenutku možemo da se okrenemo i vratimo se – kaže.

Patriša klima glavom u znak slaganja.

– Sve zavisi od vas, Mejbel. Samo kažite. Ovo je vaš dan. Mi vam samo pravimo društvo.

Osećam kako me oči peckaju od suza. Jer njih dve znaju koliko sam uplašena i nude mi mogućnost da se izvučem. Bilo bi tako lako. Ali neću. Gledam kroz prozor predgrađa koja promiču i osećam kako mi nešto pritiska grudni koš. Shvatam da je to nada. Iščekivanje.

Ćutljiva sam tokom vožnje. Njih dve razgovaraju još malo o Džulinom izlasku i nekom čoveku koji redovno dolazi na Patrišine časove plesa i posle ostaje da malo proćaska, ali nikako da stisne petlju i pozove je na piće. A ja samo zurim kroz prozor, ne pratim njihovo čavrljanje nego se prepuštam sećanjima na neka druga putovanja vozom. Posle venčanja smo otišli na nekoliko dana u Krajstčerč, i Artur mi tokom celog puta donde nije ispuštao ruku. Bilo je kao da ne može da poveruje da me se domogao, pa se plaši da me pusti. Htela sam da čitam svoju knjigu, ali bi to bilo nepristojno, budući da je on hteo da provedemo celo putovanje zureći jedno drugom u oči. Sećam se da sam u dubini duše osećala da sam pogrešila, mada sam se izgovarala time što je on očigledno presrećan. Kao da njegova sreća može poništiti moju zebnju.

Na *Vaterlou* je krkljanac, kao što je uvek i bilo. Nekad bih se samo otisnula u gužvu. Ali ne i sad. Čekamo dok gotovo svi ne izađu iz voza kako bismo mogle komotno da stignemo do izlaza s perona. Stanica miriše na znoj i kuvano meso, a buka je zaglušujuća. Džuli nas izuzetno vešto sprovodi tamo kud smo se zaputile, a da ne mora da me požuruje. Da sam pokušala ovo sama da uradim, na šta se nikad ne bih odvažila, izgubila bih se bar deset puta dok ne potrefim pravu liniju metroa. Dok čekamo voz duboko ispod zemlje, vruće mi je u debelom kaputu, ali ne mogu sad da ga skidam. Voz se zaustavlja uz škripu, a meni lakne kad vidim da je gotovo prazan. Uspevamo da nađemo tri slobodna sedišta u nizu.

– Dolazite li često u London? – pitam ih.

– Kad sam se doselila ovamo iz Amerike, u početku sam živela i radila u Londonu, ali kasnije smo se Sara i ja odselile – kaže Patriša.

– Šta si radila? – pita je Džuli.

– Bila sam manekenka.

– Zapamti gde si stala – kaže Džuli i diže kažiprst. – Sad presedamo.

Prelazimo u drugi voz, s tim što ih ja samo pratim, pošto me znaci i zvuci zbunjuju.

– Dakle, manekenka – kaže Džuli kad smo ponovo sele.

Nisam bila svesna da Džuli to ne zna. Pa naravno da je bila manekenka. Čak i sa sedamdeset godina, Patriša ima savršene jagodice i duge, duge noge. Ona pocrveni i klimne glavom.

– Pričamo li o *Litlvudsovim* katalozima ili o modnim revijama? – pita Džuli.

– Bilo je svega pomalo. Ali pretežno modne revije.

Džuli mi je rekla da Patriša živi u jednoj od najvećih kuća u onom novom naselju, i vidim da je živo zanima odakle joj novac budući da je veći deo života provela kao samohrana majka. Sad sve počinje da dobija smisao.

– Jesi li upoznala mnogo poznatih ličnosti? – pita je Džuli.

Patriša prevrće očima. – Gomilu. Većinom su sačuvaj bože.

– I onda si sve to batalila da bi odgajala Saru?

Patriša se na to zagleda iznad glava ljudi koji sede prekoputa nas, pretvara se da na mapi linije proverava dokle smo stigle i koliko još stanica imamo, ali vidim da pokušava da se sabere.

– Upoznala sam nekoga i počeli smo da se zabavljamo. Onda sam saznala da sam trudna. Međutim, ispostavilo se da njega to nimalo ne zanima. I da je oženjen.

– Koji gad – kaže Džuli. – Eh ti muškarci, svi su isti. Izuzev vašeg Artura, Mejbel.

Patriša sleže ramenima. – Želela sam dete, želela sam da budem majka. I zato sam uzela novac koji sam zaradila i preselile smo se u Broton da počnemo nov život.

Hrabro je to, pomislim. Ona je hrabra. Uradila je to sama, bez pomoći porodice.

– Jeste li razmišljali o povratku kući? – pitam je. – Mislim u Ameriku.

– Jesam, ali nisam bila naročito bliska s roditeljima, a oni nisu odobravali to što sam se doselila ovamo. Nisam htela da se vratim kući trudna i molim za pomoć. Nisam htela da im pružim priliku da kažu kako su sve vreme bili u pravu.

Da li je to tvrdoglavost ili glupost, pitam se. Kako god, ona je svejedno hrabra.

– A ko je on, otac? – pita Džuli. – Da li je neko poznat?

Patriša samo pocrveni i ne odgovori ništa, što očigledno znači da jeste. Ali onda potpuno zaboravim na sve to jer prva primećujem da stižemo na našu stanicu – *Hamersmit*. Patriša me hvata za ruku i kroz smeh kaže da bismo stigle do *Hitroua* da smo se oslonile na nju, i ubrzo smo na svežem vazduhu, na ulici. Eto, to je bilo putovanje kojeg sam se toliko plašila.

– Da vidimo – kaže Džuli i nalazi nam slobodnu klupu kako bismo sele da isplaniramo sledeći korak. – Kako se osećate, Mejbel? Ne zaboravite da nas čeka i povratak kući. Ne bih da se previše zamarate.

Osećam se dobro. Osećam se živo, i uzbuđeno, i uplašeno, ali ne i umorno. Pomislim na svoju fotelju, na Olija koji sâm tumara sobama našeg kućerka, i kako bi bilo lako odustati i ostati tamo. I koliko sam zadovoljna što sam ipak ovo uradila. Ali ipak ne bih da se prerano radujem, pa zato kažem: – Hajde da uzmemo taksi. Ja ću platiti.

Juče sam u supermarketu podigla novac za ovo. Kad me je videla kako brojim novčanice, Erin me je pitala nameravam li da idem u kockarnicu.

– Ne dolazi u obzir – kaže Patriša.

Na to pomislim na njeno manekenisanje, šepurenje po modnoj pisti, i kako je sad bogata zato što je bila lepa i visoka. Čudan je ovaj svet.

Džuli zaustavlja taksi, a zatim ulazimo i dajemo adresu vozaču. On samo ćutke klimne glavom i takoreći za minut-dva izlazimo nakon kraće prepirke oko plaćanja, u kojoj ipak moja bude zadnja.

Stojimo na ulici i posmatramo omanju zgradu. Posredi je prodavnica, kao što je Kersti rekla. Ima ih nekoliko u nizu. Novinarnica, kladionica, prodavnica dobrotvornog društva. Na broju zapisanom u mom starom adresaru nalazi se poslastičarnica, s velikim kolačima i pecivom u izlogu. Podižem pogled ka stanu iznad nje – fasada od veštačkog peščara i dva mala prozora s kojih se ljušti bela boja. Da li je Dot bila ovde? Da li je stajala na istom mestu, a zatim ušla na ona vrata i popela se uz neke skrivene stepenice? Da li je radila u prodavnici? I da li je to i onda bila poslastičarnica?

– Hoćemo li da uđemo? – pita Džuli, i ja shvatim da sam odlutala u sopstveni svet tu nasred ulice. Ljudi prolaze oko nas. Džuli me drži za ruku, a glas joj je blag. Srećna sam što je imam.

– Da – kažem. – Naravno da hoćemo. Nismo prevalile ovoliki put da bismo stajale na ulici, zar ne?

Zvonce se oglasi dok ulazimo, na šta čovek za tezgom diže pogled s telefona. Nema nikoga osim nas. Star je oko trideset pet godina i izgleda kao da ima mediteranske krvi. Mogao bi biti Španac.

– Šta ćete? – pita na tipično londonski način.

– O, nismo došle zbog kolača – kaže Patriša, a Džuli dobaci: – Pričaj u svoje ime. – Nas tri se nasmejemo, ali on ostane ozbiljan.

– Postoji li stan iznad ovog lokala? – pita ga Patriša.

– Ko pita?

– Pa, ja. Moja prijateljica Mejbel pokušava da uđe u trag svojoj staroj prijateljici. Verujemo da je 1961. godine živela u stanu na spratu.

On nas ravnodušno posmatra.

– Stoga smo se pitale – nastavlja Patriša – znate li možda nešto o prethodnim vlasnicima.

Uto se zvonce ponovo oglasi. Osvrćemo se i vidimo lepu mladu ženu kako ulazi.

– Šta ćete? – pita je on.

– Čekajte malo, bili ste usred razgovora s nama! – kaže Džuli.

– Gospoja, ovo je radnja, a ovo – tu pokaže na mladu ženu, koja pocrveni – ovo je mušterija. Mušterije imaju prednost.

Čak ni Džuli nema tome šta da prigovori.

Žena naručuje kolače za celu kancelariju i treba joj čitava večnost da se odluči između raznoraznih krofni i eklera, a ja ne mogu da se ne osmehnem jer je toliko mršava da izgleda kao da nikad u životu nije ni okusila kolač. Prilazim zidu i naslanjam se leđima. Vazduh miriše slatko, na šećer u prahu. Sećam se kako smo Dot i ja jednom pravile tortu za rođendan njene majke, i fine izmaglice od šećera u prahu što je lebdela u vazduhu, a mi pokušavale da je uhvatimo jezikom.

– Hoćete li da sednete? – pita Džuli i zabrinuto se mršti.

– Izgledate starije kad to radite – kažem joj.

Ona se nasmeje.

– Tako je već bolje. Dobro sam, samo sam morala malo da se naslonim.

Žena odlazi, a Džuli ponovo prilazi tezgi. – I? Možete li ikako da nam pomognete?

– Slušajte, gospođo. Kupio sam ovo mesto pre tri godine. Ovo je i tada bila poslastičarnica. A pre toga – pojma nemam. Ja se još nisam ni rodio 1961. godine. Boga mu, ni moja majka se tad još nije bila rodila!

– A stan? – pita Džuli. Divim se njenoj upornosti.

– Stan ide uz radnju. Ja živim u njemu. Da budem iskren, prava je rupa. Naravno, možda je tada bio u boljem stanju.

– Hvala vam – kaže Džuli. – Dame, hoćemo li da se zasladimo?

Po blagom podrhtavanju glasa shvatam da je ova potraga za nju dobila neko posebno značenje. Da joj je postala važna. Uzimam puding, Džuli i Patriša krofne s pekmezom, a zatim odlazimo do obližnjeg parka i sedamo na klupu.

– Šteta – kaže Patriša. – Nije bio od bogzna kakve pomoći, zar ne?

– Mnogo je vremena prošlo – kažem. – Previše. Takoreći jedan životni vek.

– Možda je trebalo samo da pozovem telefonom umesto što smo potegle toliki put – kaže Džuli.

Telefon. Kako se toga nisam setila?

– Uvrtela sam sebi u glavu – nastavlja ona – da je Dot možda još tu. Ne da vodi radnju, nego da povučeno živi gore, a da će za tezgom možda biti njena ćerka ili unuka. Koja glupost.

Ali meni to ne zvuči kao glupost. Uopšte nije glupo. Mislim da sam negde u dubini duše i sama to zamišljala.

18.

U vozu odlučujem da pomenem nešto što me kopka. – Mislite li da je Kersti srećna? – pitam ih.

Pre nisam bila umorna, ali sad jesam. Čini mi se da bih mogla da se sklupčam i zaspim na ovom štrokavom tapaciranom sedištu, okružena zgužvanim kesama od čipsa i zgnječenim bocama šutnutim u uglove, prljavim prozorima isprskanim blatom. Raspoloženje je sad drugačije, verovatno zato što je nada isisana iz nas.

– Srećna? – pita Patriša. – Kako to mislite?

– Taj njen Ben, da li je dobar prema njoj? Prosto sam stekla utisak da nešto nije u redu.

Patriša se zavali da razmisli.

– Da budem iskrena, nisam ga čestito ni upoznala. Prve su mi komšije, ali on uvek radi. Čula sam ga u dvorištu, viđala ga kako ulazi u onaj razmetljivi auto i odlazi, ali nikada se nismo zvanično predstavili jedno drugom. Ali nikada se nisam zabrinula za nju. A provodimo dosta vremena zajedno.

Možda posredi nije to, veza s tim čovekom. Šta bi još moglo da bude? Prisećam se šta mi je rekla kad smo pričale o Dot, kako svako ima neku tajnu i nije ono što misliš. Prava zagonetka, ali naumila sam da je rešim.

Džuli zuri u telefon, razgleda potencijalne kandidate za upoznavanje.

– A ovaj? – pita i okreće telefon ka nama.

Na slici je prosed sredovečan muškarac izboranog lica. Nema nikakve iskre, ničeg zanimljivog na njemu.

– Ne – kažem. – Taj ne.

– Zvučite kao da ste potpuno sigurni – kaže Džuli pomalo uvređeno. – Poznajete ga?

– Ne, samo mi se čini da nije za vas, ništa drugo. Mislim da bi bolje bilo da saznate kad taj vaš muž izlazi s drugarima, pa da se lepo skockate i tobože slučajno naletite na njega. Kad bude video koliko ste privlačni i kako vam je lepo bez njega, vratiće se dok kažete keks.

Ona me posmatra. – Stvarno? Ozbiljno mislite da treba to da uradim?

– Pa, nesrećni ste bez njega, zar ne? A znam da je švrljao, ali za muškarce to nije ništa neobično.

Sve tri se nakratko zamislimo.

– Artur nije bio izuzetak – dodajem. – Htela sam to da pomenem još onda kad ste pričale o nevernim muškarcima.

– Artur vas je varao? – pita Džuli, a pritom zvuči kao da ju je to lično pogodilo.

– Tri puta – kažem. – Mislim, imao je tri ljubavnice. Elsi Mejbruk 1966, Šilu Terner 1975 i Eni Džejms 1988.

Čudno je što još pamtim njihova imena. I godine. Kad se to desilo prvi put, sa Elsi, bili smo sedam godina u braku i nisam se iznenadila. Istini za volju, čudilo me je što nije to ranije uradio. Previše puta sam mu u krevetu okrenula leđa. A ipak, kad sam saznala, kad me je na poslu Helen odvela u stranu i rekla mi da ih je videla zajedno, da su se smejali i bili toliko primaknuti da je malo falilo da se poljube, da su im se ruke dodirivale, utroba mi se okrenula. Sama sam ga gurnula u to, očekivala sam da se to desi, ali mi je potvrda ipak teško pala. Plakao je kad sam mu rekla da znam. Izvinjavao se, ubeđivao me je da voli mene a ne nju. Samo mene. A ja nisam mogla da ga krivim, zar ne, jer sam znala da govori istinu i da ja nisam ispunila ono što sam obećala pred oltarom, da nisam prihvatila njegovu ljubav i zauzvrat mu dala svoju.

– I vi ste sve to znali? Znali ste njihova imena i sve ostalo? – Džuli je iskreno zaprepašćena.

– Recimo da nije bio majstor u zametanju tragova – kažem.

To je živa istina. Sâm mi je davao naznake šta se dešava, ostajao napolju dokasno bez ikakvog objašnjenja. Sva tri puta je hteo da ga uhvatim. Hteo je da mu kažem to kako bi on meni rekao koliko je usamljen u našem braku. Prisećam se razgovora koji smo vodili kad se to zadnji put desilo. Kad smo bili najbliži tome da jedno drugom kažemo istinu. Kad mi je rekao da je samo hteo da izazove nekakvu reakciju kod mene, da mu pokažem da ga volim. Da je hteo da me napravi ljubomornom.

– Pa, nikad ne bih to očekivala od njega – kaže Džuli.

Ne mogu da se ne nasmešim, jer ga nikad nije ni upoznala. Doduše, dosta sam pričala o njemu. Valjda i ja imam isti odnos prema njenom Martinu. Osećam se kao da ga poznajem.

– Baš mi je krivo, Mejbel – kaže Džuli. – Muškarci su gadovi.

Čovek koji sedi s druge strane prolaza osvrne se ka nama, a Džuli pilji u njega sve dok ga ne natera da skrene pogled.

– Sve je to život – kažem, a u sebi se pitam hoću li ikada moći da im sve ispričam. Ono što nikada nikome nisam priznala. Čak ni njemu. Čak ni sebi.

Ćutimo, znam da svaka razmišlja o svojoj prošlosti. O muškarcima koji su bili deo svega što nas je dovelo tu gde smo sad.

– Jeste li voleli Sarinog oca? – pitam.

Patriša me pogleda. – Sve je bilo tako vrtoglavo. Uz njega sam se osećala kao da sam jedina žena na svetu. Znate već kako je to. Svakog dana novi buket cveća, put u Veneciju na drugom izlasku.

Džuli je doslovno zinula. – Ne, mi ne znamo kako je to, jel' tako, Mejbel?

Patriša se nasmeje, a ja ponovo ostajem zatečena njenom lepotom. Ali primećujem da nije odgovorila na moje pitanje.

– Nikada nisam bila u Veneciji – kažem.

– O, prelepo je – kaže Patriša. – A ako ste tamo s nekim kog volite, onda je to takoreći savršenstvo.

– Dakle, volela si ga? – pita je Džuli.

– O da, volela sam ga.

Pogled joj je drugačiji i znam da se vratila tom vremenu, tim osećanjima. A onda kao da se prenula i pribrala, i ponovo je s nama.

Utom je Džuli iznenada ščepa za mišicu. – Jel' to bio neki od *Bitlsa*, Peti?

Ona se nasmeje, a za njom i nas dve. – Nije, Džuli. Nisam baš toliko stara.

Zatim zaćuti na trenutak, pa nastavi. – Bila sam presrećna kad sam utvrdila da sam trudna. Mislila sam da je to tek početak za nas dvoje, da ćemo biti porodica. Bila sam tako mlada i naivna. Ispostavilo se da on već ima porodicu. Ženu i dvoje dece koje nikada nije našao za shodno da pomene.

Džuli odmahuje glavom. Pitam se da li preslikava to na svoj život i dodeljuje Patriši ulogu Estel. Da li uviđa da ne mora uvek druga žena da bude negativac u drami.

– Podizala si je sama? – pita Patrišu.

– Jesam.

– Nije ni čudo što ti toliko nedostaje – kaže Džuli. – Godinama ste bile upućene jedna na drugu.

– Da, tokom čitavog njenog detinjstva. Živela je sa mnom sve dok nije upoznala Marka, kad je već bila blizu tridesete. I posle se vratila kad je Mark napustio nju i devojčice. Isprva sam se pribojavala toga što će se malene stalno vrzmati po kući, ali bilo je predivno. Deca te podmlade, zar ne?

Mora da smo je Džuli i ja belo pogledale, pošto se odmah nasmejala.

– Naravno, stalno zaboravljam da vas dve nemate decu. Život ti se okrene naglavce kad imaš decu u kući, ali to se ni sa čim ne može uporediti. Dani prolaze u pričama i plesu, u crtanju i jurcanju. Sve je dozvoljeno.

Pokušavam to da zamislim. Kako bi to izgledalo u Arturovom i mom slučaju. On ne bi švrljao, sigurno ne bi. A ja bih možda bila malo... šta? Vedrija? Živahnija? Zamišljam mladu sebe s bebom u naručju. Kuća u neredu, igračke na sve strane. A zatim malo stariju sebe, s devojčicom koja me drži za ruku na pešačkom prelazu. Ali sve su to maštarije. Nešto što nikad nisam imala, ma čak ni poželela da imam. Zaludna je rabota razmišljati šta bi onda bilo drugačije.

– Kako su one sad? – pita Džuli. Glas joj je staložen, ali ima neki čudan prizvuk, pa se pitam da se nije i ona prepustila mislima o sopstvenoj prošlosti i nagađanju šta je sve moglo da bude da su okolnosti bile drugačije.

– Nisam sigurna – kaže Patriša. – Pre neki dan je zvučala vrlo napeto. Rekla mi je da Džef nikako ne može da se navikne na njihovo prisustvo u kući. Znam da je grozno, ali kad smo završile razgovor, shvatila sam da se nadam da im neće ići, jer bi se one u tom slučaju vratile kod mene.

To je veliko priznanje i treba malo vremena da se slegne. Gledam kroz prozor. Prolazimo kroz neku stanicu, ali prebrzo da bih pročitala naziv. Ne znam šta drugo da kažem, osim da je potpuno razumem. Da sam se i sama nadala da će se dogoditi neke grozne stvari kako bih dobila ono što silno želim.

Patriša uzima telefon i pokazuje nam slike svojih unučica. Kao anđelčići su, tamne kose i s jamicama na obrazima. U istovetnim žutim letnjim haljinicama.

– To je bilo prošlog maja. Vodile smo ih u Grčku.

Tu je i slika s plaže. Devojčice u prugastim kupaćim kostimima, mlađa mlatara koficom i lopaticom dok starija pravi zvezdu u pozadini. Prosto osećam energiju koja izbija iz njih, čak i s te majušne slike na mobilnom telefonu. Gotovo mogu da čujem smeh.

Devojčicama je očigledno mesto s Patrišom. Ne umesto njihove majke, naravno, nego da budu sve na okupu. Potpuno se preobrazi kad govori o njima, mogu jasnije da vidim mladu ženu kakva je nekad bila. Manekenka. Samouverena i srećna.

– Možda će se vratiti – kažem, a ona me na to pogleda pravo u oči. – Možda im toliko nedostajete da ne mogu bez vas.

Na trenutak me čežnjivo pogleda, a onda promeni temu. – Nego, šta ćemo s Dot? Šta je sledeći korak?

Ponovo se setim one prodavnice i bednog stančića. Znam da zvuči smešno, ali čini mi se da je Dot bila prevelika za tolicni ćumez. Ne verujem da bi dugo ostala tamo.

– Mogla bi biti bilo gde – kažem.

I to je tačno. Čak i ako je svih ovih godina ostala u Londonu, bila je kap u moru od gotovo devet miliona ljudi. A ako nije, mogla je da se odseli bilo gde, čak i u inostranstvo. Mogla bi biti na nekoj grčkoj plaži, u pozadini nečije porodične slike s letovanja, poput one koju nam je Patriša malopre pokazala, ili živi povučeno u nekom francuskom selu, ili pak raskalašno u velikom stanu u Njujorku ili Čikagu. Možda je mrtva. Šta ako provedemo nedelje ili mesece u potrazi i na kraju utvrdimo da je umrla? Da li bi to bilo gore nego da ništa ne saznam?

Jednom smo u školi na času geografije dobili zadatak koji je trebalo da radimo u parovima. Od nas se očekivalo da odaberemo grad u kom bismo voleli da živimo, bilo gde u svetu, da prikupimo podatke o njemu i izložimo ih razredu. Dot i ja smo radile zajedno, ali smo veći deo vremena provele u raspravi oko izbora grada. Ja sam htela da to bude negde u Engleskoj, dok je ona naginjala mnogo daljim mestima.

– To nema veze sa stvarnošću – rekla sam joj. – Nikada nećeš živeti u Nešvilu ili Hongkongu.

Dot je slegnula ramenima i sevnula očima kao da sam je uvredila. – Otkud znaš?

Na kraju smo napisale rad o Mančesteru.

Primetila sam da su se Džuli i Patriša pogledale kao da su se prećutno složile oko nečega. Možda su već razgovarale o tome. Možda su se složile da će me podržati ukoliko pokažem nameru da odustanem. Možda su od početka bile ubeđene da nećemo uspeti da je nađemo.

– Ne znam gde da je tražim – kažem, a osećam kako mi suza klizi niz obraz.

Džuli pruži ruku da me pogladi po kolenu. – Ne moramo uvek da znamo šta je sledeći korak. Ponekad moramo malo da sačekamo dok nam ne naiđe nadahnuće. Ne gubite nadu.

Nada. Sigurna sam da Džuli nije izgubila nadu da će vratiti svoj brak u kolosek. Ni Patriša nije izgubila nadu da će joj se ćerka vratiti. Možda je stvarno tako. Možda treba da sačekam malo, da i dalje verujem, i vidim šta će se desiti.

19.

Dok čekam da se nešto desi, zabadam nos gde mu nije mesto, što bi Artur rekao. Do pre nekoliko meseci tako nešto ne bih uradila ni za živu glavu, ali što više imam dodira sa svetom, to sam znatiželjnija i sve me zanima. Počinjem od Erin. U supermarketu je pitam kad ide na pauzu, a ona kaže da će imati deset minuta za otprilike pola sata. Ne smeta mi da sačekam da mi se pridruži na klupi prekoputa. Povela sam i Olija da mi pravi društvo. Ponela sam termos čaja. Mogla bih celog dana da ostanem na toj klupi kad ne bi bila tako neudobna. Gledam ljude koji prolaze, svi su zaokupljeni razgovorom, ili imaju slušalice u ušima, ili bulje u telefon. Zapahne me miris kafe kad god se otvore vrata kafića iza mene.

Dva muškarca zastaju nedaleko od klupe i čujem da jedan oslovljava drugog kao Martina. Neupadljivo se osvrnem da ga pogledam. Znam da sam za njih nevidljiva. U odgovarajućim je godinama. Mogu li da ga zamislim s Džuli? Možda.

– Daj, Marte – kaže mu drugi. – Sto godina nismo išli na pivo.

– Znam, znam, ali Estel ne voli kad...

Estel! Tako se zove žena zbog koje ju je ostavio!

– Kaži joj da prolazim kroz krizu. U petak. Petak deluje kao dobar dan za krizu. Kaži joj da jedini ti možeš da mi pomogneš. A onda dođi u *Karpenters* oko osam. Važi?

Zatim samouvereno odlazi, a Martin podigne ruku da mu mahne.

– Zdravo, Mejbel. – To je Erin, pretrčava ulicu.

Beležim u sebi vreme kad će Martin biti u pabu, a zatim se osmehnem Erin.

Ona seda do mene i pruža mi šuškavu kesu od smeđeg papira. – Kroasan – kaže. – Ako hoćete. Od juče je. Ostave ih još malo u sobi za zaposlene pre nego što ih bace.

– Mislila sam da ih nose u narodnu kuhinju – kažem.

Ona prevrne očima. – Hana i ja stalno dodijavamo Kevu zbog toga. Ali on kaže da je to opasno. Ako im je istekao rok trajanja a nekom pozli, pa se utvrdi da su iz našeg supermarketa, bla, bla, bla. Ali ne buni se ako ih zaposleni pojedu.

– Pa, hvala – kažem i razmotavam kesicu kao da je poklon.

Ne sećam se kad sam poslednji put jela kroasan. Zatvaram oči i odgrizem zalogaj. Malčice je suv, ali je još puterast i lisnat, gotovo savršen.

– O čemu ste hteli da razgovaramo? – pita me Erin i vraća me natrag u Broton, na klupu i onome što me zanima. – Izvinite što vas požurujem, ali imam samo deset minuta, a znate kakav je moj šef što se tiče kašnjenja.

– Da – kažem. – Razmišljala sam o onom što si mi ispričala o svojim roditeljima. Nije u redu da neko mora da krije ko je i šta je. Ne danas, ne u ovo vreme.

Ona se meškolji od nelagode. – Mislite na to što sam gej?

Klimam glavom. – Da, na to. Tako nešto je bilo nečuveno kad sam ja bila tvojih godina, ali koliko mogu da vidim, danas se viđa na svakom koraku. Parade ponosa, svi ti ljudi koji samo slave to što se vole, što su slobodni. A usred svega toga, ti osećaš da ne možeš otvoreno da razgovaraš sa sopstvenom porodicom. To prosto nije u redu.

– Ali šta ja tu mogu?

Mnogo sam o tome razmišljala i ubeđena sam u ono što ću joj reći. I nadam se da sam u pravu.

– Budi potpuno otvorena prema njima – kažem. – Nemoj samo da im nagoveštavaš ili da pričaš o drugim ljudima koje poznaješ. Kaži im da si to ti i da si to što jesi. Oni te vole, Erin, razume se da te vole. I razumeće. Jedno je kad ne odobravaš to kao pojavu, ali druga je priča kad je posredi neko kog voliš.

Potiskujem unutrašnji glas koji pita šta se dešava ako nemaju razumevanja. Ali onda me ona pita isto to, baš kao što sam očekivala.

– A ako ne budu imali razumevanja?

– Čisto sumnjam da će se to desiti – kažem joj. – Prosto ne verujem da je to moguće. – Dovršavam kroasan i savijam kesu sve dok ne dobijem mali pravougaonik.

Ona ozbiljno klima glavom. – Stvarno sam ubeđena da me vole. Ali, znate, vera je moćna stvar.

– Hrišćanstvo se zasniva na ljubavi prema bližnjem – kažem. – Na pomaganju drugima. Na dobroti. Razmisli, Erin. Šta ako uradiš to i sve bude u redu? Bićeš potpuno slobodna.

Ona skreće pogled. Pitala bih je o čemu razmišlja, ali iako smo za kratko vreme prevalile dug put što se tiče našeg poznanstva, čini mi se da ipak još nismo baš toliko bliske.

– Moram da se vratim – kaže ona. – Hvala na savetu.

– Hvala na kroasanu – odgovaram.

Gledam za njom dok pretrčava ulicu i promiče između automobila ne sačekavši zeleno svetlo. Štošta bih htela da joj kažem. Da ne traći ni trenutak te dragocene mladosti. Da bude bliska sa svojima dok ih još ima. Da se bori za ljubav kao da je to rat koji gubi. Ali šta bih ja radila da mi je neko sve to rekao kad sam bila njenih godina? Pokušavam to da zamislim, kako se besciljno šetam s Dot po gradu i kako neka starica prilazi da podeli s nama svoju mudrost. Samo bismo se nasmejale i produžile dalje, ne bismo više ni pomislile na to. Jer mladi misle da sve već znaju, zar ne? Ali ne znaju kako će se osećati kasnije. Koliko usamljeno i čežnjivo. U tome je kvaka.

Nekoliko sati kasnije sedim kod kuće u fotelji, a Džuli ulazi sijajući od vedrine kao i obično. Oli diže glavu, vidi da to nije Kersti došla da ga vodi u šetnju, i nastavi da spava.

– Nešto sam razmišljala – kažem. – Ne pamtim kad sam poslednji put izašla uveče.

I to je istina. Godinama sam izlazila svakog petka i subote. Bioskop ili piće u pabu petkom, igranka subotom. Čitava radna nedelja mi se vrtela oko toga. Od ponedeljka do srede naklapale smo o dešavanjima proteklog vikenda, a četvrtkom i petkom smo kovale planove za predstojeći.

Džuli stoji na pragu. Izgleda drugačije. Ima novu frizuru. Kosa joj je glatka i sjajna.

– Uveče? – pita.

– Da. Na večeru, ili samo na piće. Ne znam. Mislila sam da bismo mogle negde da odemo. Možda da pozovemo i ostale. Uzgred, sviđa mi se frizura.

Ona pogladi kosu rukom. – O, hvala. Kersti mi je dala sliku iz časopisa da pokažem frizeru. I meni se baš sviđa.

– Lepo. Šta kažete za petak?

– Ovaj petak?

– Da, što da ne? Osim ako niste prezauzeti lakiranjem noktiju, preuređivanjem frižidera ili nečim sličnim.

Ona zabaci glavu i nasmeje se. – Sram vas bilo. Pa dobro, mogle bismo. Poslaću poruku Peti i Kersti.

– Kersti treba da stigne ovamo svakog trenutka. – Oli ponovo digne glavu na pomen njenog imena. – Stoga nema potrebe da joj šaljete poruku. Šta mislite, šta ćete obući?

Džuli seda na bočni naslon kauča i vadi telefon. – Šta ću obući? Ne znam. Zar je važno?

– Pa, lepo je udesiti se ponekad. Možda biste mogli malo da se ponovite. Videćemo šta će Kersti reći.

– Peti je slobodna – kaže ona. – Dobro, šta treba uraditi?

Obično joj svakog dana smislim nekakvo zaduženje, ali znam da je korpa za veš prazna, a posteljinu mi je juče promenila. Mogla bih je zamoliti da usisa, ali ona mi nije kućna pomoćnica, a i radije bih da samo sedimo i ćaskamo.

– Prijala bi mi šolja čaja – kažem. – Skuvajte i sebi.

– Mislim da ponekad zaboravljate da dolazim ovamo da radim – kaže ona i odlazi u kuhinju.

Rado bih joj rekla da nikad to ne zaboravljam. Da je počela da mi se dopada više nego iko koga sam poznavala godinama unazad i da sam bolno svesna da je plaćena da bude tu.

Čuje se nekakvo zujanje i pokušavam da dokučim šta je posredi. – Jel' to vaš telefon, Džuli? – dovikujem joj.

– Ne, nije moj. Da nije vaš? Čekajte, odmah ću pogledati.

Često zaboravim da imam mobilni telefon. Držim ga u trpezariji, u fioci kredenca, a Džuli ga svakih nekoliko dana stavi na punjenje. Sad utrčava i donosi mi ga.

– Za mene? – pitam.

– Pa, nećemo saznati ako se ne javite.

Kad vidi da belo gledam ekran, prevuče prstom preko njega, a zatim mi rukom pokaže da prinesem telefon uvu.

– Halo? Mejbel Bomont na telefonu.

– Dobar dan, Mejbel. Ovde Triša Smit, nedavno sam razgovarala s vašom prijateljicom Džuli o kući u kojoj je živela vaša nekadašnja drugarica.

– A da – kažem. – Dobar dan. Jeste li našli nešto?

– Samo mi je palo na pamet da vam pomenem da sam razgovarala s postarijim gospodinom iz Brotona koji se zanima za lokalnu istoriju, pa sam mislila da bi vam možda mogao biti od neke koristi. Živi u Gornjoj ulici.

Najednom znam koje će ime izgovoriti. Redž Bišop.

– Zove se Redž Bišop.

– Da – kažem. – Da. Redž Bišop.

– O, poznajete ga?

– Ne. U stvari, znali smo se iz viđenja. Nekad davno. Javiću mu se.

– Hoćete li njegov broj? Rekao je da vam ga slobodno dam.

Da li mu je pominjala moje ime? Očekuje li da ga pozovem?

– Da, hvala.

Džuli pritrčava da mi doda blokče i hemijsku olovku, a zatim zapisujem broj koji mi Triša diktira. Na kraju joj zahvalim i prekinem vezu.

– I? – pita Džuli dok nam donosi čaj. – Zvala me je jutros, pa sam joj dala vaš broj jer sam mislila da bi vam bilo zanimljivo da porazgovarate s njom.

– Poznajem ga – kažem. – Tačnije, poznavala sam ga.

– Tog Redža Bišopa?

– Da.

Tako je čudno kad decenijama ne izgovoriš i ne čuješ neko ime, a onda počne neprestano da se ponavlja preko telefona, u tvojoj kući, tvojim glasom.

– Jeste li bili prijatelji? – pita ona.

Znam da je posredi samo dobroćudna znatiželja, ali osećam se kao da me bode vrhom štapa.

– Nismo – kažem. A onda se zagledam kroz prozor i otpijem gutljaj čaja, čvrsto rešena da ne kažem više ni reč što se toga tiče.

Nekoliko sati nakon njenog odlaska, kad sam popila čaj i upalila televizor da mi pravi društvo, osvrćem se i vidim Artura kako sedi na kauču.

– Redž Bišop – kažem naglas. – Sećaš li ga se?

Artur ne progovara. Ne može. Jer nije tu. A ipak ga vidim.

– Predstavljao se kao Redži, zar ne? Nabeđeni zavodnik. Bilu se dopadao, ali mislim da tebi nikad nije bio naročito drag. Još pre onog što je rekao na Bilovoj sahrani.

Vidim li ja to tugu na njegovom licu? Mislim da do danas ime Redža Bišopa nikada nije naglas izgovoreno u ovoj kući.

– Razgovaraću s njim – kažem. – Ali samo da bih našla Dot, ni zbog čega drugog. Nemaš razloga za brigu.

Samo sam pogledala na drugu stranu dok sam to govorila, a kad se ponovo osvrnem preko ramena, vidim da na kauču nema nikoga. Šta sam očekivala? Oli ustaje i počinje da njuška unaokolo, pa se na trenutak zapitam da li je namirisao nešto ili se samo uznemirio jer pričam sama sa sobom. Prilazim i na trenutak se ponadam da će mi napokon dati da ga pomazim, ali kad se sagnem da ga počešem ispod brade – Artur je tvrdio da mu je to omiljeno mesto – on ustukne.

Zurim u papir na kome sam zapisala njegovo ime i broj telefona. Zna li on nešto o Dot, o tome kuda je otišla? Ne verujem, ali čekala sam da se nešto desi, a možda je ovo upravo to.

20.

– Ja plaćam prvu turu – kaže Kersti i žurno odlazi ka šanku pre nego što ijedna stigne da se pobuni. Nije nas ni pitala ko šta pije.

U *Karpentersu* je gužva i bučno je. Gotovo mogu da čujem Artura kako me pita: *A šta si očekivala?* Doduše, verujem da bi bio toliko zapanjen ovakvim razvojem događaja – izašla sam s novim prijateljicama na piće u petak uveče – da ne mogu ni da naslutim šta bi stvarno rekao. Malo je falilo da odustanem kad su došle da me pokupe, da im kažem da ipak idu bez mene. Sve tri izgledaju glamurozno, i mada sam dugo birala šta ću da obučem, znam da pored njih delujem zarozano i matoro. Kersti je sigurno shvatila da sam se pokolebala, pošto me je odmah pitala imam li neki ruž i namazala mi usne svetlocrveno, što me nije podmladilo, ali mi je ulilo koliko-toliko samopouzdanja. Čudno sam se osećala dok je stajala na pedalj od mog lica, sva usredsređena, a miris mentola u njenom dahu mi golicao nozdrve dok su Džuli i Patriša čavrljale u pozadini. Radovala sam se što sam deo nečega. Ali sad smo tu i ne vidim nijedan slobodan sto, pa se zato iznova pitam da li je ovo bila dobra zamisao.

Nekad smo izlazili ovde. Dot, Bil, Artur i ja. Lokal se tad nije zvao *Karpenters*. Zvao se *But*. I izgledao je potpuno drugačije. Dot i ja bismo naručile džin-tonik i srkale ga cele večeri, dok bi momci popili po dva-tri piva. Dot nije naročito volela da tako provodi veče. Tvrdila je da se oseća kao da samo čekamo da odemo negde i radimo nešto, a ne kao da je pab glavni događaj. Volela je da pleše, eto šta je bilo posredi. Volela je da se kreće, da ćaska, da hoda. Stajanje u pabu bilo joj je dosadno. Osvrćem se oko sebe kao da postoji mogućnost da ću je ugledati tamo pored poker-automata na mestu nekadašnjeg džuboksa, kako se dvoumi između Elvisa i Badija Holija, a zatim hvata nekog za ruke i počinje da igra tu usred paba.

Džuli odlučno odlazi i ubrzo maše Patriši i meni da joj se pridružimo, pošto je našla stočić u zabačenom uglu. Laknulo mi je zbog toga, mada se iskreno nadam da nam Martin neće promaći. Nosila sam se mišlju da podelim tajnu s Patrišom ili Kersti, ali čini mi se da će sve biti prirodnije ako jedino ja znam šta se dešava. Umem da ostanem ozbiljna i ničim se ne odam. Celog života to radim.

Kersti se vraća noseći poslužavnik s četiri otmene čaše za koktel. Piće je bistro, ukrašeno maslinom. Odavno nisam pila ništa osim šerija, ali cenim da mi jedno ili dva neće škoditi.

– Šta je to? – pita je Patriša.

– Džin-martini – kaže Kersti, pa spusti poslužavnik na sto i doda nam čaše. – S klasikom ne možeš da pogrešiš.

– Pa, živeli – kaže Džuli i diže čašu. – Za prijateljstvo.

– Za prijateljstvo – ponovimo mi.

To me navede na razmišljanje o tome šta je prijateljstvo. O Dot, o Arturu, o ovim ženama koje sad sede sa mnom za stolom. Prijateljstvo može imati različite vidove. Može ti spasiti život.

– Ovde čudno miriše – kažem.

– Na šta? – pita Džuli.

Pokušavam da odredim. – Uglavnom na znoj i mokraću. Nekad su pabovi smrdeli na dim, što je bilo odvratno, ali čini mi se da je ovo još gore.

– Gospode bože – kaže Džuli.

Ugledala ga je. Lice joj je prebledelo, ali izgleda zanosno. Ima novu modernu frizuru, a haljina sa životinjskim dezenom koju joj je Kersti pomogla da odabere stvarno joj ističe obline. Ruž svetle nijanse. Nova žena. Ni staroj verziji nije ništa falilo, ali muškarci su glupi i oslanjaju se samo na oči.

Kersti i Patriša su se osvrnule, ali kako ga ne poznaju, vide samo more lica.

– Martin – kaže Džuli.

– Martin? Tvoj Martin? Jel' s njom? – pita Kersti. Uspela je da reč *njom* zvuči kao najgora uvreda.

– Ne, nego sa svojim drugarom Džejmijem. Blagi bože, da ne poveruješ.

Tek tad se osvrnem i dobro ga osmotrim. Ne izgleda loše. Samo je potpuno bezličan.

– Otići ću tamo – kaže Džuli. – Pa ne mogu cele večeri da se krijem, zar ne? Bolje je da odmah završim s tim.

Mi se ne protivimo, i onda ustaje i odlazi. Divim joj se zbog takve odlučnosti.

Nemo ih posmatramo, trudimo se da ne budemo upadljive. On se iznenadi kad je ugleda, ali je zatim toplo zagrli.

– Šta mislite? – pita Kersti. – Dobre ili loše vesti?

– Ona želi da joj se on vrati – kažem. – Zato je stalno setna. A kako da ti se neko vrati ako te ne vidi?

Kersti me podozrivo odmeri kao da sluti da imam neke veze sa ovim, ali ne može da dokuči kakve, a ja se samo učtivo smeškam i pitam je da li je spremna za još jedno piće.

Stiže druga tura, a odmah zatim i Džuli. Rumena je i ustreptala kao da se već nacrvcala.

– Dakle? – pita je Kersti, a onda se sve tri nagnemo ka Džuli, kao da postoji mogućnost da nas on čuje na drugom kraju prepunog paba.

– Nije je pominjao – kaže ona. – Ali valjda je to razumljivo. Pitao me je jesam li za piće. Sve je proteklo u veoma prijateljskom tonu.

– Nije pominjao prodaju kuće ili nešto slično? – pitam je.

Ona me preneraženo pogleda. – Ne. Zaboga, ne bih volela da odem iz one kuće.

– Pa, verujem da neće doći do toga.

– Šta to znači? Mislite da... – Ne može ni da izgovori ono čemu se nada više od ičega.

– Mislim da ćete se pomiriti do Božića – kažem.

Patriša mi kradom odmahne glavom, ali ja se pravim da ne primećujem. A Džuli je nesigurna, pometena. Zahvalno mi se osmehne kad gurnem čašu ka njoj.

Vreme je da posvetim pažnju Kersti. I dalje nisam sigurna šta je muči, ali pretpostavljam da ima neke veze s porodicom koju ne viđa.

– Imate li braće ili sestara? – pitam je.

Ona me oprezno pogleda. – Sestru – kaže.

– O, to je lepo. Oduvek sam želela sestru – kažem. Nije istina. Bil mi je bio sasvim dovoljan. – Da li se često viđate?

– Ne.

Na trenutak mi se učini da će nastaviti, ali ona ćuti.

– I ja sam oduvek želela sestru – kaže Patriša. Znam da samo hoće da prekine neprijatnu tišinu. – Ja sam jedinica. A ti, Džuli?

Iznenadim se kad se osvrnem i ugledam sav svetski bol u njenim očima. Džuli zausti da kaže nešto, ali reči odbijaju da izađu. Patriša primiče stolicu njenoj kako bi je zagrlila preko ramena.

– Izvini – kaže. – Ne bih to pitala da sam znala da je teška tema.

Džuli odmahne rukom. – U redu je. Ali ne mogu da pričam o tome.

Potom zavlada muk, pa zato ja počinjem da pričam.

– Mislim da sve znate da sam imala brata Bila. Umro je mlad. Iznenada. Neki neobjašnjiv srčani problem. Eto, s njegovim srcem nešto nije bilo u redu, a naša su zbog toga prepukla.

Kersti stavi ruku preko moje, i dođe mi da je pitam kako može da ima sestru a da se ne viđa s njom. A ja i posle šezdeset godina patim za svojim bratom, dok Patriša nema ni brata ni sestre. Ko zna kakva je Džulina priča, ali očigledno je potresna.

– Trebalo bi da pokušaš ponovo – kažem Kersti. – Šta ako se tvojoj sestri nešto desi? Nikad to ne bi sebi oprostila.

– Neću da pričam o tome – kaže ona.

– A ja ne mogu – dodaje Džuli.

– Hajde da promenio temu – kaže Patriša. – Kako napreduje potraga, Mejbel?

Do devet sam potpuno smlavljena, a Patriša je sigurno to primetila jer kaže da će poći i pita hoću li s njom. Džuli je popila četiri koktela, a veče je provela trčkarajući od našeg stola do Martinovog, pa sam zato prilično zadovoljna sobom.

– Da, spremna sam – kažem, a onda se okrenem ka Kersti i Džuli. – Vas dve ostanite ako hoćete.

One odmahuju glavom.

– Doti se budi u cik zore – kaže Kersti i ustaje. Zatim zevne i istog časa pokrije usta šakom kao da joj je strašno neprijatno.

– Idem samo da se pozdravim s Martinom – kaže Džuli. – Stići ću vas napolju.

Stojimo na hladnoći, čvrsto zabundane. Dah nam izlazi iz usta u vidu oblačića nalik dimu.

– Baš sam se lepo provela – kaže Kersti.

Osvrćem se ka njoj. Svetiljka iznad vrata paba obasjava joj lice. Izgleda kao da će zaplakati.

– Ranije sam stalno izlazila, ali ne mogu više otkad imam Doti. Nemam vremena za sebe, sve drugarice su mi u Londonu, a ovde nisam uspela nikoga da upoznam. I zato vam hvala što ste me pozvale.

Patriša vadi iz tašne pakovanje papirnatih maramica. – Prve godine su najteže.

A šta ja da kažem? Ne znam ništa o prvim godinama majčinstva. Ali ozarim se kad ugledam Džuli kako izlazi iz paba podruku s Martinom.

– Jel' sve u redu, dame? – pita nas on. – Odmah ću vam naći prevoz.

Poziva nam taksi, i kad smo se sve smestile, Džuli daje vozaču adresu po adresu. Kad Kersti i Patriša izađu, ona dovikne za njima:

– Jel' to bio Rod Stjuart, Peti?

Ona se osvrne i osmehne se. – Nije moj tip.

– Dakle, on je.

Satima ne mogu da zaspim. Stvarno je uzbudljivo raditi nešto novo, biti van kuće. Kad sam se vratila, Oli me je zgađeno pogledao, kao roditelj kad se razočara u svoje dete jer je ostalo dokasno napolju, i prosto nisam mogla da se ne nasmejem. Bilo je čudno smejati se naglas u praznoj kući. Odmah sam legla, ali već je prošla ponoć, a još sam budna. Silazim u prizemlje i uzimam svoj spisak i hemijsku olovku.

1. ~~Obavesti prijatelje i familiju~~
2. ~~Javi se pogrebnom preduzeću~~
3. ~~Idi u supermarket~~
4. ~~Očisti kuću~~
5. Nađi D
6. Pomozi Džuli da vrati muža
7. Pomozi Patriši da vrati ćerku
8. ~~Postaraj se da Kersti bude dobro~~

Peta stavka je još u toku, a šesta deluje obećavajuće. Ipak se još ne usuđujem da je precrtam. Ali zato precrtavam osmu kako bih je prepravila.

1. ~~Obavesti prijatelje i familiju~~
2. ~~Javi se pogrebnom preduzeću~~
3. ~~Idi u supermarket~~
4. ~~Očisti kuću~~
5. Nađi D
6. Pomozi Džuli da vrati muža
7. Pomozi Patriši da vrati ćerku
8. ~~Postaraj se da Kersti bude dobro~~ Pomiri Kersti s porodicom

To je mnogo posla. Zatvaram svesku i spuštam je na nahtkasnu. A potom ležim u krevetu do dva po ponoći i kujem planove.

21.

Znam da Džuli neće doći pre jedan, pa zato ustajem rano kako bih se spremila i otišla da posetim Redža Bišopa. Povremeno sam ga viđala u gradu. Nikada nismo razgovarali, ali znala sam da je još tu. Ostario je upravo kako sam i pretpostavljala. Dobio je stomak, kao i većina starih ljudi. Godinama je pravio budalu od sebe terajući kosu preko temena, ali izgleda da se na kraju ipak pomirio s činjenicom da je ćelav. Kuća mu je nedaleko od Dotine nekadašnje, pa stoga na putu donde prolazim pored njene ulice. Šta bi ona mislila o ovome?

Veoma je hladno i duva leden vetar. Ljudi su počeli da postavljaju božićne lampice. Još koliko ću Božića videti? Ne više od nekoliko, u najboljem slučaju. A to i nije tako loše kad se ima u vidu da ću ih provesti sama.

Toliko sam se zadubila u misli da sam gotovo promašila Redžovu kuću. Prizemna je, u slepoj uličici. Verovatno je nekada bila bela, ali sad je nesporno siva. Nekoliko žbunova pred vratima. Duboko udahnem i pokucam, a on otvara toliko brzo da ne stižem da se pripremim.

– Mejbel Mensfild – kaže.

– Oh – kažem. – Bomont.

– Bomont, naravno. – Je li mu to podsmeh na trenutak preleteo preko lica?

– Došla sam kod tebe jer tražim jednu prijateljicu, a rekli su mi da se zanimaš za lokalnu istoriju, pa da možda imaš neku ideju kako bih mogla da je nađem.

On se smeši i klima glavom. – Uđi.

Unutra je nepodnošljivo vruće. Odvrnuo je grejanje, a u dnevnoj sobi je upaljen gasni kamin.

– Jesi li za čaj? – pita me.

Kažem mu kakav pijem, a zatim izlazi. Ona fotelja je sigurno njegova – pored nje su papuče, a na naslonu stoji knjiga. Stoga skidam kaput i džemper i sedam na drugu.

– Raskomotila si se! – kaže on, na šta se štrecnem. Pokazuje ka odeći koju sam skinula i prebacila preko bočnog naslona fotelje.

– Bilo mi je malo toplo – kažem.

– Ta prijateljica – kaže on, pa uzme moj kaput i protrese ga, a zatim ga iznese u predsoblje, verovatno da ga okači na čiviluk. Nešto je čudno u načinu na koji je rekao „prijateljica“, ali ne mogu da odredim šta. – Da nije reč o Dot Brajtmor?

Izbegavam njegov pogled. – Tako je.

– Pretpostavio sam. Udaljile ste se tokom godina?

– Otišla je iz grada malo pre nego što smo se Artur i ja venčali. Nikada više nisam čula ništa o njoj.

On ispusti otegnut zvižduk. – Čekaj, pa to je sigurno više od šezdeset godina.

– Šezdeset dve – kažem, i dalje izbegavajući njegov pogled.

– A zašto baš sad?

Ne znam šta bih mu rekla, niti smatram da treba bilo šta da mu objašnjavam, pa se zato i ne upuštam u to.

– Bila sam u njenoj nekadašnjoj kući, tu iza ugla. Tražila sam je i na staroj adresi u Londonu, ali uzalud. Treba mi bilo kakav savet, ili makar nešto što znaš o njenoj porodici.

On mi prstom daje znak da sačekam i ponovo odlazi u kuhinju. Najradije bih ustala i izašla, mrzim kad se ovako osećam, kao da moram da mu povlađujem. Što nisam rekla da neću čaj? Vruće mi je i sva sam kao na iglama, dođe mi da iskočim iz kože. Da bih se smirila, ustajem i počinjem da razgledam sobu. Nešto je čudno, ali ne mogu da odredim šta. Posredi nije televizor u uglu, ni naizgled klimava polica za knjige. Ni slika polja makova iznad kauča, kao ni sâm kauč, star i ulegao.

– Družio sam se s tvojim bratom Bilom – kaže on i spušta na sto dve šolje bez tacni. Prepunio ih je i iz moje se prelije malo čaja, ali on ne pokazuje nameru da to obriše. Ne sviđa mi se što čujem

Bilovo ime iz njegovih usta, niti to što ga je dodao posle „s tvojim bratom", kao za slučaj da sam ga možda zaboravila.

– Sećam se – kažem.

– Siguran sam da se sećaš mnogo toga.

– Slušaj – kažem mu i napokon se odvažim da ga pogledam u oči. – Možeš li mi pomoći ili ne?

Našao se zatečen. Sigurno zato što mu dvadesetdvogodišnja Mejbel nikada ne bi tako suprotstavila, ali nije ona žena koja sad sedi s njim u sobi i glumi učtivost. To sam ja, starija i hrabrija. Sad znam koliko je vreme dragoceno i da ga nemam dovoljno za gubljenje. A znam i da ne želim da sedim u ovoj zagušljivoj prostoriji s tim ogorčenim starcem ni trenutka duže nego što je neophodno. Najednom shvatam šta je problem sa sobom. Nema fotografija. Nema slike s venčanja, ni dece, ni unučadi. Niti bilo kakvih sitnica. Mogla bi to biti bilo čija dnevna soba. Ili kulisa.

– Videću šta mogu da učinim, šta se može naći – kaže on. – Zapiši mi ovde ime i broj telefona, a možeš i adresu.

– Hvala ti – kažem mu i uzimam svoje stvari. Zapisujem mu sve što je tražio. Ostalo mi je još pola šolje čaja, ali stvarno nemam stomak za to.

Na pragu ga pitam još samo jedno. – Jesi li se ikada ženio?

On obara pogled. – Nisam. Ja... valjda nisam sreo pravu ženu.

Na to samo klimnem glavom, a on podigne pogled ka meni.

– Pa – kažem mu – doviđenja.

Uprkos hladnoći i ledenom vetru, celim putem do kuće uživam u svežem vazduhu. Otključavam vrata, a Oli odmah prilazi i počinje tiho da reži. Ljut je što sam izašla bez njega.

– Kersti će doći malo kasnije – kažem mu, pa mu napunim činije za hranu i vodu.

Pola sata pre nego što će Džuli doći, pravim sebi sendvič i gledam kraj *Dobrog jutra* i Majkla Silvera koji priča o spremanju božićne gozbe. Volela bih da i mene muči taj problem. A opet, možda je opuštenije kad Božić provodiš sâm. Bez poklona, neopterećeno. Dan kao i svaki drugi, samo s ponekom poslasticom. Iz razmišljanja me prene Džulin dolazak. Od one večeri u pabu hoda upadljivo gipkije.

– Kako ti je onaj tvoj muž? – pitam je.

Ona se zaneseno osmehne. Izgleda kao šiparica. – Znate šta? Mislim da ćemo se pomiriti.

Narednog jutra mi je ispričala da se vratio s njom kući i tamo prenoćio. Potom su izašli nekoliko puta. Rekao joj je da to sa Estel nikad nije bilo ozbiljno.

– Dakle, možeš da mu oprostiš što te je prevario?

Ona seda na bočni naslon kauča. – Trebaće vremena, naravno. Ali mislim da ću moći. Verujem da je to bila neka vrsta krize srednjih godina.

Priča o tome kao da je sve već prošlo, kao da su se pomirili. Odlično.

– Pa i vi ste oprostili Arturu, zar ne? Beše li ono tri puta? Jasno ću mu staviti do znanja da je ovo bilo sad i nikad više. Ne verujem da bih mogla ponovo da pređem preko toga.

Šta da joj kažem? Da uopšte nisam zamerala Arturu što je potražio ljubav negde drugde jer je nije dobijao od mene? To bi pokrenulo mnoga pitanja. Stoga se samo smeškam i klimam glavom, pa ona ubrzo ustaje i odlazi da posluje nešto po kući.

– Džuli – kažem joj kad ponovo uđe u dnevnu sobu. – Možete li da smislite kako da se dokopam Kerstinog telefona na nekoliko minuta kad bude došla po Olija?

Ona se namršti. – A zašto biste to uradili?

– Sledeće nedelje joj je rođendan. Mislila sam da bismo mogle da je iznenadimo malim slavljem. Zato mi trebaju brojevi prijateljica koje je pominjala.

Džuli se na to ozari. – Sjajna ideja! Pored telefona, trebaće nam i lozinka. Samo da razmislim.

Međutim, čuje se kucanje a Džuli mi ništa nije predložila, pa se zato mirim s time da ću morati da sačekam neki drugi dan. Ali tek što sam otvorila vrata, ona dotrčava iza mene.

– Zdravo, Kersti. Mogu li da pozajmim tvoj telefon na nekoliko minuta? Potrošila sam mesečno sledovanje interneta, vaj-faj je ovde očajan, a obećala sam Mejbel da ću potražiti nešto u vezi s Dot. Ionako ti neće trebati dok šetaš psa, zar ne?

Kersti ništa ne sumnja i pruža joj telefon dok joj se Oli, željan da što pre izađe, već mota oko nogu.

– Vidimo se kasnije – dovikuje preko ramena dok gura kolica ka ulici. – Lozinka je 6082.

Džuli zadovoljno trlja ruke. – Pa, to je bilo lako. Kako se zovu te prijateljice?

– Prepustite to meni – kažem. – Zar niste krenuli da ispraznite kante za otpatke?

Vidi se da je razočarana, ali ipak odlazi u kuhinju. Ukucavam lozinku koju nam je Kersti rekla i posle nekoliko neuspešnih pokušaja uspevam da stignem do spiska kontakata. Jedan broj je upisan pod nazivom *Kuća*, ali počinje pozivnim brojem našeg grada, što znači da je verovatno posredi kuća u kojoj živi s Benom, a ne roditeljska. Aha, evo je. Mama. Prepisujem broj u blokče sa spiralom. Mislim da je najbolje da to bude poruka. Ako je pozovem, zapitaće se ko je ta starica koja organizuje rođendansko slavlje njenoj ćerki. Odlazim do kredenca, otvaram fioku i uzimam telefon koji tako retko koristim. Ulazim u poruke. Treba mi sto godina da otkucam sve, ali na kraju mi ipak pođe za rukom.

Dobar dan. Ovde Kerstina prijateljica. Organizujem joj proslavu rođendana sledeće nedelje pa bismo volele da dođete.

Odmah je šaljem, dok se ne predomislim. Kasnije ću smisliti gde bismo mogle da napravimo slavlje. Kod mene nema dovoljno mesta. Kod Patriše bi bilo savršeno. Nisam bila tamo, ali Džuli kaže da je kuća ogromna, a i odmah je pored Kerstine, tako da će biti zgodno da je dovedemo. Iz razmišljanja me trgne pijukanje telefona.

Dobar dan. Hvala na pozivu. Jeste li sigurni da ona želi da dođemo?

Na to osetim grč u stomaku. Ne znam otkad se nisu videli, jesu li se posvađali ili su naprosto od onih porodica koje nisu naročito prisne. Džuli prvo progviri, a onda mi donese šolju čaja i sedne.

– Jeste li našli ono što vam je trebalo? – pita uz trzaj glavom ka Kerstinom telefonu.

– Da, sve je sređeno. Šta mislite, hoće li Patriša imati nešto protiv da slavlje bude kod nje?

Ona slegne ramenima. – Pitaćemo je pa ćemo saznati.

Tek sad sam stigla da je čestito pogledam. Živnula je otkako se Martin vratio u priču, ali ipak je i dalje tužna. Mislila sam da će ovaj novi razvoj događaja to odagnati. Možda je muči to što se još nisu u potpunosti pomirili. Nije se vratio. Sačekaću da se to desi, pa ću videti kako će onda izgledati.

Kersti po dolasku pita može li malo da posedi. Ostavlja kolica ispred vrata i uzima Doti, a meni dodaje Olijev povodac. Džuli odlazi u kuhinju da skuva još čaja.

– Šta je bilo? – pitam je.

Toliko je ozbiljna da mi se na trenutak čini da će mi saopštiti nešto strašno. Pomislim na poruku koju sam poslala njenoj majci i uplašim se da nisam time izazvala lančanu reakciju. Ali ne, to je nemoguće. Kersti nije imala telefon uza se.

– Uživala sam u šetnjama sa Olijem ovih nekoliko nedelja – kaže.

Aha, sad će reći da ne može to više da radi. Nije kraj sveta. Ne mogu da je gledam takvu, kao da će svakog trenutka zaplakati.

– Sve je u redu – kažem.

– Šta je u redu?

– Ako ne možete više da ga izvodite.

– O, nije to posredi. Htela sam da kažem da bih ga uzela ako i dalje to želite. Zaljubila sam se u njega. A razgovarala sam i s Benom. Ne mogu ni da zamislim koliko vam teško pada što ga dajete nekom drugom.

Drži Doti u krilu, okrenutu ka sebi, i igra se s njom dok govori. Pušta je da je uhvati za kažiprst, pa ga izmakne. Tapše rukama ne bi li navela malenu da je oponaša. Radi li to namerno ili potpuno nesvesno? Ne prestaje da bude majka čak ni usred razgovora. Meni je to zapanjujuće.

– Biće mu bolje s vama – kažem, začuđena što čujem da mi glas podrhtava. – Voleće da bude deo porodice. Da li biste samo... mogli da mi date još dan-dva da se pripremim?

Ona se krevelji Doti, ukrsti oči i isplazi se, a malena se smeje. Onda je Kersti privije da se čvrsto zagrle.

– Svakako – kaže mi. – Koliko god vam je potrebno.

Sačekam da ona i Džuli odu, a onda opet uzimam telefon i otvaram poruku od Kerstine majke.

Dobar dan. Hvala na pozivu. Jeste li sigurni da ona želi da dođemo?

Mrzim laganje, oduvek sam to mrzela. Ali ovo je u dobre svrhe, zar ne? Porodice treba da se drže zajedno. Možda će Kersti isprva biti zatečena, ali na kraju će mi zahvaljivati. Sigurna sam da će tako biti. Kucam odgovor.

Naravno. Još nismo sve utanačili, ali to će biti sledećeg utorka posle podne. Nadam se da ste slobodni tad.

Odgovor stiže za manje od minuta.

Doći ćemo.

Pitam se ko su „oni". Verovatno roditelji. Možda i sestra koju je Kersti pomenula. Zamišljam ih kako se grle, koliko će se oduševiti kad upoznaju Doti i vide koliko je Kersti dobra majka. A onda pomislim: Možda mi nije ostalo još mnogo vremena, ali bar činim nešto dobro. Ispravljam neke greške. Nakon što sam toliko godina bila ubeđena da ne mogu ništa da promenim. Da li bi Artur bio ponosan na mene? Mislim da bi bio.

22.

Dok Patriša i Džuli čavrljaju jednog poslepodneva u kuhinji, primetim da Patrišin telefon stoji na bočnom naslonu kauča, a kad ga dodirnem, ispostavi se da nema lozinke. Bez razmišljanja ga uzmem, pa oslušnem da proverim da neka ne dolazi, a zatim otvorim kontakte. I pronađem Saru. Prepišem njen broj i vratim telefon tamo gde sam ga našla. Srce mi lupa. Šta ja to radim?

– Martin dolazi za Božić – saopštava mi Džuli dok ulazi u sobu.

Zar baš nije mogla da sačeka još koji minut? Okrećem nekoliko listova da sakrijem broj koji sam upravo zapisala.

– To zvuči kao napredak – kaže Patriša.

– Bićete samo vas dvoje? – pitam je.

– Da, kao i uvek. Nadam se da će doći na Badnje veče kako bismo se probudili zajedno, ali još nismo razgovarali o pojedinostima.

Najednom uviđam opasnost da ponovo bude povređena. Već je prošlo neko vreme, a on se nije vratio kući, niti to pominje, bar koliko je meni poznato. Šta ako ih obe vuče za nos?

– Šta se on prenemaže? – pitam je. – Što se lepo ne vrati?

Vidi se da Džuli nije pravo. – Pa nije to tako jednostavno, zar ne? Treba ponovo izgraditi poverenje, ići korak po korak. Sad se viđamo. On kaže da je kao onda kad smo se tek upoznali. Uzbudljivo. Bez rasprava oko toga čiji je red da iznese đubre. – Tu blago ćušne Patrišu laktom. – Uvek je njegov, da se ne lažemo. Elem, slavlje. Jesu li vam se javile te prijateljice koje ste pozvali?

Upitno me gleda.

– Ne – kažem. – Izgleda da ćemo biti samo mi.

Osetim grč u stomaku kad god pomislim na slavlje i ulazak Kerstine porodice. Volela bih da mogu da podelim breme s Džuli i

Patrišom, da čujem njihovo mišljenje. Ali bojim se da će reći da sam preterala. I da bi bile u pravu.

– Eh, baš šteta – kaže Džuli. – Pa, postaraćemo se da to bude divno popodne, jel' tako?

– Da, a pozvala sam i nekoliko mama iz igraonice – kaže Patriša.

Čim smo pomenule slavlje, Patriša je sama ponudila da to bude u njenoj kući, tako da nismo ni morale da je pitamo. Srce mi malo brže zakuca kad mi zatraži beležnicu da napravi spisak, ali sigurna sam da neće početi da okreće listove. Na vrhu sitno i čitko ispisuje „Kerstino slavlje" i to podvlači dvaput. Razgovaramo o posluženju i ukrasima. Patriša će napraviti tortu. Samo ih napola slušam jer razmišljam o onom što je Patriša rekla, o tome koliko joj nedostaju unuke i kako se Džefova bivša i dalje vrzma unaokolo. Čekam da Džuli ode na sprat da mi promeni posteljinu, a Patriša u kuhinju da opere šolje, pa brže-bolje otkucam poruku.

Jesi li sigurna da možeš verovati Džefu? Možda bi bilo dobro da ga držiš na oku. Neko ko ti želi dobro.

Onda zadržim dah i pošaljem poruku. Znam – i tome se iskreno nadam – da bi ovo moglo toliko da poljulja njihov odnos da više nikad neće biti kao pre. Ali ne poznajem Džefa. Ali znam Patrišu i znam koliko voli ćerku i unuke. I koliko želi da se vrati.

– Da li je taj Redž Bišop na kraju bio od neke pomoći? – pita Džuli kad se vratila u sobu. – Šta radite s tim telefonom, Mejbel? Prvih nekoliko nedelja nijednom vas nisam videla da ga koristite, a sad ga ne ispuštate iz ruke, kao neka šiparica.

Spuštam telefon pored sebe na kauč, ali pogled mi svaki čas beži ka njemu kako bih videla kad stigne odgovor.

– Redž Bišop je potpuno isti kakav je oduvek bio. Uobražena hulja.

– Ne ustežite se pred nama, Mejbel – kaže ona kroz smeh. – A šta je sledeći korak?

Izgovaram reč koja mi se već nedeljama mota po glavi. Tačnije, još otkako smo počele sve ovo. Nadala sam se da je nikada neću izgovoriti. A sigurna sam da je i ona razmišljala o tome.

– Smrtovnice? – predlažem.

One ćute, Džuli me skrušeno gleda.

– Pokušala sam, još na početku, ali čini mi se da nemamo dovoljno podataka. Ne znamo prezime, zar ne? Pretpostavljam da nije doveka ostala Brajtmor.

– A ako jeste? – pitam.

Ona prilazi i seda do mene, a Patriša s njene druge strane.

– Mogu li da se poslužim vašim ajpedom? – pita me Džuli.

Sačeka moju dozvolu, a zatim ode da ga donese. – Evo, pokazaću vam.

Odlazi na sajt koji se zove *Traženje porodice*. Dok čekam da se uloguje, razmišljam o činjenici da je to već radila kod kuće, u slobodno vreme. Svaka joj čast. Gledam kako u polju za ime upisuje Doroti Brajtmor, bira opciju „pokojna" i traži pretragu na teritoriji čitave Velike Britanije. Dobijamo četiri strane nalaza. Četiri strane žena po imenu Doroti Brajtmor. Prosto ne mogu da verujem da je postojala još neka. Kažem joj da unese Dotinu godinu rođenja, nakon čega se spisak svede na jednu stranu. Ali i dalje je spisak. Možemo da isključimo one koje su umrle u detinjstvu. I šta nam onda ostaje? Mogla je da umre 2002. u Lankaširu, ili 2015. u Notingemširu, ili 1975. u Eseksu. To me zbuni. Nijednom nisam ni pomislila da je možda umrla mlada. Tada je bila u četrdesetima. Ali neko ko se zvao isto kao ona umro je tamo, u tim godinama, i to je mogla biti ona. A ako nije, bila je to žena koju je neko drugi voleo.

– Mogla bi biti bilo koja od ovih, ili nijedna – kažem.

Džuli klima glavom. – A ja ne znam kako to da utvrdimo – kaže.

Ne znam ni ja.

Uto se oglasi Patriša. – Ima li još nekoga ko ju je poznavao dok je živela ovde?

Moram da razmislim. Naravno, tu je Redž Bišop. Ko još? Zatvaram oči i vraćam se u plesne dvorane, u daktilografski biro, u pabove i čajdžinice. Vidim lica, nekima znam ime, nekima ne. Moraću više da se napregnem, da se vratim u daleku prošlost.

– Nisam sigurna. Moraću da razmislim.

Patriša samo klimne glavom, i onda sve tri zaćutimo. Znam da niko ne želi da izgovori da smo u ćorsokaku, pa zato ponovo potežem priču o slavlju, i uskoro one čavrljaju o muzici i hrani, a ja se povlačim, ali ne fizički nego u sebe. Vraćam se u prošlost i počinjem da tumaram unaokolo. Mora da postoji neko, zar ne? A onda se prvi put zapitam šta bi bilo da sam imala hrabrosti da se upustim u ovo dok je Artur još bio živ. I da je pristao da mi pomogne. Enigmatika mu je uvek išla od ruke. Ukrštenice i sudoku. Slagalice. Kakav bi bio njegov pristup? Koja bi pitanja postavljao?

– Pa, moram da pođem – kaže Patriša. – Večeras je čas plesa. Hoće li neka od vas doći?

Džuli me pogleda. – Šta kažete, Mejbel? Ja ću voziti.

Lako bih mogla da odbijem. Nekad bih to i uradila. To je takoreći nagonska radnja. Ali odolevam porivu, jer sam utvrdila da se onda ponekad dese dobre stvari. A i utvrdila sam da ponekad istinski uživam u nečemu što nije tavorenje kod kuće.

– Da – kažem. – Da. Što da ne?

Uspevam da ubedim Džuli da ostane na čaju. Nema svrhe da ode kući na sat-dva pa da se vraća po mene. Ionako nije planirala ništa s Martinom. Pravi nam zapečene sendviče sa sirom i paradajzom, a zatim ih jedemo u dnevnoj sobi i smejemo se kad god vreli sir procuri s neke strane.

Dok se vozimo ka plesnoj dvorani, kroz prozor sa svoje strane ugledam Erin. Ide nam u susret, neraspoložena je.

– Možete li da stanete ovde? – pitam Džuli.

Ona se namršti i pogleda u retrovizor. Zaustavlja se uz ivičnjak. Pritiskam dugme za spuštanje prozora.

– Zdravo, Erin – dovikujem joj. – Kud si se zaputila?

Ona se trgne, a onda se sagne i ugleda me. – Idem s posla. Nemam nikakve planove. A vi?

– Idemo u Overberi na čas plesa. Hoćeš li s nama?

Nisam sigurna šta me je nagnalo da je pozovem. Možda sam zato što je uvek sama kad je vidim uvrtela sebi u glavu da je usamljena. Ona kratko razmisli glave blago nagnute u stranu.

– U redu – kaže, a zatim otvori zadnja vrata i uđe u auto.

– Jeste li sigurni da vam ne smeta? – To pitanje je bilo upućeno Džuli.

– Ni najmanje, dušo. Ja sam Džuli.

– Erin.

– Drago mi je što sam te upoznala. Svaku Mejbelinu prijateljicu i sve što uz to ide.

Zatim se isparkira i nastavljamo put. Prosto kô pasulj. Zašto sam večito sve otežavala? Sve sam odbijala. Nikada nikoga nisam ništa pitala da slučajno ne bi to pogrešno protumačio. A ponekad ljudi kažu da, i sve ispadne dobro i jednostavno.

Patriša dočeka Erin kao da je poznaje godinama. Na času je upari sa mnom.

– Šta treba da radim? – pita Erin.

Okrenute smo jedna ka drugoj, moram da podignem glavu jer je viša od mene, ili možda samo stoji uspravno dok sam ja pogrbljena. Pružam ruke da joj pokažem početni položaj.

– Patriša će nam reći šta da radimo, ali ponekad mi je lakše da se samo prepustim muzici.

Ona se snebiva. – Nikad nisam radila ništa slično.

Povija glavu, a zatim Patriša počinje da uzvikuje uputstva i nas dve plešemo, ili bar nešto slično. Trapave smo, gazimo jedna drugu i polazimo na suprotne strane kad treba da se krećemo kao jedno. Ona ne prestaje da se smeje, a i ja se smejuljim. Spuštam pogled na naša stopala, moja u ravnim cipelama od crne kože, njena u izgrebanim belim patikama. Koža na rukama joj je nepojmljivo glatka spram moje. Tu devojku tek čeka sve ono što sam ostavila za sobom. Ošamućujuća pomisao.

Muzika se završava, ali Erin se i dalje smeje. Suze joj se slivaju niz obraze.

– Jesi li sigurna da si dobro? – pitam je šapatom.

Treba joj malo vremena da se pribere dovoljno da odgovori. – Baš mi je drago što sam došla.

Onda muzika ponovo počinje, a Patriša nam upućuje pogled kao da smo nemirne učenice, pa zato čekam do kraja časa da bih je pitala zašto.

– Zbog Hane – odgovara ona.

– Ko je Hana?

– Ona devojka s posla koja mi se sviđa. Počele smo da se viđamo i ja sam mislila da je to ozbiljno, ali ona je smatrala da je u redu da istovremeno spava s jednim momkom iz škole. Strašno smo se posvađale, i bila sam pošla kući da legnem u krevet i slušam muziku za iskaljivanje besa kad sam naletela na vas.

Osmehuje se, ali u očima joj vidim da je povređena. – Žao mi je – kažem.

– Žao? Ali preokrenuli ste mi čitav dan kad ste me doveli ovamo.

– Zbog Hane, na to sam mislila. Ti zaslužuješ bolje.

Ona klima glavom. – Tako je.

Drago mi je što je svesna toga. Ja u njenim godinama nisam to bila. Zaključujem da bi ipak bilo previše da je sad povrh ljubavnih jada pitam da li je razgovarala sa svojima. Ali pripaziću na nju. Dodaću to na spisak čim stignem kući.

1. ~~Obavesti prijatelje i familiju~~
2. ~~Javi se pogrebnom preduzeću~~
3. ~~Idi u supermarket~~
4. ~~Očisti kuću~~
5. Nađi D
6. Pomozi Džuli da vrati muža
7. Pomozi Patriši da vrati ćerku
8. ~~Postaraj se da Kersti bude dobro~~ Pomiri Kersti s porodicom
9. Pripazi na Erin

23.

Sredina decembra je grozno vreme za rođendan. Bar ja to znam. Kerstin je istog datuma kad i Arturov, ali nisam to nikome pomenula. To je njen dan i ne želim da obigravaju oko mene i proveravaju jesam li dobro.

A stvarno sam dobro. Da mi nije njih, da ne provodim današnji dan na Kerstinom slavlju, verovatno bih bezvoljno tumarala po kući. I razmišljala o prethodnim rođendanima. On nije naročito držao do materijalnih stvari, ništa nije sakupljao niti imao hobi koji zahteva posebnu odeću ili opremu. Obično smo tog dana odlazili negde drugde. Ručak u pabu i šetnja po nepoznatom gradu. U tome je uživao. U lunjanju. I kad naiđemo na pijacu, lepo održavan park s cvetnim lejama ili šetalište duž reke. Naravno, uvek je bilo hladno, neretko i vlažno, a dan kratak, ali on je tvrdio da voli kako božićna svetla izgledaju kad se smrači u kasno popodne, i da ni sa kim ne bi radije provodio svoj rođendan nego sa mnom. Ponekad je umeo da bude strašno romantičan, a pogotovo kad popije piće ili dva sa svojim pajtašima.

– Odlutali ste nekud – kaže mi Džuli. – O čemu razmišljate?

Stojimo pred Patrišinim vratima sa umotanim poklonima u rukama. Auto joj je pun hrane.

– Ni o čemu – kažem. – Patriša sigurno koristi neko dobro sredstvo protiv korova za ove staze. Moram da je pitam koje.

Unutra izgleda kao da je eksplodirala prodavnica opreme za slavlja. Patriša je napravila nešto što reče da se zove luk od balona, a iznad prozora dnevne sobe visi odmeren natpis *Srećan rođendan!* Sve je u usklađenim pastelnim bojama.

– Upravo biram muziku – kaže ona. Ovo je prvi put da je vidim u raspoloženju koje bi se moglo nazvati ustreptalim. – Recite mi sve svoje omiljene pesme da ih dodam.

– Pre nego što ostali dođu – kaže Džuli – imam nešto da vam kažem.

Patriša i ja se doslovno nagnemo ka njoj.

– Martin se vraća kući. – Gleda naizmenično jednu pa drugu da vidi kako ćemo to primiti.

– Pa to je divno! – kaže Patriša i privlači Džuli u zagrljaj.

I meni je drago, ali ne znam kako da se izrazim. – Nadam se da ćete postaviti jasna pravila – izgovaram i istog časa se pokajem jer to uopšte nije bilo ono što sam htela da joj kažem.

– Oh, Mejbel, znam da se brinete da će me ponovo povrediti, ali zar ne možete makar sad da se radujete sa mnom?

Ne sačekavši moj odgovor, izlazi da donese posluženje, a ja odlazim u kuhinju da nam skuvam čaj. Kad sam se uverila da su obe zaokupljene poslom, vadim telefon iz tašne da još jednom pročitam poslednju poruku koju sam dobila od Kerstine mame.

Baš se radujemo. Stići ćemo tamo oko tri.

Gledam na ručni sat. Petnaest do dva, Kersti uskoro stiže. Patriša ju je pozvala na parče torte, pošto joj je rođendan pao na radni dan, pa je Ben na poslu. Sad nema nazad. Grč u mom stomaku sve je jači – jutros nisam mogla ni da pogledam doručak – ali ubrzo ću moći sama sebi da čestitam na odlično obavljenom poslu.

Zvono na vratima oglašava se svaki čas. Došle su sve mame iz igraonice i kuća je puna mladih žena i njihove dečice. Sve miriše na bebi ulje i mleko. A onda se svi naguramo u dnevnu sobu da se pritajimo dok Patriša ne uvede Kersti. Ona stoji na vratima, s Doti na boku, i rukom pokrije usta kad mi povičemo: *Iznenađenje!* Nikada nisam bila na ovakvom slavlju. Bila sam na raznim proslavama, ali nijedna nije bila iznenađenje. Ima istinske radosti u tim trenucima iščekivanja i kad vidiš slavljenikovu reakciju. Kersti sad plače, a Patriša je preuzela Doti, koja je rukama pokrila uši jer ne voli galamu. Onda se Kersti grli sa svima redom, dok Patriša pušta muziku, ali tiho, a ja svaki čas gledam na sat jer znam da se neću skrasiti dok se ne obelodani i najveće iznenađenje.

– Mejbel! – ciči Kersti i grli me. – Vas tri ste nemoguće! Mnogo vam hvala, ovo je stvarno divno.

– Nema na čemu – kažem pomalo promuklo. – Nije to ništa.

Ona me nežno ćušne u mišicu. – Ma kako da nije! Niko nikada nije uradio ovako nešto za mene.

Čak ni tvoja porodica?, želim da je pitam. A onda mi se na glavu sruči misao koju sam sve vreme pokušavala da odagnam. Šta ako su to neki grozni ljudi? Šta ako je imala dobar razlog da ih ne viđa? Šta ako je ovo strašna greška? Ali sad je kasno. Pokrenula sam mašineriju. I sad mogu jedino da gledam kako se sve odigrava preda mnom.

Sedim na kauču i ne skidam pogled s Kersti. Ona drži čašu proseka, ćaska, ide od grupe do grupe. Patriša je preuzela na sebe brigu o Doti kako bi ona mogla neometano da se zabavlja. Već je blizu tri, a ja se osećam kao da imam gromadu olova u stomaku. Čujem Arturov glas. *Šta si to uradila, Mejbel?* Ali uto se oglasi zvono i Džuli odlazi da otvori. Ubrzo se vraća, primetno zbunjena, i uvodi Kerstine roditelje.

Nisam ih tako zamišljala. Potpuno odudaraju od Patrišine kuće. On je visok, suvonjav i poguren, a ona niska i punačka, izgledaju kao karikatura bračnog para, sušta suprotnost jedno drugom. Po načinu na koji stoje vidi se da se osećaju nelagodno u odeći koju nose, da su se svojski potrudili, ali da tu ništa ne ide ni sa čim. Vidim da ona drži poklon. Mala kutija, verovatno nakit. Prebacujem pogled na Kersti. Hoću da uhvatim njenu reakciju kad ih ugleda. Onda Džuli izgovori njeno ime dovoljno glasno da se čuje preko muzike, a ona se osvrne i raspoloženje joj istog trenutka splasne. Zatim ustane i zaputi se pravo ka njima ne dajući im ni da čestito pređu prag.

Izlazim za njima, tobože da uzmem čašu vode. Kersti ih uvodi u kuhinju, a ja ostajem pozadi, u predsoblju, i odande prisluškujem.

– Šta radite ovde? – pita ih muklim glasom, kao da se iz sve snage trudi da ga drži pod kontrolom.

– Pozvala nas je tvoja prijateljica – kaže joj mama. Po glasu i načinu na koji je oborila glavu vidi se koliko je razočarana. – Rekla je da ti znaš.

– Izgledam li kao neko ko je znao za to?

– Donela sam ti nešto – kaže joj mama, a zatim zavlada tišina. Zamišljam je kako pruža kutiju i Kersti kako je otvara.

Baš kad sam se zapitala hoće li tata uopšte progovoriti, oglasi se i on. – Kersti, moraš da nas razumeš. Godinama te nismo videli, a onda iznebuha dobijemo poruku i poziv da dođemo ovamo. Mislili smo da si možda promenila mišljenje, da ipak hoćeš da nas vidiš.

– Ne znam ko je poslao tu poruku – kaže Kersti.

Ulazim u kuhinju. Susret nije prošao kako sam zamišljala, ali ne pada mi na pamet da bežim od odgovornosti.

– Ja sam je poslala – kažem.

Kersti me preneraženo gleda. – Vi, Mejbel? Ali zašto?

Svi me posmatraju, cela ta porodica koja se iz nekog razloga nikako ne uklapa. Uočavam tek neznatnu sličnost između Kersti i njene majke, iz profila.

– Mislila sam da želiš to – izgovaram s naporom.

– Zašto? Da sam to želela, sama bih ih pozvala, zar ne?

U pravu je. – Mislila sam da ste se posvađali, a da ste svi previše tvrdoglavi da napravite prvi korak. Porodice treba da se drže zajedno. Samo sam htela da vas poguram u pravom smeru.

A onda se dese dve stvari. Prvo Patriša uđe u sobu noseći Doti u naručju. Ako je i primetila napetost, ne obazire se na to.

– Mislim da je neko gladan, Kersti – kaže i predaje joj Doti.

Kerstinoj majci ruke same polete do usta. – Dakle, to je... Ti si se... Ovo je naša unuka?

Patriša nas gleda sve redom. Kersti, njene roditelje, mene. Ništa joj nije jasno, a nije ni čudo.

– Ovo je Doti – kaže Kersti plačnim glasom. – A sad izvinite, moram da je nahranim.

Zatim izlazi iz sobe, a meni se učini da će Patriša poći za njom, pa je uhvatim za mišicu da je zaustavim. Ne mogu da se suočim s njima.

– Vi ste Kerstini roditelji? – pita ih Patriša. – Šta biste da popijete?

– Prijala bi mi šolja čaja – kaže Kerstina mama, a tata klima kao znak da se slaže. – Dve kašičice šećera i mleko, za oboje. Uzgred, ja sam Sendi, a ovo je Toni.

Još čujem muziku iz dnevne sobe, ali u kuhinji ne vlada slavljeničko raspoloženje dok Sendi, Toni, Patriša i ja smrknuto sedimo za stolom, svako sa šoljom čaja pred sobom. Patriša je u hodu primila vest o mojoj ulozi u svemu ovome, i sad igra ulogu posrednika, pokušava da raščivija šta se dešava.

– Znala sam da niste bliski – kaže – ali nikad nisam pitala zašto. Ne pitate to, zar ne? Ljudski životi su vrlo složeni.

– Zbog mene – kaže Toni. – Ja sam joj očuh i nikada me nije prihvatila. Kao ni moju ćerku Lu.

Sećam se da je Kersti pomenula da ima sestru.

Patriša pravi bolnu grimasu. – Prosto mi ne liči na nju da tek tako okrene leđa porodici. To ne zvuči kao Kersti koju mi znamo, zar ne, Mejbel?

Napred se probija nova pomisao: a koliko je mi zapravo poznajemo?

– Mislila sam da ste se možda posvađali zbog Bena – kažem. – Da se niste dobro slagali s njim ili nešto slično.

– Nikad ga nismo upoznali – kaže Sendi. – Nikada im nismo bili u kući. Nismo znali čak ni da ima dete.

I onda brizne u plač, a ja gledam kako Patriša nežno stavlja ruku preko njene. Stvarno je dobra u tome, prosto ume da uteši. Je li to zato što je Amerikanka? Nisam sigurna da bih ja to mogla.

Tada se dogodi i druga stvar. Džuli se pojavljuje na vratima, zbunjeno nas gleda, sigurno se pita ko su Sendi i Toni i zašto smo napustili slavlje.

– Neko te traži, Peti – kaže.

Patriša me na to pogleda kao da podozreva da znam nešto i o tome. Možda se pita mogu li nekakvom čarolijom da prizovem ljude kad mi se prohte. Ali u uglovima Džulinih usana poigrava osmejak, pa zato naslućujem da je posredi neko kome će se Patriša obradovati.

Ona izlazi u predsoblje, a zatim začujem ciku i zvuk tela koja se sudaraju. Izlazim za njom i zatičem dve malene devojčice kako je drže svaka za po jednu nogu i ženu srednjih godina u njenom zagrljaju. Ah, Sara, pomislim.

– Izvini što se nisam javila – kaže Sara. – Nisam očekivala da ćeš biti tako... zauzeta. Ostavila sam ga, mama. Možemo li da se vratimo?

24.

Stojim na Kerstinom pragu sa Olijem, nadam se da će se obradovati kad ga ugleda čak i ako je još ljuta na mene. Ona otvara vrata i vidi se da je umorna. Nije ni čudo, naravno, s malim detetom, ali ranije nisam to primećivala. A onda shvatim da je prvi put vidim bez šminke i primećujem da je jednako lepa, ali i ranjiva.

– Šta hoćete, Mejbel? – pita me.

Primećujem da je oborila pogled ka Oliju, pa ga zatim nevoljno vratila na mene. Ne želi da popusti.

– Došla sam da se izvinim.

Artur mi je govorio da nema gore osobe od mene kad se treba izviniti. Prvih godina našeg braka to je izazvalo nekoliko svađa, ali kad je napokon prihvatio da sam naprosto takva, počeo je da prima to sa smehom. Na kraju krajeva, i on je imao svojih nedostataka. Kad sam jednom slučajno oprala njegovu najbolju belu košulju s crnim vešom, postala je siva. Jedva smo sastavljali kraj s krajem i nismo mogli tek tako da kupimo novu. Stajali smo jedno naspram drugog u kuhinji, on je grčevito stezao košulju u ruci, dok sam ja razmišljala kako će biti đavolski teško opeglati je posle toliko gužvanja.

– Zašto ne možeš da priznaš krivicu i izviniš se? – pitao me je.

– Bila je to omaška! Svako može da pogreši!

– Da, ali da sam ja pogrešio i da je to uticalo na tebe, ja bih ti se izvinio.

Ali ja nisam. Zašto sam bila toliko tvrdoglava? Prvi poriv mi je bio da sačekam dok se ne stišaju strasti, ali Džuli mi je otvoreno rekla da smatra da dugujem Kersti izvinjenje, a kad sam malo dublje razmislila o svemu, shvatila sam da to nije toliko strašno kao što mi je nekad izgledalo.

148

– Zašto ste to uradili? – pita me Kersti.

Nije me pozvala da uđem, pa stojim ispred vrata na mrazu i vetru.

– Mislila sam da sam najpametnija. Da se ne viđate zbog neke beznačajne sitnice i da vas samo treba malo pogurati u pravom smeru.

Ona odmahuje glavom. – Bila sam dobro – kaže. – Bilo mi je sasvim dobro bez njih.

Vidim joj bol u očima, sličan onom koji sam navikla da viđam u Džulinim. Šta bi Džuli uradila? Ne bi zazirala od poteškoća. Razgovarala bi o problemu sve dok se ne reši, ili bar ne bude bliže rešenju.

– Hoćete li da razgovaramo o tome? – pitam je.

Ona uzdahne, znam da bi mi najradije rekla da se nosim, ali ne može to da prevali preko usta.

– Uđite – kaže.

– I Oli?

– Da, i Oli.

Ulazim i izuvam se. Predsoblje je svetlo i prostrano, cela moja dnevna soba stala bi u njega. Na zidovima su uramljene slike koje izgledaju kao da ih je neko jutros naslikao. Na njima se tek nazire nagoveštaj sive patine, što me navodi da se ponovo setim Arturove košulje. Da se to desilo u današnje vreme, verovatno bih mu učinila uslugu. Sad je sve sivo.

– Doti spava – kaže Kersti. – Dođite. – Pratim je kroz ogromnu prostoriju koja je delom kuhinja, delom trpezarija, a delom dnevna soba. Ona me vodi do kauča na drugom kraju.

Čudno je to – nekad su se ljudi hvalisali time koliko soba ima njihova kuća, a sad kao da se trude da imaju što je moguće manje zidova i vrata. Kako se uopšte greje ovoliki prostor?

– Bude li vam hladno ovde? – pitam je.

– Ne. Imamo podno grejanje.

Dakle, stvarno. Sedam, a Oli se smešta kraj mojih nogu. Kad Kersti sedne do mene i sagne se da ga pomiluje, znam da će mi oprostiti.

– Došla sam da vam ga dovedem – kažem. – Ako ste spremni da ga preuzmete.

– O, hvala vam. – Oči su joj pune suza.

Stvarno ga voli. I ja ga volim, na neki način, ali ovde će mu biti bolje. Imaće dete s kojim će se igrati i dvoje odraslih da ga izvode u šetnju. A ja ću i dalje moći da ga viđam.

– Dolazila bih s vremena na vreme da ga obiđem, ako je to u redu.

– Naravno da je u redu.

– Želite li da pričate o onome što se desilo s vašom porodicom? – pitam je.

Ona malo razmisli.

– Porodice su vrlo složene, zar ne? – pita me zatim.

Moja nije bila. Ne dok smo sve četvoro bili živi. Posle Bilove smrti nikad više nije bilo isto, nikad nije bilo kako treba, ali dotle je sve teklo glatko. Ili mi se bar sad tako čini, posle toliko godina.

– Pretpostavljam da jesu – kažem.

Ona se promeškolji malo, kao da traži udobniji položaj.

– Obožavala sam oca – kaže. – Bio mi je idol. Uvek me je na sve četiri jurio po kući, pomagao mi da se verem uz drveće i tome slično. Nije ga držalo mesto. A onda je najednom prestao sve to da radi, često se dešavalo da celo jutro provede u krevetu. Prestao je da radi. Niko mi nije rekao da je bolestan, znam da su hteli da me zaštite, ali ja sam zato mislila da on više neće da se igra sa mnom. A kad je umro, to je za mene bio težak udarac. Trebali su mi meseci da se pomirim s time da se on neće više vratiti. Kad je mama upoznala Tonija, činilo mi se da je to prebrzo. Nije se navršila ni godina otkako je otac umro. Još nisam bila spremna. Ona me je uporno nagovarala da ga zovem tata, a to sam doživljavala kao najgoru izdaju.

– Koliko ste imali godina? – pitam je.

– Sedam kad je umro. Oko osam kad se Toni pojavio na sceni. A bila je tu i njegova ćerka Lu, koja je dve godine starija od mene. I on je bio udovac, tako da su oboje bili samohrani roditelji. Sad razumem da su jedno drugom pružali utehu, ali tada sam bila ljuta. Činilo mi se da je on draži mami nego ja, nego tata. A ni on nije bio naročito blagonaklon prema meni, nikad se nije uključivao ni u šta što ja radim. Prosto nisam... nikad nisam mogla da im to oprostim.

– I zato ste prekinuli svaki kontakt s njima kad ste odrasli?

– To nikad nije bila svesna odluka. Ali za razliku od Lu, koja je živela s njima gotovo do dvadeset pete, ja sam otišla na studije i nikad se više nisam vratila. Viđali smo se s vremena na vreme, ali Toni i ja ne možemo da se složimo takoreći ni oko čega, i svaki put mi se činilo da se mama sve više priklanja njegovim stavovima. Prosto nismo imale ništa zajedničko. Kad smo Ben i ja odlučili da zasnujemo porodicu, htela sam da počnem od nule, da ne uvlačim u to probleme iz roditeljske kuće. Nikada nisam doživljavala mamu, Tonija, Lu i sebe kao porodicu. Prosto nije išlo.

Razmišljam o svom braku. Da li bi i nas tako opisala? Prosto nije išlo? Možda sam napravila strašnu grešku, možda je ono što je Kersti uradila zapravo hrabrije i daleko poštenije. Možda je ponekad najbolje preseći sve veze.

Trgnem se kad se začuje plač. Vidim da Kersti poseže za nekim belim plastičnim uređajem na podu kraj kauča.

– Monitor – kaže i pokazuje mi ga. – Idem da je uzmem.

Dok čekam da se vrati, ustajem da protegnem noge. Kuhinja je u industrijskom stilu, s toliko površina od nerđajućeg čelika da ne možeš da ne pomisliš da se tu vidi svaki otisak prsta, ali sve je besprekorno čisto. Pitam se da li Kersti provodi sate glancajući sve to, ili imaju nekoga ko to obavlja za njih. Kad smo se penzionisali, Artur je predlagao da uzmemo kućnu pomoćnicu. Smatrao je da bismo mogli to sebi da priuštimo. Ali ja sam rekla da to nije za ljude kao što smo mi. Šta bismo radili dok je ona u kući? Činilo mi se da bi me osuđivala. Ja ne zazirem od čišćenja sopstvene klozetske šolje.

Kersti se vraća. Nosi bunovnu Doti, koja ima otisak zgužvane posteljine na zajapurenom licu.

– Zdravo, Doti – kažem, pa hvatam jedan njen prstić da se tobože rukujemo.

Ona povuče šaku i sćućuri se uz majčin vrat.

– Još se nije razbudila – kaže Kersti.

Razmišljam o onome što znam o njoj, o tome da sam se lično uverila koliko je posvećena majka. Da sam prvo saznala sve to o njenoj porodici, možda bih mislila da je ona naprosto hladna, ali ne mogu, jer sam videla da zrači ljubavlju kad je sa ćerkom. Da li je moguće da neke porodice prosto ne funkcionišu zajedno? Da li je i Erinina takva? Pitam se da li je obavila onaj razgovor s roditeljima i jesu li je prihvatili.

– Trebalo bi da pođem – kažem.

– Hvala što ste me saslušali – kaže ona. – I za Olija. Da vas ostavim da se oprostite?

Klimam glavom, i ona odnosi Doti u drugi deo kuće. Prilazim kauču na kom smo sedele. Oli se popeo i sklupčao se u loptu. Sedam do njega. Tiho hrče. Drago mi je što se već oseća kao kod kuće. Spuštam ruku na njegova leđa, a on se samo promeškolji u snu, pa zato pokušam da ga pomilujem po glavi, ali na to otvori oči i uputi mi upozoravajući pogled. Mnogo puta sam videla taj pogled, ali danas me ispunjava težinom i tugom.

– Odsad ćeš ovde živeti – kažem mu. – Kersti će se dobro starati o tebi i moći ćeš da se igraš s Doti. Budi dobar, važi?

Ne kažem mu da će mi nedostajati. Ni da ga volim. On to zna, zar ne? Ustajem, odlazim do vrata i nazuvam cipele.

– Odoh ja – dovikujem Kersti i tek tad shvatim da ona sad više nema razloga da navraća kod mene. Hoću li je ubuduće viđati samo u prolazu, na ulici ili u supermarketu?

– Upravo presvlačim Doti, možete li sami da izađete? – dovikuje ona odnekud.

– Mogu.

– Dobro ću se starati o njemu, Mejbel.

Znam to, i drago mi je što me ne prati, jer sam u potpunom rasulu. Glas samo što mi ne pukne dok dovikujem pozdrav. On je samo pas, ponavljam u sebi. Samo pas. Ali kao da je i poslednja veza sa Arturom. I bio je sa mnom ovih nekoliko meseci. Zajedno smo ih pregurali. Ali nikada nisam imala utisak da sam se zbližila s njim. A sad kad sam presekla tu vezu i omogućila mu da ima bolji život, pitam se kako će se to odraziti na moj.

25.

Otkad nema Olija, često mi se desi da jedva čekam da Džuli dođe. Artur je tačno predvideo koliko će mi značiti društvo, i prosto ne mogu da se načudim kad god pomislim na to. Da je bilo obrnuto, ne bih smatrala svojom dužnošću da sa onog sveta vodim računa o njemu. Ali kad se na dan Bilove sahrane zarekao da će voditi računa o meni, ozbiljno je to shvatio. Za njega je to bio zavet sve dok je živ. Pa i duže.

I dalje ga viđam po kući. Stoji prekrštenih ruku u kuhinji, naslonjen leđima na kredenac, kao da se sprema da me pita šta ću uz čaj. Leži do mene u krevetu, nem i nepomičan, mada ne kao onog dana kad sam ga našla mrtvog. Više kao svih onih dana koji su mu prethodili. Nenametljivo prisutan. Sedi na kauču, blago zadignutih nogavica ispod kojih izgviruju bele čarape. Kao da čeka. Ponekad ga ne vidim, ali mi se učini da sam osetila njegov miris, kao da je upravo prošao kroz sobu. Čeka li da vidi hoću li postupiti po njegovom uputstvu da nađem D.? Pretpostavljam da ću to saznati tek kad otkrijem gde je Dot. Bude li i posle toga nastavio da se pojavljuje, šta će to značiti? Da „Nađi D" uopšte nije to značilo? Ili da će on uvek biti tu, kao sad? Ili da se to samo moj stari mozak poigrava mnome? Nije mi nimalo zastrašujuće to što ga viđam u ovim sobicama koje smo godinama delili. Štaviše, utešno je. Nešto kao spori rastanak.

Čujem da Džuli otključava vrata i pripremam se za polet koji donosi sa sobom.

– Dobro jutro, Mejbel – dovikuje mi iz predsoblja.

Međutim, glas joj je nekako drugačiji, kao da se trudi da zvuči normalno. Čekam da progviri, i kad to uradi, vidim da izgleda umorno i bezvoljno.

– Opet vas je ostavio? – pitam je.

Nisam sigurna zašto sam to rekla. Trebalo je da to bude bezazlena šala, ali odmah mi je jasno da sam promašila temu.

– Zašto me to pitate?

– Samo mi delujete rasejano, to je sve.

Ona stoji i razmotava šal, a zatim skida rukavice, prst po prst. – Što je hladno danas – kaže.

Nemam nameru da se lično uverim u to bar još nekoliko sati. Sad kad ne moram više da razmišljam o Oliju, primamljiva je pomisao na provođenje ovih kratkih dana uz gasni kamin, ali ipak mi prijaju popodnevne šetnje.

– Pa šta vam je onda? – pitam je. – Izgledate umorno.

Ona se nasmeje, ali to nije onaj njen raskalašni smeh, onaj zbog kog se ljudi osvrću za njom na ulici. Usiljen je, a to me brine više nego da je zaplakala.

– Nisam dobro spavala, ništa drugo.

– Dakle, s Martinom je sve u redu?

Ona zastane na trenutak pre nego što mi odgovori. – Sve je u redu.

Ne verujem joj, ali neću da navaljujem. Istini za volju, ništa nije u redu još od Kerstinog rođendana. Mislila sam da sam uspela: Džuli i Martin su se pomirili, Patriša je ponovo sa Sarom i unukama. Mirenje Kersti s njenima očigledno nije proteklo po planu, ali sam, sve u svemu, bila prilično zadovoljna učinkom. Nije loše za jednu osamdesetšestogodišnjakinju, mislila sam, da sprovede u delo te male smicalice. To mi je ulivalo nadu da ću uspeti da uđem u trag Dot. U glavi sam čula Arturov glas kako mi govori da nikad nije kasno i da svako može nešto da promeni. Često mi je to govorio, ali ga ja nisam slušala.

Međutim, spasavanje Džulinog braka nije delovalo na nju onako kako sam očekivala. Doduše, nisam je poznavala pre toga. Mislila sam da će biti bezbrižna i srećna, ali ona i dalje izgleda kao da je nešto muči.

A Patriša je takoreći nestala, što verovatno ne bi trebalo da me čudi. Vratila se ispunjenom životu kakav je ranije vodila, pomaže u brizi oko unučica. Odlasci u park i na bazen, beskrajno igranje žmurke. Nema više vremena za nas, a pre ga je imala napretek. Stvarno sam glupa što nisam to predvidela.

I Kersti. Ona nema zašto da navraća sad kad je Oli kod nje, pa je zato i nema. To što smo porazgovarale o svemu – o mojim razlozima da pozovem njene roditelje i njenima zašto nije htela da ima ništa s njima – ne znači da je sad sve u redu i da smo se pomirile.

Džuli mi donosi čaj, a ja joj postavljam pitanje za koje sam mislila da ga nikad neću izgovoriti. – Hoćemo li večeras na Patrišin čas plesa?

Ona krivi lice. – Ne mogu. Obećala sam Martinu da ćemo uzeti kari i pogledati neki film.

Klimam glavom, trudim se da prikrijem razočaranje. Stvarno sam bila budala, zar ne? Kad su te žene bile same kao ja, bile su voljne da provodimo vreme zajedno. A sad kad su se okolnosti promenile, nemaju više vremena kao pre. Pokušala sam da ih usrećim, a pritom sam se lišila njihovog prijateljstva. Koliko mogu da vidim, preostaje mi samo jedno. Moram da se bacim na potragu za Dot, jer ću tako imati čime da zaokupim misli. Imaću na šta da trošim vreme i energiju. I ja ću moći da kažem da ne mogu jer imam nekog posla. Pod uslovom da me iko bude pitao.

Dok posle Džulinog odlaska pokušavam da se zabavim knjigom koja mi se ne sviđa naročito, zove me Redž Bišop. Još se nisam navikla na zvonjavu mobilnog telefona i zato se trgnem, a kad ga nađem i na ekranu ugledam njegovo ime, najradije se ne bih javila, ali znam da moram.

– Mejbel – kaže on. – Ovde Redž Bišop.

Čak mi i njegov glas ide na živce, i poželim da mu kažem da znam ko je jer je bio prisutan kad sam ukucala njegov broj u telefon, ali ipak se uzdržim.

– Zdravo, Redž.

– Zovem te u vezi s malim izazovom koji si mi zadala.

Volela bih da odmah pređe na stvar, ali vidim da će me naterati da igram njegovu igricu, pa zato samo kažem: – O, stvarno?

– Da. Istraživao sam malo i mislim da sam pronašao nekoga ko bi ti mogao biti od koristi. To je Ketrin Emet, devojačko Milton. Bila je komšinica Brajtmorovih ovde u Brotonu, i kaže da je godinama ostala s njima u kontaktu.

Treba mi nekoliko trenutaka da je se setim. Mala Keti Milton. Tri godine mlađa, večito je htela da se igra s nama. Pamtim je s vijačom, slinavu, u ružičastoj haljinici s mrljama od trave.

– Da li još živi u Brotonu? – pitam.

– Sad je u Overberiju.

– Možeš li da mi daš njen broj telefona ili adresu?

On okleva. – Mislio sam da bih mogao da te odvezem tamo. Jesu li slobodna sutra ujutru?

Zašto se meša u ovo? Da bi se osetio moćno, ili zato što nema pametnija posla? Ne bih da mu se zameram, pošto je zasad jedina osoba koja je imala neku korisnu informaciju, a to će me pride poštedeti putovanja autobusom. I zato, ma koliko mi bilo mrsko, pristajem.

Odlučujem da se prošetam kako bih razbistrila misli. Taman imam još malo vremena pre mraka. Oblačim se kao da sam pošla u arktičku ekspediciju, ali po izlasku iz kuće shvatam da nije toliko hladno kao što sam očekivala. Vetar je prestao da duva. Samo je oblačno i vlažno.

Dok prolazim kraj malog igrališta nadomak groblja, čujem kako me neko doziva. Okrećem se i vidim Patrišu kako gura jednu unuku na ljuljašci dok druga sedi na kraju klackalice i pokušava da se odigne od tla. Prilazim zelenoj metalnoj ogradi.

– Odavno se nismo videle – veselo kaže ona. – Ne znam gde mi je glava otkad su ove dve došle.

Izgleda umorno, pa se nadam da ćerka ne iskorišćava njenu dobrotu.

– Ne smete da se previše naprežete – kažem joj.

Ona me zbunjeno pogleda. – Ma znate vi mene. Ne volim da sedim dokona. A s njima nikad nisam dokona, jel' tako, devojke?

Mlađa, ona na ljuljašci, široko se osmehne kad je Patriša uhvati i zaustavi na trenutak-dva, pa zatim ponovo pusti.

– Baka je srećna, ali je mama tužna.

U prvom trenutku nisam sigurna ko je to rekao, ali onda vidim da je druga devojčica sišla s klackalice i prišla mi.

– Zašto je mama tužna? – pitam je.

– Zbog Džefa. Zove je svaki dan da kaže koliko mu je žao.

Pogled mi pređe s devojčicinog ozbiljnog lica na Patrišino zajapureno.

– Nisam baš sasvim sigurna šta se dešava između njih – kaže mi Patriša. – Upravo razgovaraju telefonom. Zato smo izašle na svež vazduh.

– A i da vam pokažem kako prelazim majmunski most – kaže starija devojčica.

Zatim ode do okvira za veranje, popne se uz nekoliko prečaga i uskoro visi s mosta nalik položenim merdevinama od bleštavih metalnih šipki, s lakoćom se prebacuje s jedne na drugu dok joj šarene prugaste helanke takoreći sijaju u beživotnom danu. Kad joj jedna patika spadne s noge, njena sestra, koja je još na ljuljašci, zaceni se od smeha, a starija devojčica se pusti i skakuće na jednoj nozi dok ne podigne patiku, a zatim nastavi do klupe da je obuje. Patriša sve vreme sija od zadovoljstva, a ja pokušavam da se zamislim na njenom mestu. Baka. Puna ljubavi prema tim malenim, nezaustavljivim bićima, ponosna na njihova dostignuća i presrećna zbog svakog trenutka provedenog s njima. Vidim to, naravno da vidim. Nisam bezdušna, nisam čudovište. Samo sam se nadala da će naći malo vremena za mene.

– Svratite neko popodne na čaj – kažem joj. – Možda kad i Džuli bude tu.

– Da, mogla bih – odgovori ona, ali ne pominje neki određeni dan, a ja ne bih da navaljujem, pa se zato pozdravim i odem. Kad sam malo poodmakla, čujem je kako se smeje, i mada znam da je to verovatno zbog nečega što je neka devojčica rekla ili uradila, ne mogu da ne pomislim da se možda smeje meni. Usamljenoj starici koja je mislila da su prijateljice.

Poslednja deonica do kuće izgleda kao da ulazim u zalazak sunca, i najednom shvatim da nedeljama nisam izašla napolje da ga gledam. I zbog te spoznaje se osetim strašno daleko od Artura. On gotovo nikada nije propuštao zalazak sunca, voleo je da vidi nebo išarano bojama i oprosti se od dana. Radili smo to zajedno kad god možemo. On bi me držao za ruku dok sedimo i ćutke posmatramo.

Dok smo jednog proleća pre nekoliko godina gledali neverovatan spektar crvenih i ružičastih tonova, kad je bilo prosto nezamislivo da neko može da sedi u kući i propusti to, rekao je: – Ne bih menjao ovaj život ni za jedan drugi, Mejbel. Ti, ja, Oli i zalazak sunca. To mi je dovoljno.

Kasnije, nakon što sam užinala, prisećam se još jednog zalaska sunca koji je izgledao kao da je neko oslikao nebo. Bili smo pošli na igranku, Dot i Bil su išli ispred nas, i videla sam kad ju je uhvatio za ruku. Artur je hodao pored mene, uglavnom ćutke. A onda je progovorio.

– Može li ikome da dosadi ovakav svet?

Kad sam se osvrnula da ga pogledam, nekoliko pramenova kose zalepilo mi se za ruž i zaklonilo mi vidik. On je širokim pokretom ruke obuhvatio čitavo nebo.

– Ovaj prizor – rekao je. – Doveka bih mogao da ga gledam.

Pomislila sam kako je to romantično. U sebi sam upisala to u spisak koji sam vodila – spisak razloga da budem devojka Artura Bomonta, ako me bude pitao. I nešto me je preplavilo, nešto što je gotovo sigurno bila naklonost, mada je više podsećalo na ljubav.

– Hajdemo – rekla sam. Izgovorila sam to tiho, ali me je on čuo.

26.

Spremna sam za polazak dobrih pola sata pre nego što Redž treba da dođe, tako da imam vremena da tri puta prepakujem tašnu pre nego što se začuje rezak rafal na vratima. Imam sve što mi treba. Pored uobičajenih stvari, kao što su novčanik i ključevi, ponela sam i blokče i olovku, za slučaj da Keti ima neke podatke koje treba zapisati. Otvaram vrata u kaputu, zakopčana do grla, u nadi da ću mu time jasno staviti do znanja da ga neću pozvati da uđe.

– O, Mejbel, pa ti si već spremna. Hoćemo li?

Pruža mi ruku i glavom pokazuje ka blistavoj crvenoj hondi parkiranoj na ulici. To je jedan od onih skorojevićkih automobila, toliko visok da jedva uđeš unutra, s mnogo mesta pozadi za decu, sportsku opremu ili kofere. Šta će Redžu Bišopu takav auto? Ne treba mi njegova pomoć da pređem tih desetak koraka do ulice, pa je zato i ne prihvatam.

– Gde ona živi? – pitam ga kad smo oboje seli i vezali pojaseve. Oseća se sintetički miris osveživača vazduha, i tek tad primetim ono drvce što visi s retrovizora. Kao i u njegovoj kući, nepodnošljivo je toplo, tako da sam istog časa zažalila što sam obukla kaput umesto da ga ponesem u ruci.

– Znaš one stare zbijene kuće iza *Crvenog lava*? – pita me. – Ona živi u jednoj od njih.

– Sama ili...

– Udovica je.

Ne mogu ni da zamislim Keti Milton kao odraslu osobu, a kamoli kao dovoljno staru da bude udovica. Čudno je to, stariš i gledaš druge kako stare, a kad naiđeš na nekog koga nisi video decenijama, teško ti je da shvatiš da se isto desilo i njemu.

Vožnja do Overberija traje svega desetak minuta, ali jedva čekam da izađem uz zagušljivog auta i dođe mi da svisnem od muke dok Redž uspe tek iz trećeg pokušaja da se parkira uz pločnik ispred njene kuće.

Keti Milton nas očekuje. Vidim da joj se zavesa pomera dok se mi parkiramo, a potom otvara vrata još pre nego što smo stigli da pokucamo.

– Ketrin! – uzvikne Redž Bišop kao da su stari prijatelji, pa brže-bolje priđe i poljubi je u oba obraza. Ona ga pogleda pomalo usplahireno i zato mi je odmah draža.

– Zdravo, Keti – kažem joj.

Ona blago namreška nos. – Sad me svi zovu Ketrin.

Dok nas uvodi i pita šta bismo da popijemo, pokušavam da u toj starici prepoznam dete koje sam poznavala, i čini mi se da mogu da ga nazrem. Ali ne bih je prepoznala da smo se srele na ulici. Važi li isto i za mene? Jesam li prevalila toliki put da sam takoreći neprepoznatljiva? Ketina kuća je topla i udobna, prepuna fotografija i raznoraznih drangulija koje izgledaju kao suveniri s letovanja i dečje rukotvorine. Verovatno pokloni od unuka. Oseća se slab miris nečeg što se peklo, kao da je na brzinu napravila turu pogačica posle doručka. Ako i jeste, nama ih ne nudi. U uglu je novogodišnja jelka okićena raznobojnim ručno pravljenim ukrasima.

– Lepo ti je ovde – kaže Redž i jednom rukom uzima šolju s poslužavnika koji je donela, a drugom keks.

– Hvala. Ovde smo preko trideset godina.

Nije mi promakla množina, a sigurna sam da nije ni Redžu, ali ništa ne pitamo. Neko vreme se ne čuje ništa osim pijuckanja čaja. Ili srkanja, u Redžovom slučaju.

– Pa – kažem, nestrpljiva da se stvari pomaknu u pravom smeru – verujem da ti je Redž rekao da pokušavam da nađem Dot Brajtmor. Pomenuo je da si dugo ostala u dodiru s njenom porodicom.

Keti klima glavom. – Da, jesam. I nije Dot Brajtmor, nego Dot Blek.

Na trenutak me prođe damar. Ovo je nov podatak, i reklo bi se da je potpuno sigurna.

– Dot se udala? – pitam zbunjeno.

– Jeste, 1962. Za Tomasa Bleka.

– Jesi li sigurna?

Ona me uvređeno pogleda. – Bila sam im na venčanju.

Volela bih da čujem sve o tome, o Dotinoj venčanici i cveću, gde se venčala, i što je još važnije – za koga, ko je taj Tomas Blek. Da li je bio dobar, da li je zavređivao da joj bude muž. Ali ne verujem da bi Redž to mogao da izdrži.

– A znaš li da li je tad živela u Londonu?

Ona se zavali i stavi kažiprst na rub usana. Razmišlja.

– Venčali su se nedaleko odavde. U Trentonu. Ali da, čini mi se da su živeli u Londonu.

Dot se udala u Trentonu, svega desetak kilometara odavde, a ja to nisam znala. Nisam bila pozvana. Treba sve to svariti.

– Znaš li možda da li je još živa? – pitam.

To je srž svega, to je ono što hoću da znam. Da li je čitava ova potraga, u koju sam toliko uložila i koja mi je donela radost, druženje i razočaranje, bila uzaludna? Jesmo li tražile ženu koja je sahranjena ili kremirana? To je bolna pomisao. I u tom trenutku shvatim da nisam kivna na nju što mi nije odgovorila na pisma, niti što me nije pozvala na venčanje. Sigurno je imala neke svoje razloge. Poznavala sam Dot. Istinski sam je poznavala. Nije bila neko ko će tek tako ostaviti prijateljstvo za sobom i otići bez osvrtanja.

Keti odmahuje glavom. – Bojim se da ne znam. Zapravo se moja majka družila s njenom. Stalno su se posećivale. Nakon Dotinog odlaska, Brajtmorovi su ostali u toj kući još dvadesetak godina. Ali kad su se penzionisali, Dotini roditelji su se odselili na primorje. Negde u Hempšir. On je oduvek maštao o tome. Kupili su brod. Ali naše majke su ostale u kontaktu. Moji su nekoliko puta išli kod njih i oni su dolazili kod nas. Stalno sam slušala o tome šta rade Dot i njen brat Čarls. Ali onda se moja majka razbolela i ubrzo je umrla, i čini mi se da sam čula da je i Dotina umrla malo posle nje. A muževi nisu nastavili da se druže – ali to se i moglo očekivati, zar ne? I to je to.

Pogledam Redža, vidi se da mu nije po volji opaska da muškarci ne održavaju stara prijateljstva, a zatim se ponovo posvetim Keti.

– Kad je to bilo? – pitam je. – Kad ti je majka umrla?

– To je bilo 1998 – odgovara ona bez oklevanja.

– Dakle, koliko je tebi poznato, Dot je tad bila živa i zdrava?

– O, da. Ali ona i Tomas nisu ostali u Londonu. Odselili su se kad su dobili decu. Otišli su u Hempšir da budu bliže njenima. Možda u Portsmut.

Dođe mi da je prodrmusam i kažem joj da razmisli, da bude sigurna. Posle toliko ćorsokaka, konačno napredujem. Ali sad sve zavisi od Keti Milton. Ko bi to pomislio nekada davno, kad smo se Dot i ja igrale lutkama a Keti cmizdrila i molila da nam se pridruži, da ćemo se naći u ovakvom položaju? A treba provariti i novi podatak. Pomenula je da su imali decu.

– Koliko je dece imala? – pitam.

– Dvoje. Dva sina. Džon i Vilijam, ako se ne varam.

– Ima li još nešto što mi možeš reći? Nešto što bi mi pomoglo da je nađem.

Glas mi ima molećiv prizvuk, jer se osećam kao da sam mnogo saznala, a na neki način i jesam. Sad znam da se Dot udala, i njeno novo prezime, i da je imala dvoje dece. Znam da se odselila iz Londona i da je pre dvadeset pet godina bila živa. Ali hoće li mi išta od toga pomoći da je nađem? Nisam sigurna.

– Žao mi je, to je sve – kaže ona.

Ali svejedno mi ponudi svoj broj telefona, a ja ga prihvatim i dam joj svoj.

– Nismo uvek bile dobre prema tebi kad smo bile deca – kažem.

Ona obara glavu kao da joj to nije ni palo na pamet.

– Hvala ti na pomoći – kažem.

Ustanem, ustane i ona, pa obe pogledamo Redža, koji dovršava svoj čaj. On progunđa nešto nerazgovetno, a zatim polazimo.

Keti me na vratima upita: – Zašto je tražiš sad, posle toliko godina? Znam koliko ste bile bliske, ali sam pretpostavila da ste se žestoko posvađale kad joj nisi došla na venčanje.

Teško je reći. Stoga ćutke obuvam cipele.

– Ne znam zašto je otišla – kažem – niti zašto se nije javljala. A sad mi verovatno nije još mnogo ostalo, pa bih volela to da saznam, ako mogu.

Keti klima glavom.

– Bila mi je najbolja drugarica – dodajem, mada ni sama ne znam zašto.

– Da – kaže ona. – Da. Sećam se. A znam i da je mnogo patila posle smrti tvog brata...

– Svi smo patili. – I još patimo, dođe mi da dodam.

– Nikada ne znaš baš sve o nekome, zar ne? – pita ona.

To me podseti na ono što je vikar rekao o Arturu onda kad je umro, a ja tad nisam znala šta da mu odgovorim, ali čini mi se da sada znam.

– Ne – kažem. – Ne znaš.

– Pa, javiću ti ako se setim još nečeg – kaže ona.

Kad smo se vratili u njegov bleštavi automobil, Redž se okreće ka meni. – Korak bliže.

A onda pruži ruku i spusti levu šaku na moje desno koleno, pa ga stisne onim prstima nalik kobasicama. Toliko sam preneražena da ne mogu ni da reagujem, i on povlači ruku pre nego što sam stigla da mu kažem da to uradi.

Tokom čitave vožnje do moje kuće ne progovaram ni reč, i čim se auto zaustavi otvaram vrata još pre nego što je on stigao da povuče ručnu kočnicu.

– Polako, Mejbel! Slušaj, znam da je razočaravajuće to što Ketrin nije mogla da te uputi pravo na Dot, što ne zna da li je ona... još s nama, ali stvarno mislim da je bila od pomoći. Zar se ne slažeš?

Ali ja samo izađem i zaputim se stazom ka svojoj kući. Odmah izađe i on, i dok vadim ključ čujem tresak vrata.

– Mejbel, jesam li te nečim naljutio?

Okrećem se i vidim ga tik ispred sebe. – Da me nikada više nisi dotakao.

On se nasmeje i podigne obe ruke kao da se predaje. – Ma daj, pa nisam ti se nabacivao. Malo smo prestari za to, zar ne? To nije bilo ništa, Mejbel. Samo prijateljska podrška.

– Mi nismo prijatelji, Redž. Nikada nismo ni bili, i to se neće promeniti samo zato što smo ostarili. Ne trebaš mi da me vozikaš unaokolo, a pogotovo ne da me pipaš.

Dok izgovaram poslednje reči, ugledam Džuli kako pristiže iza ugla.

– Šta je bilo, Mejbel? Jeste li dobro?

Redž počinje da uzmiče, ali Džuli mora da prođe mimo njega i tom prilikom ga popreko pogleda.

– Pokušaš da nekom učiniš uslugu... – kaže on.

– Idi – kažem.

– Čuli ste je – kaže Džuli.

I on ode. Čim se isparkirao, Džuli me zagrli, i tek tad shvatim da drhturim.

– Šta vam je uradio? – šapuće mi ona u kosu, a ja se osećam toliko bezbedno u njenom zagrljaju da se jedva uzdržavam da ne zajecam.

– Ma ništa – kažem.

– Meni ono nije zvučalo kao ništa. Hajde da sad uđemo i pristavimo vodu za čaj.

Upravo ono što mi treba. Puštam je da me uvede u kuću i pomogne mi da se smestim, a zatim sedi i sluša dok joj pričam šta sam to imala s Redžom Bišopom, i nekad i sad.

27.

Budim se na božićno jutro i zatičem Artura kako leži pored mene.

– Srećan ti Božić, Arture – kažem mu, isto kao i protekle šezdeset dve godine.

Imam neopisivu potrebu da ispraznim bešiku, ali znam da će on nestati ako izađem, pa zato trpim dokle god mogu. Prisećam se ranijih Božića.

– Sećaš li se one godine kad nismo bili pri parama pa smo se dogovorili da ne kupujemo ništa jedno drugom? – pitam naglas. Ti si izašao u poslednjem trenutku na Badnje veče i kupio mi bombonjeru, rekao si da ti je bilo prosto nepodnošljivo da mi baš ništa ne pokloniš, a ja sam se strašno naljutila na tebe jer sam se pridržavala našeg dogovora i na kraju ispala zlikovac. Do podneva nismo ni reč progovorili, ali do večeri smo sve izgladili i zajedno smo jeli bombone na kauču i gledali film o Džejmsu Bondu.

Badava, mnogo mi se ide. Po povratku zatičem prazan krevet, baš kao što sam i znala da će se desiti.

Silazim u prizemlje i kuvam čaj. Ubeđujem sebe da je to dan kao svaki drugi. Jer to i jeste, zar ne? Posredi je samo datum. Džuli mi je prošle nedelje pomogla da okitim veštačku jelku. Nisam mislila da se zamajavam time, ali ona me je pitala imam li jelku, a ja sam rekla da imam. Donela ju je s tavana. To je uvek bilo Arturovo zaduženje. Ranije smo uvek kitili prirodne jer se ništa ne može porediti s njihovim mirisom, ali kad je pre nekoliko godina predložio da kupimo jedan od onih „lažnjaka“, nisam imala ništa protiv. Džuli me je juče pre odlaska tri ili četiri puta pitala hoću li danas biti dobro ako ona ne dođe, a pride je stavila veliku ukrasnu kesu ispod jelke i rekla da smem da je otvorim tek ujutru. I zato nosim čaj u dnevnu sobu i primičem kesu fotelji.

Unutra su tri poklona, lepo upakovana, s mašnama i svim ostalim. I sa uredno ispisanim čestitkama. Jedna od Džuli, jedna od Kersti i jedna od Patriše. Ubacila sam im čestitke u poštanske sandučiće, ali se nisam setila poklona, pa se zato sad grozno osećam. Možda me sažaljevaju jer mi je ovo prvi Božić koji provodim sama. Prvo otvaram Patrišin poklon, posredi je prelep plav džemper od najmekše vune koju sam ikad dodirnula, i naglas uzdahnem kad pogledam etiketu i vidim da je od kašmira. Prinosim ga obrazu. Sigurno je koštao čitavo bogatstvo. Znam da ona ima novca, ali zašto bi ga trošila na mene? Pomalo sam zatečena, pa zato ispijam čaj pre nego što ću nastaviti. Od Kersti sam dobila rokovnik sa slikom psa koji je pljunuti Oli. Stvarno uviđavno. A od Džuli... pa, na prvi pogled nisam sigurna šta je to. Svakako je ogrlica. Međutim, na njoj su mali srebrni diskovi sa odštampanim slovima, a ja ne mogu da dokučim šta je to što piše. M-A-B-D. Moraću da je pitam kad ponovo dođe. I da je zamolim da mi je prikači. Kopča je prilično sitna.

Pomalo sam zbunjena dok sedim okružena pocepanim šarenim papirima. Imala sam utisak da se njih tri udaljavaju od mene, ali možda samo prolaze kroz fazu prilagođavanja. Njihovi pokloni pokazuju da im je još stalo.

Kupila sam sebi za doručak kutiju različitih majušnih danskih peciva, pošto žudim za kroasanima otkako mi je Erin onomad donela jedan. Stavljam ih na tanjir i nalivam sebi čašu soka od pomorandže, a zatim sedam za trpezarijski sto i uživam u svakom zalogaju. Ali kad sam ih pojela, obuzima me očajanje. Najednom mi se čini da je preda mnom mnogo sati, a da nemam čime da ih popunim. Eto koliko sam se navikla da Džuli provede sa mnom malo vremena. Često navrati i vikendom, tako da se retko desi da sam sama preko celog dana, a čak i tada volim da izađem, obilazim prodavnice, viđam druge ljude. Ali danas je sve zatvoreno. Osećam kako panika počinje da me obuzima i strogo opominjem samu sebe da se saberem. Palim televizor, što inače nikad ne činim ovako rano, i trudim se da se opustim uz neki dečji film.

A onda neko zakuca na vrata. Pogledam na sat. Jedanaest i petnaest. Sigurno sam zadremala. Ko li bi to mogao da bude? Ustajem, trljam leđa i polazim da otvorim, sve vreme se pitajući koga ću ugledati na pragu. Ako je to Džuli, ako je prekinula ušuškano božićno jutro s Martinom da bi me obišla, naljutiću se na nju. Ali nije ona. To je Erin. Izgleda kao malo dete, a lice joj je obliveno suzama.

– Izvinite što ovako upadam na Božić – kaže mi.

– U redu je, nema veze – kažem. – Hoćeš li da uđeš?

Ona klimne glavom i uđe, pa se izuje. Bez cipela deluje još sitnije. Vodim je u dnevnu sobu. Nikada pre nije bila kod mene, pa se na trenutak zapitam kako je znala gde živim, ali onda se setim one večeri kad smo išle na Patrišin čas plesa i da me je Džuli prvu odvezla do kuće, a Erin mi mahala sa zadnjeg sedišta.

– Čime mogu da te ugostim? – pitam je kad sam se setila lepog ponašanja. – Jesi li za čaj ili kafu?

– Samo čašu vode, molim – kaže ona. – Sama ću je uzeti ako mi objasnite kuda da idem.

– Ja ću – kažem. – A ti sedi.

Donosim joj čašu vode i biskvite koje sam našla u kredencu. Nije baš praznično posluženje, ali stvarno nemam ništa drugo.

– Nešto se desilo? – pitam je kad se smestila.

Ona otpije gutljaj vode i pogleda me. – Nisam mogla da ostanem tamo – kaže skrušeno. Zatim uzima biskvit, a ja se pitam čime ću je hraniti ako ostane ovde celog dana.

– Navratio je dečko moje sestre. Njih dvoje imaju bebu, i šalili su se oko toga šta će raditi ako se ispostavi da je mali gej. Mama se toliko užasnula da prosto nisam mogla više da budem tamo.

Odmahujem glavom. Kako ti ljudi ne vide šta joj rade? Kako mogu da budu takvi slepci?

– Jesi li rekla nešto? Znaju li zašto si izašla?

– Rekla sam samo da idem na svež vazduh, ali neću da se vraćam tamo.

Sigurno sam je prestravljeno pogledala, pošto odmah dodaje: – Ne brinite, smisliću kuda ću posle. Samo nisam znala koga bih mogla da pozovem danas, pa sam zato lunjala unaokolo, a onda sam ugledala vašu kuću i pomislila da vam možda neće smetati.

– Ne – kažem. – Ne smeta mi.

Ne kažem joj da mi je neizmerno ulepšala dan, da sam se pitala kako ću ga pregurati sasvim sama. Njena nesreća je za mene božji dar. Povređena je i treba joj uteha.

– Slobodno ostani ovde – kažem. – Imam slobodnu sobu. Nije ništa otmeno, ali možeš tu doći kad god hoćeš da se skloniš iz kuće.

Ona me gleda kroz guste, mokre trepavice. – Hvala vam.

– Jedino je nezgodno to što nemam šta da ti dam da jedeš. Prodavnice su danas zatvorene. Džuli mi je kupila neko od onih gotovih jela za jednu osobu. Izuzev toga, nemam takoreći ništa.

Ona samo odmahne rukom. – Ne brinite se za mene.

Zatim odlazi u kupatilo da se umije, a ja pokušavam da se dosetim čime bih mogla malo da joj skrenem misli. U sebi pitam Artura za mišljenje. Šta bi rekao ili uradio kad bi mu se na Božić tinejdžerka pojavila na pragu? Umalo se ne nasmejem glasno. To se nikad ne bi desilo. Na neki čudan i tajanstven način, moj život se potpuno preobrazio nakon njegove smrti. Nikada ne bih to očekivala.

Ne možemo ceo dan da presedimo ispred televizora. A onda se setim. Igre. Artur i ja smo prolazili kroz različite faze. Dešavalo se da mesecima igramo Skrebl svakog dana, pa da nam onda dosadi i da ga sklonimo. Onda bi Artur posle nedelju-dve predložio partiju kribidža ili bridža, pa bi nas to držalo neko vreme. Otvaram kredenac da vidim šta imam. Bekgemon, Skrebl, nekoliko špilova karata i tri-četiri slagalice od hiljadu delova.

– Šta to radite? – pita me Erin.

Nisam je čula kad se popela stepenicama, pa se zato trgnem.

– Mislila sam da bismo mogle da igramo nešto. Koliko da ti skrene misli.

Saginjem se da pogledam, ali ona je već čučnula kao da nema ništa lakše. Sećam se kad je moje telo bilo tako gipko. Kad ništa nije bilo fizički naporno. Kad mi je srce bilo otvoreno i u jednom komadu.

– Skrebl? – predloži ona. – Godinama ga nisam igrala.

Smeštamo se za trpezarijski sto, a ona uspeva da u kuhinji pronađe čokoladu u prahu. Bog dragi zna otkad je tamo, ali mislim da takve stvari zapravo ne mogu da se pokvare, pa nam ona skuva po šolju, i to deluje umirujuće. Ne osećamo se toliko kao dve osobe koje su se silom prilika zatekle zajedno na dan koji zapravo treba provesti s porodicom, nego pre kao da smo to i planirale.

– Pogledaj nas samo – kažem. – Ja nemam nikoga, a ti...

– A ja ne mogu da provedem ceo dan sa svojima.

– Da.

Stvarno je tužno, svi moji su na groblju i neopisivo mi nedostaju, a njeni su živi i zdravi ali joj nanose ogroman bol.

Gledam je dok posmatra i preraspoređuje pločice. Uz malo snebivanja pruža ruku i ispisuje reč *burazer*. Sedam slova iz prve, nikad neću uspeti da je stignem. Ali to nije važno, jer joj u uglovima usana poigrava osmeh, i to je prvi osmeh koji sam danas videla.

– Kakvi su ti planovi? – pitam je dok ređam svoje pločice. Koristim njeno *z* iz *burazera* da ispišem *zlato*. – Mislim, dugoročno, posle mature.

– Studije – kaže ona.

Kakav bi bio moj život da je odlazak na studije bio nešto uobičajeno kad sam bila njenih godina? Šta bih studirala i šta bih posle radila? U školi mi je istorija uvek dobro išla. Lako sam pamtila datume i podatke, i sviđalo mi se kako se različiti delovi prošlosti međusobno uklapaju, šta je na šta uticalo, poput niza domina. Pokušavam da zamislim sebe u učionici, biblioteci ili muzeju, ili kako pokazujem znamenitosti turistima. Možda bi mi nešto od toga išlo od ruke, ali nikad to neću saznati. A pred Erin leže mnoge mogućnosti, sva vrata su joj širom otvorena. Pomalo joj zavidim, ali se trudim da to potisnem.

– Dobra sam jedino u umetnosti.

– Čini mi se da si prilično dobra i u Skreblu – kažem joj kad je postavila *gležanj* tako da joj *nj* padne na polje za trostruke bodove.

Ona se kikoće. – Volela bih da radim kao kustos u galeriji. Mislim, jednog dana.

– Ne bi da sama stvaraš umetnička dela?

– To mi deluje kao nedostižan san. Veoma je teško.

Zavaljujem se i otpijam gutljaj čokolade. Sve vreme je posmatram. Proučava svoja slova, usredsređena, blago pogrbljena. Volela bih da može da vidi ono što ja vidim. Mladu ženu koja može da se oproba u bilo čemu i izađe kao pobednica. Koja može da radi šta god poželi. Tek je na početku, ništa joj nije nedostupno.

– Moj ti je savet da ne ograničavaš svoje snove toliko rano – kažem joj. – Kasnije ćeš imati obilje vremena za to. Sad treba da stremiš najvišem cilju koji možeš da zamisliš.

Ona me na to pogleda, i nekoliko sekundi samo ćutimo.

– Ljubav – kaže ona s nagoveštajem pukotine u glasu. – To mi je najveća želja. A potom umetnost.

Klimam glavom, jer je razumem. Stvarno je razumem. Nijedan od onih poslova, od puteva kojima nisam pošla ili nisam mogla da pođem ne bi me odveo do nečega toliko divnog kao što je ljubav.

– Traži oboje – kažem joj. – Uvek oboje. A tek kasnije, ako budeš morala, možeš praviti kompromise ili se opredeliti za jedno. Ali dotle uzimaj sve od života.

Ona me pomno posmatra, i mogu jedino da se nadam da će upamtiti makar nešto od ovog razgovora, da će razmišljati o tome dugo nakon što mene više ne bude, kad jednom izgradi sopstveni život manje-više onako kako je želela. Nadam se da neće pristati na manje nego što zavređuje.

28.

Partija se završila tako što me je Erin pobedila s više od sto bodova razlike. Već sam pomalo gladna kad ugledam Kersti kako prolazi ulicom sa Olijem. Pokucam na prozor i mahnem joj, a ona mi odmahne i ubrzo se začuje kucanje.

– Ja ću – kaže Erin.

Čujem ih kako se predstavljaju u predsoblju.

– Morala sam da izađem iz kuće – kaže Kersti dok ulazi u dnevu sobu. – Zdravo, Mejbel, srećan Božić. Jeste li dobili moj poklon?

Raspoloženje u sobi se promenilo s njenim dolaskom, i zavirujem iza nje da vidim hoće li me Oli pozdraviti. Neće. Samo njuška unaokolo kao da pokušava da se seti odakle mu je ova kuća poznata.

– Jesam, hvala vam. Gde li ste samo našli psa koji toliko liči na Olija?

Kersti prasne u smeh i presamiti se, tako da joj savršena kosa poleti napred.

– Mejbel, pa to jeste Oli! Napravili smo pravo malo snimanje, jel' tako, Olivere? A onda sam dala da se njegove slike stave na sve živo – šolje, kalendare, krpe. Ben je bio oduševljen. – Zastaje da uhvati Olija za prednje šape i nespretno ga pomazi. Srećna je s njim, rekla bih. A i on s njom. Krzno mu takoreći sija od zdravlja.

Uzimam rokovnik koji mi je poklonila. I stvarno, u njemu su Olijeve slike s različitim pozadinama i u različitim smešnim kostimima. U oktobru je to utvara Oli. U junu je suncokret.

– Ovo spada u najlepše poklone koje sam ikada dobila – kažem.

A Kersti se ponovo nasmeje i nežno me uhvati za ruku.

– Pa, šta se to desilo kod kuće? – pitam je.

Ona prevrne očima. – Benovi – kaže, pa se zatim okrene ka Erin da pojasni. – On je moj dragi. Svi su došli, oba njegova brata i njihove dosadne devojke. Jedna je veganka, a druga ne voli pečeni krompir, tako da povazdan slušam: „Kersti, možeš li da mi napraviš pire?" i „Kersti, imaš li neku zamenu za mleko?". Ben i njegov otac se nalivaju od sabajle, njegova majka je previše razigrala Doti i nije dala da je stavim da odspava malo, a ja jurim po kuhinji kao pile bez glave, ili pre ćurka. Prekipelo mi je kad je Benov brat došao da pita imamo li neki slatkiš bez pavlake.

– Šta ste uradili? – pita je Erin.

– Samo sam izašla. Da sam ostala, napunila bih im cipele pavlakom ili bih im odsekla rukave s kaputa. Ćurka je gotova, pa sam samo rekla Benu da je servira dok ja izvedem Olija, jer ionako nisam gladna. I da se verovatno neću uskoro vratiti.

Na trenutak zavlada muk, a onda ona prasne u smeh. Osvrnem se, i kad vidim da se i Erin smeje, odlučim da se više ni ja ne uzdržavam. Osećam se tako dobro, oslobođeno.

– I ja sam pobegla od svoje porodice za Božić – kaže Erin.

Pruža joj podršku, to je baš lepo od nje.

– Zašto? – pita je Kersti.

– Zbog homofobije – jednostavno odgovori Erin, i na to smeh u sobi zamre jednako brzo kao što se razlegao.

– O, žao mi je – kaže Kersti. – A ti si...

– Gej. Da.

– Sranje.

– Srećom, Mejbel me je primila s dobrodošlicom i tablom za Skrebl.

– Uh, očajna sam u Skreblu. Jeste li jele?

– Nismo – kažem. – U frižideru imam samo jednu porciju gotovog jela. A prodavnice ne rade – dodajem bez ikakve potrebe.

Kersti nakratko namreška nos, a onda se ozari.

– Skoknuću do kuće – kaže. – Oni uvek posle ručka izađu da se prošetaju, a ima dovoljno hrane za pedesetoro. Doneću je ovamo.

Na kraju nas tri sedimo za mojim trpezarijskim stolom i gostimo se ćurkom, pečenim krompirima, nadevom i svim mogućim prilozima. Donela nam je čak i dve boce proseka, a i božićni puding da se zasladimo.

– Pribojavala sam se ovog dana – kažem i dižem čašu.

– Ja isto – kaže Kersti.

– I ja – kaže Erin.

– Zašto to radimo sebi? Toliko kidanja i sekiracije zbog jednog dana?

– Stvarno je glupo – kaže Kersti. – Celo jutro sam provela u kuhinji, ćerku nisam ni videla, a ovo joj je prvi Božić.

Na to joj se oči napune suzama i znam da će uskoro otići kući, pomiriti se s Benom i staviti ćerkicu da spava. I to je u redu. Tako i treba da bude. A ipak je došla ovamo i ulepšala mi dan.

– Ovako makar uživate u hrani koju ste spremili – kaže Erin. – I koja je neverovatna, uzgred budi rečeno.

Kersti blago porumeni. – Ovo, mislim na ovo ovde, ne na ono jutros, ne pamtim kad sam imala ovako lep Božić.

A ja se nadam da me Artur ne posmatra odozgo u ovom trenutku, jer sam i sama isto pomislila.

Uto zazvoni telefon i ja odlazim u dnevnu sobu da se javim.

– Halo?

– Halo, Mejbel, ovde Džuli. Srećan Božić.

– O, srećan Božić, Džuli.

– Samo sam htela da vas čujem, da vidim jeste li dobro, budući da... A onda zaćuti kad se iza mene zaori grohotan smeh.

– Mejbel, jel' to televizor?

– Ne, to su... neki gosti.

– Ko?

– Erin, moja prijateljica iz supermarketa koju smo onomad vodile na Patrišin čas, i Kersti.

– Odmah dolazim – kaže ona i prekine vezu.

Njih dve se zacene od smeha kad im prepričam razgovor.

– Dolazi li zato što je ljuta na nas ili da bi nam se pridružila? – pita Kersti.

Slegnem ramenima. Slutim da je ovo drugo. Doduše, nadam se da to ne znači da se Božić s Martinom ne odvija kako treba. Ona stiže za manje od deset minuta.

– Martin je zaspao na kauču, a ja sam sama pojela gotovo celu bombonjeru. Zvučalo mi je kao da je ovde mnogo zabavnije – kaže i ulazi u dnevnu sobu, gde se Erin i Kersti kikoću zbog neke priče u vezi s cipelama, čiju sam nit izgubila još pre dobrih deset minuta. Džuli je pomalo nabusita. Kao da smo je namerno izostavile.

– Oli se vratio – kaže ona i saginje se da ga počeše. On reži.

– Ne, nije se vratio, samo je došao s Kersti u posetu – kažem. – Sedite. Jeste li za čašu proseka?

– Oho, proseko? Smete li da mešate alkohol i lekove?

– Božić je – kažem. – A i popila sam samo jednu čašu. Za razliku od ove dve, što se verovatno i vidi.

Kersti se široko osmehuje, opuštenija i srećnija nego što sam je ikada videla. A makar nakratko je nestao i onaj sumorni oblak koji je okruživao Erin kad je došla. Sad još samo treba da odobrovoljim Džuli. Odlazim u kuhinju, a ona pristiže za mnom.

– Nešto nije u redu? – pitam je.

Ona ispušta dubok i glasan uzdah. – Martin. Htela sam da danas bude nešto stvarno posebno, ali kao da smo odmah skliznuli pravo nazad u staru kolotečinu. Što u suštini znači da ja sve sama kuvam i čistim dok on hrče na kauču. Mislila sam da smo oboje nešto naučili dok smo bili razdvojeni, ali sad se samo pretvaramo da me nije ostavio zbog druge, a inače smo nastavili po starom. Pored toga, dok ga nije bilo, shvatila sam da nisam bila baš toliko srećna s njim.

Sipam joj piće i dodajem joj čašu. Gledam kako se majušni mehurići penju ka površini i pucaju.

– Morate da mu kažete – savetujem joj.

Ko sam ja da delim savete kad sam godinama priželjkivala da kažem Arturu šta stvarno osećam? I godinama nisam mogla to da prevalim preko usana. A čak ni sad kad je umro ne mogu da budem potpuno iskrena.

– Ne znam šta bih mu rekla.

– Recite mu isto ovo što ste i meni. Recite mu istinu.

Ona smrknuto klima glavom.

– Nećete to učiniti, zar ne?

– Plašim se – kaže ona. – Plašim se da će me ponovo ostaviti ako pomisli da sam previše zahtevna.

Ne znam šta da kažem na to. Vraćamo se u dnevnu sobu, gde ja sedam u fotelju a Džuli se uglavljuje između Kersti i Erin. Uzimam kutiju s njenim poklonom i okrećem se ka njoj.

– Hvala vam od srca, ali nisam sigurna šta ovo znači.

Džuli uzima ogrlicu i počinje da mi pokazuje slovo po slovo. – M kao Mejbel, A kao Artur, B kao Bil, D kao Dot.

Pa da. Kako nisam shvatila? Uzimam ogrlicu i posmatram je. – Hvala vam, divna je.

Džuli staje iza mene i pomaže mi s kukicom. Uto joj zazvoni telefon, a ona ga pogleda i saopšti nam da je to Patriša.

– Srećan Božić, Peti. A tako. Da, razume se. Ali, znaš, ja sam kod Mejbel. A tu su i Kersti i Erin. Duga priča. Hoćeš li da dođeš? – Pogledom me pita za odobrenje, a ja klimnem glavom, mada već počinje da me hvata umor. To me navodi da se setim jutra, i kako nisam bila sigurna kako ću sama da preguram ceo dan. Stoga sam zahvalna na celom ovom društvu. – Da, važi, Peti, videćemo se za nekoliko minuta.

Sve tri se okrenemo ka njoj da bi nas uputila pre nego što Peti stigne.

– Ogromna svađa s ćerkom – kaže i rukama pokaže kolike su zapravo razmere te svađe. – Zbog onog Džefa. Sara misli da Peti ima nekakve veze s njihovim raskidom, ili već tako nešto.

Na to se setim poruke koju sam poslala i pomislim na svoj mobilni telefon u fioci. Niko se neće setiti da ga pogleda, zar ne? Džuli odlazi da otvori Patriši, a Erin i Kersti kao po prećutnom dogovoru skliznu na pod kako bi joj napravile mesta da sedne.

– Možemo da donesemo stolice iz trpezarije – kažem, ali Erin odvraća da joj je sasvim dobro i na podu, a ni Kersti se ne buni.

– Pa – kažem – stvarno nisam očekivala da će mi dan ovako proteći.

– Pričajte nam o svom najlepšem Božiću – kaže Džuli. Pogled joj je pomalo staklast. Zar je moguće da ju je proseko tako brzo opustio?

Prebiram po sećanju, godine koje smo Artur i ja proveli sami, i one ranije, koje smo proveli s roditeljima. Neke se ističu, kao ona kad je na Božić padao sneg, a nas dvoje smo šetali po gradu i svetla su treperila sa svih strana kao da smo u bajci, ili ona kad je rekao da će se on postarati za večeru pa zaboravio da uključi rernu, tako da smo na kraju završili s tanjirom punim povrća, a danima nakon toga jeli sendviče s ćuretinom. A onda posežem još dalje, u školske dane, u detinjstvo.

– Imala sam osam ili devet godina – kažem. – Moj otac se upravo bio vratio iz rata. Jedva sam ga poznavala, ali sam videla koliko je majka srećna jer je tu. Uspela je da skrpi dovoljno namirnica za božićnu večeru kako je znala i umela, a Bil mi je kupio primerak *Malih žena*. Činilo mi se da na svetu nema srećnije devojčice. Moja porodica ponovo na okupu. To je bilo kao čarolija.

Ostajem tamo još nekoliko trenutaka, a onda se vraćam u sadašnjost i vidim da sve četiri ćute.

– A mi sve to uzimamo zdravo za gotovo – kaže Džuli.

Odmahujem glavom. Nije u tome poenta. Svako pokolenje ima svoje borbe, svoje poteškoće. Tada nismo imali mnogo u materijalnom smislu, ali je bilo i manje razloga za brigu. Svet nije bio tako složen kao sad. Ali ne bih umela sve to da pretočim u reči, pa zato ćutim.

Samo jedan sat provodimo tako, sve na okupu. A onda Martin porukom pita Džuli kuda je otišla.

– Verovatno je opet ogladneo – kaže ona i prevrće očima, ali se ipak sprema za polazak.

– A i ja moram da se vratim u stvarnost – kaže Kersti, pa ustane i počne da se proteže.

– I ja. – Patriša nije pričala mnogo o svađi, ali znam da je očajna jer joj je nešto pokvarilo Božić s devojčicama, a i da sam makar delimično ja za to odgovorna. Mislila sam da će sve samo od sebe doći na mesto kad se vrate, ali možda sam bila naivna.

Kad smo ostale same, Erin i ja počinjemo novu partiju Skrebla, ali obe igramo preko volje, pa joj zato pre završetka kažem da idem na spavanje.

Ona pažljivo pakuje rekvizite u kutiju i pita me jesam li sigurna da je u redu ako ostane kod mene.

– Sad bih se već uvredila ako ne ostaneš – kažem.

Penjemo se na sprat, gde joj dajem čist peškir iz ormara i novu četkicu za zube iz kredenca pod umivaonikom.

– Pretpostavljam da ne želiš neku moju spavaćicu.

– Spavaću u vešu. Moram da razmislim šta ću sutra da radim.

Onda priđe i zagrli me, i to je toliko neočekivano da mi zastane dah.

– Hvala vam, Mejbel – kaže.

Zatim se odvoji od mene i ode u gostinsku sobu, a ja ostanem da stojim u hodniku, još topla od vreline njenog tela.

29.

Nekoliko dana nakon toga, Džuli sedi na mom kauču i prelazi prstom po telefonu. – Zašto je morala da se uda za nekog ko se preziva Blek? Ima na stotine Doroti Blek. Kako ono rekoste da joj se zove muž?

– Tomas – kažem.

To čak i ne pokušava da nađe. Obe znamo da će biti mnogo stranica s ljudima koji se zovu Tomas Blek.

– A deca?

Prisećam se razgovora s Keti. Na trenutak se nosim mišlju da odem po beležnicu, ali se onda setim.

– Džon i Vilijam.

I tek tad shvatim. Vilijam. Bil. Dala je sinu ime po svojoj prvoj ljubavi? I ako jeste, da li je njen muž to znao? Oči me peckaju od suza pri pomisli da je Bil na neki način nastavio tako da živi. Ako je to bio način da mu se oda počast, onda je stvarno prelep.

– Šta vam je? – pita me Džuli.

– Ništa. Samo sam se... setila nečeg.

Smišljam nekoliko zaduženja za Džuli, a kad ona ode na sprat, sedam u fotelju i pokušavam da zamislim Dot kao porodičnu ženu. Kako kuva dok se dečaci igraju napolju, ili im pomaže da urade domaći zadatak, ili gleda kako njen muž uči sinove da igraju fudbal. Mogu li to da zamislim? Čini mi se da mogu. Što se više trudim, sve je lakše.

Pitam se šta smo Artur i ja radili onog dana kad je hodala ka oltaru. Jesmo li išli u šetnju ili na ručak, ili smo se pak vrzmali po vrtu? Neki budalasti delić mog uma misli da je trebalo to da znam. Gde god da sam bila i šta god da sam radila kad je rekla „da", trebalo je da to osetim. Ali to je glupost i neću dozvoliti toj misli da se za-pati.

– Mislite li da treba da odustanemo? – pitam je.

Džuli me pogleda kao da sam predložila nešto krajnje sumanu-to, kao što je skijanje na vodi ili padobranstvo. – Da odustanete? Ne, Mejbel, ne odustajemo.

– Ali rekli ste da ima na stotine Doroti Blek.

– Da, jesam. Ali to znači da neće biti lako, a ne da odustajemo. Štošta u životu nije lako, Mejbel. Dovoljno ste stari da znate to bolje od mene.

Jesam. Po mom iskustvu, malo šta je lako. Ali ponekad se zapi-tam kako bi bilo da se nisam upustila u ovo. Da sam se samo usred-sredila na nova prijateljstva koja su mi iskrsnula, na novu iskru ži-vota koju su mi ove žene dale, umesto što tražim onu koja me je nekada davno vratila u život. Sve se menja s godinama, i moguće je da Dot više nije osoba koju sam poznavala. Zar ne mogu samo da uživam u ovim ženama koje su sad tu, oko mene? Zašto to nije dovoljno?

Znaš ti zašto, kažem sebi.

Sa sprata se čuje otvaranje vrata, na šta Džuli preneraženo stavi ruku preko srca. – Ima li nekog gore?

– Da, Erin je ovde.

– Aha. Da li ona... sad živi ovde?

Ne znam šta da joj odgovorim. Erin silazi u kariranoj flanelskoj pidžami i obema nam mahne za dobro jutro pre nego što produži u kuhinju da skuva čaj.

– Trenutno je tu – kažem. – Nisam sigurna koliko će to trajati.

– A znaju li njeni da je ovde?

– Znaju – kaže Erin i progviri iza vrata. – Da li je neko za čaj ili kafu?

– Čaj, molim – kažem. – A i Džuli će isto. Vreme joj je za pauzu.

– Pa nisam ovde ni dvadeset minuta!

– Svejedno.

Džuli počinje da mi glasno šapuće.

– Samo hoću da budem sigurna da vas ne iskorišćava.

– Ne iskorišćava me – kažem. Ne podižem glas, ali sam nepo-kolebljiva.

– Znate, ipak je poznajete tek odnedavno.

– Ni vas ne poznajem mnogo duže.

Ne zna šta da kaže na to, a i Erin baš tad ulazi sa šoljama.

– Ovako – kaže dok spušta jednu šolju na prozorsku dasku za mene, a drugu na stočić ispred Džuli. Kao i uvek, skuvala je čaj tačno kako treba. – Znam da se brinete za Mejbel i da ste joj dobra prijateljica. Nisam se uselila ovde. Samo mi je bilo potrebno da se na neko vreme sklonim od mojih, a Mejbel mi je ljubazno ponudila sobu. Neću ostati još dugo.

Kao da mi je neko opalio šamar. Prošlo je svega nekoliko dana, ali već sam se navikla na to da ponovo imam nekog u kući. Ona kasno ustaje pa ne doručkujemo zajedno, ali često mi donese šolju čaja i ostane da proćaskamo. Priča mi šta je radila u školi i o svojim planovima za studije. Ponekad me crta dok zavaljena u fotelji gledam kroz prozor. Čak i kad je gore u svojoj sobi, kad sluša muziku ili se bakće telefonom, naprosto mi je drago što znam da je neko tu. Nisam to priznala sebi, ali nadala sam se da će Erin ostati ovde.

– Planiraš da se vratiš kući? – pitam je najstaloženije što mogu.

– Pa moram, zar ne? – pita ona.

Ne, pomislim. Ne moraš da živiš s tim ljudima koji te ne vole takvu kakva si. Ostani ovde, sa mnom, i ja ću te voleti. Ali ne mogu to da kažem naglas. Kao što je Džuli istakla, ne poznajem je dovolj-no dugo.

– Kako su reagovali na tvoj odlazak? – pita je Džuli.

Erin slegne ramenima. – Mislim da uopšte ne kapiraju. Misle da dramim jer me drmaju hormoni. Nikada nisu pogledali sebe i zapitali se jesu li možda negde pogrešili.

– Takvi su ljudi – kažem, na šta se obe osvrnu ka meni. – Mi-slim, obično ne vide sopstvene mane, zar ne?

– Možda – kaže Erin.

Neko vreme ćutimo.

– Kakvi su vam planovi za doček? – pita Džuli.

Čekam da Erin odgovori. I sama sam htela isto da je pitam jer sam želela da provedem to veče s njom, da joj dam novac i zamolim je da nam kupi nekoliko petardi za vatromet. Uvek sam volela dramu koja ih prati, čitav taj spektakl, ali Oli ih se užasavao, tako da već godinama nisam videla nijednu u blizini. Ali sigurna sam da ona ima drugačije planove.

– Verovatno će nas nekoliko iz škole otići u *Karpenters* – kaže Erin, mada ne zvuči naročito oduševljeno.

– A vi? – pitam Džuli. – S Martinom?

Ona krivi lice. – On će izaći sa svojim pajtašem Džejmijem. Kaže da su se tako dogovorili još pre nekoliko meseci.

Veruje li ona u to? Da li bar neki delić njenog uma sumnja da će se on ipak naći sa onom Estel, dok je priča o Džejmiju samo paravan? Neću ništa da pominjem, jer ako mu ona veruje, onda je sve u redu.

– Dakle, vi ćete biti sami? – pitam je.

– O da, ali ionako nikad nisam naročito volela doček. Verovatno ću već u pola jedanaest biti ušuškana u krevetu sa šoljom kakaoa.

Pozvala bih je da dođe ovamo, ali najednom mi je glupo. Vidim li u ovim prijateljstvima više od onog što stvarno jesu? Preti li mi opasnost da postanem ona dosadna baba koja ih ne ostavlja na miru? Stoga ćutim i razmišljam o tome kako će svaka ostati kod svoje kuće i sama provesti poslednje veče u godini, što je stvarno šteta. U sobi zavlada tišina, ali nije neprijatno.

– Pa, odoh da se obučem – kaže Erin, pa pokupi šolje i odnese ih u kuhinju.

– Ne brinite zbog nje – kažem Džuli kad je Erin otišla na sprat. – Mislim, zbog mene. Ona je dobro dete. Samo je pomalo izgubljena, ništa drugo.

– Lepo je od vas što ste je primili – kaže Džuli. – Samo vas molim da vodite računa o sebi koliko i o njoj.

Zatim ustaje i odlazi da radi nešto, a ja ostajem prepuštena svojima mislima. Da li bi se ovo sa Erin desilo i da je Artur živ? Ne mogu ni da zamislim kako bi izgledalo da ona bude ovde s nama. Doduše, ne mogu da zamislim ni kako bismo se nas dve upoznale dok je on bio živ. Sećam se našeg prvog susreta, onda kad sam strpala teglicu pikalilija u tašnu, i potpunog odsustva osude u njenim očima kad sam podigla pogled i shvatila da me je videla. Nekadašnja Mejbel nikad ne bi to uradila. Pa ko je onda ova sadašnja Mejbel? Žena koja krade po prodavnicama, sklapa prijateljstva s tinejdžerkama i upliće se novim prijateljicama u život ne bi li ih nekako usrećila? Jesam li ponosna na osobu kakva sam postala? Ne baš. Ali biću, pomislim. Radim na tome.

Kad se začuje kako neko odsečno kuca na vrata, Džuli dovikne da će ona otvoriti, pa zato ne ustajem.

– Uđi – čujem kako kaže nekom. – Jesi li dobro? Ne, dobro je što si me potražila ovde. Šta se desilo?

Ulaze u dnevnu sobu, i ne moram da se osvrnem da bih znala da je to Patriša jer prepoznajem njen parfem, miris sunca i plaže. Plače.

– Strašno je ljuta na mene – kaže. – Ubeđena je da sam ja to uradila.

– Šta? – pita Džuli.

– Dobila je poruku, upozorenje da Džef ima drugu. To ju je navelo da se vrati ovamo. Ali razgovarala je s njim i on se kune da to nije istina, a ona tvrdi kako ne želi da poveruje da je to moje maslo, ali ne zna ko bi drugi imao motiv. Motiv! Kao da istražuje zločin.

– Ali to je glupost – kaže Džuli. – Ti nikad ne bi uradila tako nešto.

– U tome je problem – kaže Patriša. – Očajnički sam želela da se vrate. Nisam to bila ja, ali bih *možda* uradila nešto slično da mi je palo na pamet.

– Nije stvar u tome. Nisi to uradila, a ona te optužuje da jesi, i zato treba to isterati na čistac. Hoćeš li da ja razgovaram s njom? – pita je Džuli.

Zamišljam Džuli kako ruši sve pred sobom i znam da ne smem to da dopustim.

– Ja sam poslala tu poruku – kažem.

Obe se osvrću ka meni kao da su potpuno zaboravile da sam uopšte tu.

– Vi, Mejbel? – pita Patriša. – Ali zašto ste, pobogu, to uradili?

Zurim u tepih jer ne mogu da podnesem izraz Džulinog lica. Duboko razočaranje. Neverica.

– Želela sam da budete srećni – kažem snebivljivo. – Htela sam da pomognem. Vas dve ste meni toliko pomogle, pa sam htela nekako da vam se odužim.

– Ali morali ste znati da to ne može izaći na dobro, da će sve izaći na videlo – kaže Patriša malo blažim glasom.

Jesam li bila svesna toga? Ili nisam razmišljala dalje od dela u kom Sara poveruje da je Džef prevrtljiv i vrati se kući?

– Ne mogu da verujem, Mejbel – kaže Džuli. – Prvo ono s Kerstinim roditeljima, a sad ovo. Da mi je znati kako ste se umešali u moj život!

Šali se, ali ako sam već rešila da priznam, onda je bolje da idem do kraja. – Pa – kažem – znala sam da će Martin biti u *Karpentersu* one večeri kada smo izašle.

Dižem pogled i vidim da je preneražena. Nije očekivala da sam spremna na tako nešto, da mogu tako da utičem na događaje. I ne krivim je, jer nisam ni ja.

– Kako? – pita me.

– Na ulici sam slučajno čula kad se dogovorao u vezi sa izlaskom. Ali to sad ionako nije važno, zar ne? Mešala sam se u sve, i samo sam pogoršala stvari. – Ne znam jesu li primetile da mi glas podrhtava.

– Ne u mom slučaju – kaže Džuli.

Nisam sigurna što se toga tiče. Njeno pomirenje s Martinom nije ispalo uspešno koliko sam isprva mislila da jeste. Kao prvo, on se nimalo ne kaje, a kao drugo, Džuli je i dalje tužna.

– Mogu li nekako to da ispravim? – pitam Patrišu.

Ona mi se nasmeši i po tome znam da je već na pola puta da mi oprosti. Prosto je takva.

– Mislim da možete pokušati – kaže.

30.

– Eto, tako je bilo. I sad se stidim. Izvinite.

Imam mnogo prilika da vežbam izvinjavanje. Artur bi se slatko smejao.

Sara pilji u mene. Sedimo u kuhinji, a Patriša je s devojčicama u dnevnoj sobi, čuje se televizor. Sve tri, i Sara i obe njene ćerke, nasledile su Patrišinu visinu i krupne plave oči, s tim što na svakoj to izgleda drugačije. Sara je blago pogrbljena, kao neko ko je oduvek želeo da bude niži. Saša, starija devojčica, deluje kao divljakuša, dok mlađa Ajris izgleda kao da je stalno iznenađena.

– Igrate se ljudskim životima – kaže ona.

Zanimljivo je što ima blag američki naglasak iako nikad nije živela tamo. Očigledno majčin uticaj, pomislim.

– U pravu ste. Ali, znate, ni Džefa ni vas nisam videla kao stvarne ljude. Mislila sam samo na Patrišu i na to šta bi bilo najbolje za nju. Svesna sam da sam pogrešila.

Ona me zbunjeno gleda. – Ali zašto ste mislili da bi za mamu bilo najbolje da se vratimo ovamo? Znam da smo joj nedostajale, ali stalno sam imala utisak da se raduje što ponovo ima kuću samo za sebe.

– Nije tako – kažem. Odmahujem glavom. Bar sam u to sigurna.

– Ne, bila je usamljena.

I tek tad shvatim da za usamljenost ima i drugih lekova izuzev vraćanja onih koji su nekada bili tu. Ja sam bila usamljena bez Artura, a Patriša bez Sare i njenih ćerki, ali to ne znači da oni treba da se vrate. To bi u mom slučaju bilo nemoguće. A u njenom, shvatila sam, ne bi bilo preporučljivo. Ima raznih izlaza iz usamljenosti. Možemo pomoći jedni drugima da ih pronađemo. A onda se setim

Džuli. I ona je bila usamljena. Da li je pomirenje s Martinom bilo dobro za nju? Nisam više sigurna u to kao pre.

– Češće ćemo je posećivati – kaže Sara. – I zvati. Naučiću ćerke da joj šalju video-poruke.

– To će joj se dopasti. Dakle, ipak se vraćate?

Ona klima glavom. – Moram da pokušam. Džef je dobar čovek. Mama nikad nije imala nikoga, a ja ne želim da ponovim njenu grešku.

Da li je uvek pogrešno ići sâm kroz život? Razmišljam o sebi i Arturu, o Bilu i Dot, Džuli i Martinu, Erin i Hani. A onda prestanem da razmišljam i prosto prihvatim da je to ono što je najbolje za nju u ovom trenutku. Patriši će ponovo prepući srce, i za to ću ja biti kriva. Moraću da priznam to i učinim sve što je u mojoj moći da joj pomognem.

Pozdravljam se i polazim ka vratima. Sara me prati. – Doviđenja, Patriša – dovikujem.

– Zašto je zovete Patriša? – pita me Sara. – Niko je ne zove tako. Živa istina. Patriša dolazi u predsoblje.

– Jeste li dobro, Mejbel? – pita me.

Dobra je to žena. Ja sam ta koja je pogrešila. To je nesporno. A ona je i dalje zabrinuta za mene. – Jesam – kažem. – A vi?

Ona pogleda ćerku, i učini mi se da joj je usna malčice zadrhtala. – Biću.

Sara pruži ruku da zagrli majku, i lepo se vidi da između njih postoji povezanost koju nikakva daljina neće moći da prekine. Porodica je nešto što imaš za čitav život. Zauvek.

– Hvala vam što ste me saslušali, Saro – kažem. – A i vama, Peti, što ste mi pružili priliku da objasnim.

Iznenadila se kad sam je oslovila nadimkom, ali ništa nije rekla.

– Navratiću ovih dana, Mejbel.

– Samo izvolite.

Na povratku se setim da mi trebaju neke sitnice iz supermarketa. Mogla bih da javim porukom Erin da mi ih donese, ali, da budem iskrena, ne ide mi se kući. Počela sam da uživam kad sam napolju i u svemu što to uključuje. U susretima s ljudima i ćaskanju. Odlazim na groblje. Nema nikoga na vidiku, pa zato sedam na klupu.

– Ne bi verovao šta se dešava – kažem. Danas sam prvo došla na Arturov grob. – Imam novu prijateljicu. Zove se Erin i trenutno boravi u našoj gostinskoj sobi. Ima sedamnaest godina. Pametna je i zabavna, ali pomalo izgubljena. Mnogo mi znači. Kao i Džuli, žena koju si unajmio da mi pomaže, i još dve druge. Nisam shvatala koliko sam bila odsečena od sveta, koliko smo bili izolovani, sve dok nisam ostala prepuštena sama sebi. – Zastajem na trenutak pre nego što ću izgovoriti ono što sledi. – Znam da sam te ponekad sputavala. I izvinjavam ti se zbog toga. A da, naučila sam i da se izvinjavam. Bolje ikad nego nikad, zar ne?

U poslednje vreme najviše primećujem promene na sebi upravo dok razgovaram sa Arturom. Sad sam drugačija osoba. A on će uvek biti isti. Bila sam ubeđena da je kasno da se menjam, ali nisam bila u pravu. Kasno je samo kad umreš. Ova Mejbel kakva sam sad više podseća na onu koju je upoznao nego na onu s kojom je proveo toliko godina u braku. Pre nego što je Bil umro, pre nego što je Dot otišla, kad sam bila daleko bezbrižnija.

Jednom smo sve četvoro otišli u bioskop. Bil i Artur su hteli da gledaju vestern koji se tek pojavio, a Dot i ja se nismo protivile jer nije bilo ničega što nam je naročito bilo stalo da vidimo. Dot je bila orna za nestašluke, rekla je da joj se ne sedi u mraku cele večeri nakon što je čitav dan presedela na poslu, ali oni su već bili kupili karte, a niko od nas nije imao novca za bacanje, tako da smo ipak otišle. Uvek je bilo pipavo kad treba odlučiti ko će sedeti do koga, i sećam se da je Dot te večeri šmugnula i smestila se pored Artura, tako da je ljutitom Bilu preostalo da mi bude s druge strane. Te večeri je padala kiša i takoreći smo utrčali u biokop i otresli kišobrane u predvorju. Kad smo seli, osvrnula sam se da pogledam Dot i videla joj kišne kapi na trepavicama. Zatreptala je da ih skloni, a zatim mi se nasmešila, pa se nagnula i šapnula mi kako bi bilo bolje da smo otišle na žurku.

– Emili s posla je pozvala nekoliko ljudi – rekla je.

– Ali nas nije.

Samo je slegnula ramenima kao da je to potpuno nevažno i šapnula da ćemo se, bude li film dosadan, išunjati za vreme pauze i otići kod Emili.

Nisam ni gledala film. Propustila sam početak i posle nisam mogla da uhvatim nit priče, a nisam se naročito ni trudila. Bila je pljačka voza, pa pucnjava s konja u galopu, i bilo je dosadno. Razmišljala sam o Emilinoj žurki i kako bi bilo bolje da smo tamo, jer je Dotin vreli dah u uvu probudio nešto u meni. Plesalo mi se.

Na pauzi smo otišle u ženski toalet da popravimo ruž.

– Umirem od dosade – rekla je i naslonila se leđima na umivaonik. – Mogle bismo da odemo? Zar ne?

Želela sam to, ali me je sprečavalo osećanje dužnosti, obaveze. Pristale smo da izađemo, pustile Bila i Artura da nam plate ulaznice. A shvatila sam i da sam ipak vezana za obojicu, dok je Dot vezana, ako se to uopšte moglo tako nazvati, samo za Bila.

– Da li ga voliš? – pitala sam je. – Bila.

Pitala sam je to nekoliko puta, ali nikad mi nije dala jasan odgovor.

– Kakve to ima veze? – odvratila je. – Daj, Mejbel, hajde da makar jednom uradimo nešto uzbudljivo.

– Kakva je to žurka? – pitala sam je.

Više smo gledale jedna drugu u ogledalu nego pravo u njega, i to je bilo čudno, kao da ne stojim tik do nje, kao da nam se mišice gotovo ne dodiruju. Nanela je puder na čelo i prevrnula očima.

– Žurka kô žurka, Mejbel. Znaš šta je žurka. Piće, ples, dobro raspoloženje.

– Ali nismo obučene za izlazak.

Imala sam dug spisak izgovora, i ona je to znala.

– E pa, ja idem – rekla je.

Zinula sam. – Sad? Stvarno?

– Stvarno – rekla je.

Kad smo izašle iz toaleta, nismo zatekle nikoga u predvorju. Pretpostavile smo da su se Bil i Artur vratili na sedišta.

– Kaži im da me je zaboleo stomak ili tako nešto – rekla mi je Dot.

Pogledala sam je. Nije mi se mililo da se vratim tamo i gledam drugu polovinu filma koji me ne zanima. Želela sam da pobegnem s njom, u noć, u pustolovinu. Hoću li moći?

– Idem i ja – rekla sam.

Da li je sve vreme znala da ću pristati? Bilo joj je teško odoleti. Pružila je ruku, a ja sam je prihvatila, i onda smo zajedno gurnule teška vrata i izašle kikoćući se. Znala sam da nas čeka mnogo objašnjavanja i izvinjavanja. Da će Bil čekati da se vratim kući, smrknutog lica. Ali to će biti posle, a sad smo Dot i ja išle na žurku, uradile smo nešto što nismo smele, bile smo neobuzdane i slobodne onako kako možeš jedino kad si mlad.

Ne sećam se mnogo pojedinosti sa žurke, osim da je Dot popila previše vina pa je povraćala kad smo pošle kući, da se Emili iznenadila što nas vidi ali nas je ipak pustila da uđemo, da smo se mnogo smejale i razgovarale, i da je bilo mnogo zabavnije od filma. Kad sam se vratila kući, lakog koraka i ušiju još punih muzike, u kuhinji sam zatekla Artura i Bila. Noć je istog trenutka izgubila draž.

– Bilo je to glupo – rekla sam.

Bil je bio besan, ali Artur se smejuljio. I tad sam shvatila da je ta pustolovna žica koju je Dot izvukla na površinu deo onoga što mu se sviđa na meni. Nije znao, kao ni ja, da će to nestati zajedno s njom i da će on čitav život provesti u braku sa ženom koja uvek ide na sigurno.

– Trebalo je da budemo pustolovniji i tačka – kažem.

Zamišljam Artura kako sedi do mene na klupi i klima glavom u znak da se slaže. Ustajem i odlazim do grobova svoje porodice.

– Potraga za njom polako napreduje. Za Dot.

Zašto sam to čuvala za njih, zašto sam prećutala Arturu? Da li se čak i sad plašim njegovog neodobravanja?

– Ali teže je nego što sam očekivala. Ne mogu da shvatim kako neko kao Dot može da se izgubi. Bila je tako upečatljiva, zar ne? Neponovljiva! Prosto sam podrazumevala da ću je lako naći. Valjda sam svih ovih godina mislila da ću, ako i kad budem htela da je nađem, to biti jednostavno.

Dok kasnije ležim u krevetu i počinjem da tonem u san, najednom se prenem. Setila sam se Bilovog lica te noći, i koliko je bio ljut zbog moje i Dotine izdaje. Svih ovih godina mislila sam da je bio ljut na mene, ali šta je s Dot? Ako nije mogao da pređe preko toga što se iskrala, što je vragolasta, onda nije bio pravi čovek za nju. Da je poživeo i da su se venčali, sigurno im ne bi išlo. Nikad nisam razmišljala o tome, i zato sad iznova vrtim to po glavi i ponavljam naglas u praznoj sobi.

– Ne bi im išlo.

To sve menja.

31.

– Ako ne ide... – kažem.

Ne znam kako da dovršim rečenicu, pa je ostavljam da visi u vazduhu. Očigledno je šta sam htela da kažem.

– Ići će – kaže Džuli. – Mora.

Izgleda iznureno. I staro. Sećam se kako se pre smejala sa mnom i Patrišom, takoreći čitavim telom. Već neko vreme nisam to videla.

– Kersti će navratiti – kažem, jer osećam da je druga tema zamrla, a ja ne znam kako da je oživim. – Rekla je da će dovesti Olija u posetu.

– O, to je baš lepo. Pozovite me kad dođe, pa ću odmah pristaviti vodu za čaj za vas dve.

– Možete i vi da nam se pridružite – kažem.

Još se natežemo oko toga što ona želi da bude korisna i zaposlena svakog minuta koji provede ovde, dok bih ja volela da se oraspoloži i ćaska sa mnom. Granice su se zamaglile, pošto mi je ona sad prijateljica, i svesna sam toga, ali pritom dobija platu za vreme koje provodi ovde. Je li tako? Računam u sebi koliko ovo traje. Došla je u novembru, sećam se da sam odmah izračunala da tri meseca koja je Artur platio ističu krajem februara. Ostalo je još nekoliko nedelja.

– Pa, odoh da vam presvučem posteljinu i stavim je da se pere – kaže ona.

A ja ne odgovorim ništa nego je pustim, pošto volim da legnem u čisto. Artur je imao običaj da kaže da mu je u nedelji najdraži onaj dan kad menjamo posteljinu. I uvek bi ispustio isti zvuk kad legne, nešto kao uzdah zadovoljstva. Isto tako je uzdisao još jedino kad zagrize jagodu. Čudno je koliko sitnica znaš o nekome posle toliko godina. I sad mogu da čujem taj uzdah, iako znam da ga nikada više neću čuti. Jednom je predložio da menjamo posteljinu dvaput nedeljno, ali ubrzo sam prekinula to. Ipak sam sve sama prala i sušila. Ali složili smo se da se ništa ne može meriti sa onim osećajem kad gurneš nožne prste u čiste čaršave.

Kersti pristiže s Doti i Olijem malo nakon što je Džuli otišla na sprat, i u kući je najednom postalo živo, gotovo haotično.

– Treba da je presvučem, mogu li? – pita me.

Nije da mogu da kažem ne, jelda.

– Otići ću u trpezariju – predloži zatim. – Vidi, Oli, pa to je Mejbel!

Pokušava da ga nagovori, ali on me i dalje odmerava isto kao pre, kao manju neprijatnost, nekoga čije si prisustvo prinuđen da istrpiš. Ne može se poreći da je mnogo veseliji otkad živi s njom. Ona me uverava da je ćudljiv, ali kad god sam bila onde, uvek se motao oko nje i mahao repom. Reklo bi se da mu je čak i beba draga.

– Da odem? Mislim, u trpezariju.

– Ne, ne. Obavite to ovde.

Doti plače, lice joj je grimizno. Na to se setim onoga kad je jedna daktilografkinja donela svog tek rođenog sinčića i kako smo se na pauzi sve sjatile da ga vidimo. Zbacio je bio jednu čarapicu s noge, a Dot ju je podigla s poda i pokazala mi kolicna je, a zatim ga uhvatila za nožne prstiće i počela da se pretvara da će ih izgrickati. Majka je bila zatečena, ali mali se zacenio od smeha. A onda je smeh utihnuo jednako naglo kao što je počeo, lice mu se smrklo i počeo je da urla.

– Jel' gladan? – pitala je Dot u pokušaju da bude korisna.

– Ili to, ili je problem s druge strane – odvratila je majka. – Uvek je jedno ili drugo.

Bila je to samo uzgredna opaska, ali setila bih je se kad god Artur pomene mogućnost da imamo decu. Nisam mogla da zamislim ništa gore od mogućnosti da trebam tom malenom biću, da stalno moram da ga hranim ili presvlačim. Doti mi je pokazala i drugu stranu toga, pošto je u mom prisustvu uglavnom ljupka. Igra se, posmatra nas dok razgovaramo i blebeće nešto za sebe.

Ali ovo sad, ovaj zvuk, to je nešto drugo. Od nelagode počinjem da kršim ruke. Da li da joj ponudim pomoć? Kersti očigledno vlada situacijom. Izvadila je crni smotuljak, razmotala ga i izvukla pelenu, vlažne maramice i torbicu s mnogo zakopčanih džepova. Sad ga smešta na pod i vidim da je posredi minijaturna podloga za povijanje. Šta sve neće izmisliti! Spušta Doti i pridržava joj glavu. Kad me smrad zapahne, svojski se trudim da to ne pokažem. Neizdrživ je. Izvinjavam joj se i kažem kako moram u kuhinju da pristavim vodu za čaj. Tamo stojim podbočena i duboko udišem čist vazduh.

Ne, prosto nisam rođena za to. Majčinstvo. Ali to ne menja činjenicu da bi Artur bio prvorazredan otac. Ne znam kako bi jedan sjajan i jedan grozan roditelj uticali na dete, pogotovo kad je onaj grozan majka. Ali zato sad znam da je Dot uradila to. Dva sina. Uključujem i taj podatak u sanjarije o njenom životu nakon odlaska. Dot menja pelene, odvodi u školu i dovodi, priprema nebrojene obroke, vodu za kupanje, ustaje usred noći da rastera čudovišta i košmare. Čini mi se da je ne poznajem. Potpuno je drugačija od osobe koju sam nekada davno poznavala, baš kao i ja. Ali to ne mora da bude loše, zar ne?

– Šta radite tu?

To je Džuli. Nisam čula kad je ušla.

– Htela sam da pristavim vodu – kažem, pa uzimam čajnik i nosim ga ka sudoperi.

– Pustite mene – kaže ona i uzima mi ga iz ruke.

Prepuštam joj ga, pošto mi je ipak pretežak sad kad je pun.

– Čime ste naljutili Doti? – pita me ona sa osmehom.

– Ja? Ništa nisam uradila!

– Šalim se, Mejbel.

– Samo je presvlači – kažem. – Ona se.... bila se... uneredila.

– Tako vam je to s bebama – kaže Džuli.

Pitam se šta ona zna o bebama i koliko je prilika imala da se bavi njima. Ili, kao ja, pojma nema o svemu tome.

Kad smo se vratile u dnevnu sobu, vidimo da je Doti presvučena, a smotuljak uredno zapakovan. Onaj vonj se još oseća.

– Možete li da je pripazite dok ja ne iznesem ovo i operem ruke? – pita me Kersti i pokazuje torbu.

Čini mi se da joj je glas drugačiji. Govori malo mekše, kao da se njen prvobitni akcenat – onaj koji imaju njeni roditelji – ušunjao natrag. Ali sasvim malo.

– Svakako – kaže Džuli.

Zatim prilazi i seda na pod do Doti, koja je sad na sve četiri i klati se.

– Jel' propuzala? – pitam, pomalo uplašena da bi nam mogla pobeći.

– Još nije. Pokušava. Verovatno će prvo krenuti natraške pre nego što nauči kako treba.

Natraške. Otkud ona to zna?

Kersti se vraća, uzima svoju šolju i otpija veliki gutljaj.

– Ovo je savršeno – kaže. – Od jutros sam skuvala tri šolje, a nijednu nisam popila.

Džuli se nasmeje, a mene obuzme sažaljenje. Ako nemaš vremena ni da popiješ šolju čaja, šta sve onda Kersti propušta? I kako se usred svega toga seti ko je ona zapravo?

– Jesam li vam rekla da sam počela da idem na časove joge za mame?

Mi odmahujemo glavom.

– Utorkom uveče. Čim Ben dođe s posla, ja zaždim na vrata kako bih stigla u mesnu zajednicu na vreme. Uvek stignem tamo izbezumljena, srce mi lupa i imam utisak da sebi činim više štete nego dobra. Ali lepo je videti se s drugim mamama.

Onda nas pogleda i kad shvati šta je rekla, rukom pokrije usta. – To ne znači da onima koje nisu mame nešto fali – kaže.

Džuli samo odmahne rukom. – Razumemo te. Treba da se viđaš sa ženama svojih godina, a pogotovo s drugim majkama.

– A otkud vi znate toliko o bebama? – pitam.

Džuli se osvrne ka meni. – Ja?

– Da. Pitam jer znam da nemate dece, a vidim da se razumete u to.

– O, znate već, moje prijateljice imaju decu, a imam i sestričinu.

To je novost. Sećam se da je uvek izbegavala razgovore o braći i sestrama.

– Sestričinu? Koliko joj je godina?

Pogled joj postane čežnjiv, vidi se da bi najradije povukla ono što je rekla. Ili možda samo tu reč. *Sestričina*.

– Dvadeset. Sad je na studijama, ali provodila sam dosta vremena s njom kad je bila mala.

Odlažem to među ostale stvari koje znam o njoj. Sad nije trenutak da se time bavimo. Džuli očigledno deli moje mišljenje, pošto brže-bolje menja temu.

– Šta se dešava s tvojim roditeljima, Kersti? Jesi li ih videla od...

Nema potrebe da izgovori reč *slavlje*. Svi znamo šta se tad desilo.

– Razgovarali smo telefonom nekoliko puta – kaže Kersti. – Pokušavamo da nađemo zajednički jezik.

To je bolje nego kad sam poslednji put razgovarala s njom. Baš me zanima da li je i Džuli primetila onu promenu u govoru. Pitaću je kasnije, kad ostanemo nasamo.

– Ben želi da se venčamo – kaže ona. – A ja sam ga stalno odbijala jer nisam bila spremna da ga upoznam s njima. I još nisam. Ali radim na tome. Rekla sam mu da bismo se možda mogli venčati sledeće godine.

Džuli na to ispusti nekakav zvuk nalik cijuku. – Zamislite Doti kako se švrćka unaokolo. Mogla bi da nosi cveće, ili burme.

Kersti se široko smeši. – Moraću da nađem neko zaduženje i za Olija. Sad moram da idem. Treba da nahranim ovu ovde, a posle imam jogu. Upoznala sam novu drugaricu tamo – zove se Estel i sad je prvi put trudna, pa svake nedelje ima hiljadu novih pitanja o svemu, od porođaja do rasporeda spavanja.

Uto zaćuti jer primeti da se Džuli sneveselila. Ni meni nije promaklo to ime. Nije baš često.

– Šta je bilo? – pita Kersti.

– Jesi li rekla *Estel*? – pita je Džuli, a u glasu joj se čuje leden prizvuk.

– Da. Božanstveno ime, zar ne?

– Visoka, riđokosa?

– Da! Poznajete je?

– Ja ne, nego moj muž.

Kersti u tom trenutku shvati i pokrije usta šakom.

– Ne mora da znači da... – počnem.

– Saznaću šta to znači – kaže Džuli, a onda se obuje i izađe. Nikad je nisam videla tako žustru.

– Sranje – kaže Kersti kad smo ostale same. – Nisam htela da...

– Naravno da niste – kažem. – Kako ste mogli da znate? Pored toga, još ne znamo zasigurno.

– Ali ne sluti na dobro, zar ne?

U pravu je, ovo ne sluti na dobro. Ustajem da je ispratim, a Oli se izmakne kad pokušam da ga pomazim po glavi. Najednom je čudno u kući, zavladala je tišina posle onoliko dževe. Palim televizor kako ne bih razmišljala o onome što se sad odvija u Džulinoj kući. Nadam se da smo pogrešile. Ali osećam da nismo.

32.

– Kuća je tako pusta.

Peti je tužna i znam da moram nešto da preduzmem. Zato sam i predložila Džuli da dođemo ovamo i pokušamo da je malo razgalimo. Ispekla sam pogačice, a Džuli je kupila pekmez i krem, pa se sladimo u staklenoj bašti. I trebalo bi da sve bude prekrasno, ali je pomalo mlako.

– Smem li da pitam šta se dešava s Martinom? – pita Peti. – Juče sam videla Kersti, rekla mi je da je Estel trudna.

Kad sam je isto pitala jutros, bolno se namrštila, isto kao sad.

– On tvrdi da nije znao da je trudna – kaže Džuli. – U vreme kad se vratio. Rekao je da su raskinuli i da je to bilo samo prolazno.

– A sad?

– Rekla mu je pre dve nedelje. I da će roditi bio on s njom ili ne, pa je potom pokušavao da odluči šta da radi. I kako da mi saopšti.

Lice joj je izborano od bola, pretpostavljam da nije ni trenula noćas. Sve tri ćutimo. I to traje. A onda nešto kratko zapišti u kuhinji, mašina za pranje veša ili sudova, i prene nas iz razmišljanja.

– Šta ćeš da radiš? – pita je Peti.

– Kazaću mu da postupi kako dolikuje. Da joj se vrati, da budu porodica. Znam da u dubini duše to želi. Samo je kukavica.

Sigurno je strašno bolno, ne samo da ga gubi zbog druge žene nego zbog one koja je u stanju da mu pruži ono što ona ne može. Ponosna sam što je tako odlučila. Čini mi se da mu je mesto tamo, ako ona već čeka njegovu bebu i ako između njih još ima osećanja. Pogrešila sam. Ogrešila sam se o njih. O Džuli, jer sam namestila onaj susret u pabu. O Peti, jer sam na prevaru namamila Saru kući. A o Kersti time što sam htela na silu da je nateram da se pomiri sa svojima. Ne bih toliko zabrljala ni da sam se trudila.

– Mi smo tu... – kaže Peti.

– Kako to misliš?

– Pa, samo hoću da kažem da ne moraš kroz to da prolaziš sama, ne kao prošli put. Samo nas pozovi i pomoći ćemo.

– Hvala – kaže Džuli, mada se ne bi reklo da ju je to bogzna koliko utešilo.

Vidi se da bi Peti još nešto rekla, pa zato ćutimo i čekamo.

– Sara nije imala oca, pa zato mislim da je časno što daješ tom detetu šansu da ga ima.

– Ne znam da li je časno – kaže Džuli. – Prosto smatram da je tako ispravno. Hoću da kažem, možda im nije išlo jer nisu imali zdrav osnov za zasnivanje porodice, ali sad treba da pokušaju, zar ne?

Peti i ja klimamo glavom, a Džuli uzima drugu pogačicu. Dobro je. Čekala sam da neko drugi to uradi.

– A što se tiče Sarinog oca, onog kog nije imala – kaže Džuli. – Nešto sam razmišljala... Noel Edmonds?

Peti se glasno nasmeje. – Ne. Ma kakvi.

– Kris Tarant?

– Džuli, jesi li guglala sve poznate muškarce odgovarajućih godina?

– Možda.

– Hajde da pričamo o nečem drugom – kaže Peti. – O Dot. Da li se neko dosetio nečega što bi moglo da pomogne?

Silno sam dirnuta što su još u tom poduhvatu sa mnom, što im je još stalo da nađu moju prijateljicu, uprkos svemu kroza šta obe prolaze. Pričala sam im o poseti Keti Milton, ali Džuli predlaže da još jednom to pretresemo, da prođemo sve što je tad izgovoreno, za slučaj da nam je nešto promaklo. Stoga im ponovo kažem da je Dot udajom postala Blek, da joj se muž zvao Tomas, a sinovi Džon i Vilijam. Sve obična imena, pogotovo kad se spoje sa običnim prezimenom.

– Naravno, njeni roditelji bi još bili u Brajtmoru, ali su sigurno... – kaže Peti.

– Mrtvi – kažem. – Tačnije, za majku znamo zasigurno, a otac bi imao preko sto godina da je još živ.

Sedimo i ćutimo, razmišljamo, a onda Džuli podigne kažiprst.
– Pomenuli ste brata! – Ne mogu odmah da pohvatam konce. – Dot je imala brata? – pita Džuli.

– Da, jeste. Zvao se Čarls.

A onda shvatim.

– Čarls je bio mlađi od nas, što znači da je možda još živ. A on bi još bio Brajtomor.

Džuli uzima telefon i loguje se na onaj sajt koji je i pre koristila za pretragu. Peti i ja gledamo dok lupka prstom po ekranu. Osećam da smo na dobrom tragu.

– Dvojica – saopštava nam i pogleda nas ozareno. – Postoje dva Čarlsa Brajtmora odgovarajućih godina. Jedan je ovde u Sariju, a drugi u Škotskoj. Valjalo bi da počnemo od ovog u Sariju, zar ne?

Klimam glavom. Na trenutak pomislim da će nam reći adresu ili broj telefona, ali ona onda objasni da na sajtu samo piše da on postoji. I dalje ga moramo naći.

– Mogu da pokušam na Fejsbuku – kaže ona.

Dobijamo jedan nalaz s tim imenom, ali na profilu nema nikakve slike, samo ona nacrtana silueta. Džuli onda otvara njegov profil i počinje da ga pretražuje. Sve vreme drži ekran okrenut ka meni kako bih mogla da vidim. Nema mnogo, samo rođendanske čestitke i linkovi za članke koje je čitao. Ali onda nailazimo na sliku koju je postavio pre tri godine. Stariji muškarac i žena. Je li to on? Posmatram ga, znam da Džuli čeka da potvrdim ili kažem da je to neko drugi. Pogledam ženu. Ne poznajem je. Ali kako bih je i poznavala ako mu je to žena? Stoga se ponovo zagledam u njega, u to visoko čelo i izduženo lice. U smeđe oči i jak nos. Sećam se kako je Čarls imao običaj da gurne glavu u Dotinu sobu i kaže da je čaj na stolu i da njegovu mamu zanima imam li ja kuću, pa da zatim šmugne pre nego što ga nas dve stignemo.

– To je on – kažem.

Osećam da mi je dah kraći, još se nismo našle ovoliko blizu. Džuli mu šalje zahtev za prijateljstvo, a onda čekamo. Ona se nervozno nasmeje.

– Moglo bi da potraje – kaže. – Ne bi se reklo da je naročito aktivan korisnik. Mogli bi proći dani.

Posle toga se malo opustimo, jer znamo da je u pravu. Mala je verovatnoća da ćemo već danas saznati nešto o njemu. Ali nije isključeno. Počinjemo da čavrljamo o drugim stvarima, mada primećujem da Džuli svaki čas kradom baca pogled na telefon.

Pre odlaska kući zamolim je da mi javi ako sazna nešto.

– Razume se – odgovara ona. – Imam dobar predosećaj u vezi sa ovim, Mejbel.

I ja isto. Kući se vraćam vedra i bezbrižna. U nekoliko navrata shvatim da sam počela da zviždućem. Zato mi treba nekoliko trenutaka da se vratim u stvarnost kad me kod kuće dočekaju miris zagorelog tosta i Erin koja smrknuto sedi za trpezarijskim stolom.

– Jesi li dobro? – pitam je.

Obično je po povratku kući zateknem u kuhinji, kako sluša muziku na telefonu. Ili bude u svojoj sobi, dok se muzika probija ispod vrata. Navikla sam se na to. Ali danas je tiho, a izraz lica joj je kao da nije sigurna da li da pobesni ili da brizne u plač.

– Mislim da bi trebalo da se vratim kući – kaže mi.

To boli. Znam da je glupo, ali mislila sam da će ovo biti polutrajan aranžman. Počela sam da zamišljam kako će tokom studija dolaziti na raspust i pričati mi šta uči i šta radi.

– Zašto? – pitam je. – Nisi srećna ovde?

– Jesam. Ali mislim da ne mogu doveka da ih izbegavam. Nisam im rekla da odlazim, ne onako kako treba. Samo sam izjurila. A posle sam se ušunjala da uzmem svoje stvari kad nikog nije bilo kod kuće i porukom im javila gde me mogu naći u slučaju nužde. To ipak nije pošteno prema njima, zar ne?

Rado bih joj rekla da nije pošteno ni to što se ona oseća kao da joj nije mesto u sopstvenoj kući. I što samo zbog toga koga voli misli da nije dovoljno dobra ćerka ili sestra.

– To ti treba da odlučiš – kažem. Trudim se da mi glas zvuči smireno, a znam da se ipak čuje nagoveštaj razočaranja.

– Čini mi se da bi to bilo ispravno. Poslaću im poruku, pitaću ih kada svi imaju vremena, a onda ću otići i čestito popričati s njima o svemu, uključujući i mene i Hanu. Ako dobro to prime, vratiću se kući.

– A u suprotnom?

– Šta?

– Ako ne prime to dobro.

Ona me ojađeno pogleda. – Nisam sigurna.

– Pa dobro – kažem. – Nadam se da neće doći do toga, ali znaj da si ovde uvek dobrodošla.

– Hvala vam – kaže ona. A onda malo živne. – Da mi je onog dana kad smo se upoznale, znate, zbog pikalilija, neko rekao da će se to ovako završiti, rekla bih mu da je lud. Čudno je kako se stvari ponekad odvijaju, zar ne?

Jeste. Ko je ona tad bila za mene? Namrgođena tinejdžerka koja mi je učinila uslugu time što nije prijavila poslovođi da sam ubacila nešto u tašnu. A sad? Volim da je slušam kako se vrzma po kući kad odem na spavanje i da joj gledam izraz lica kad telefonom razgovara s drugaricama. Delom je to zato što imam društvo, što ponovo imam s kim da delim kuću, ali nije samo to posredi. Ovo je kao da mi se ukazala druga prilika da budem mlada.

– Da, baš čudno – složim se, a onda ustanem i odem u kuhinju da pristavim vodu.

Činim to tek koliko da se zaokupim nečim. Da ona ne bi primetila u kolikom sam rasulu zbog njenog odlaska.

– Ej! – dovikuje ona.

– Da?

– Trebalo bi da upriličimo posebno veče. Kineska hrana, neki dobar film, ili muzika, šta god vam je draže. Da obeležimo ovo.

Da ona nikad nije došla ovamo, šta bih radila večeras? Dremala uz neki film na televiziji? Prebirala sećanja i žalila što nije ispalo drugačije? Pokušavala da se nateram da čitam neki nov roman? Ali ona je sad tu i želi da proslavimo vreme koje smo provele zajedno. I nije važno što sam tužna, jer joj makar toliko dugujem. Spasla me je od mene same.

– Nikad nisam jela kinesku hranu – kažem, pa se priberem i vratim se u trpezariju, gde ona još sedi za stolom.

– Nikad?

– Ne.

– Ni prženi pirinač s jajima?

– Ne.

– Ni slatko-kiselu piletinu?

– To zvuči odvratno.

Ona već prelazi prstom po telefonu. – Prepustite to meni. Naručiću gozbu. Sve treba probati. Nećete zažaliti.

Razmišljam o tim njenim rečima i mnogo kasnije, nakon što smo se site najele, nakon što sam utvrdila da mi se ipak sviđa kineska hrana, nakon što smo puštale klasične pesme iz moje mladosti i ukočeno plesale po sobi kao onda na Petinom času.

Sve treba probati.

Nećeš zažaliti.

Sušta suprotnost načinu na koji sam provela život. Ali počinjem da mislim da je to ispravno.

33.

Budim se iz nemirnog sna, srce mi lupa a mozak pokušava da uhvati nešto pre nego što pobegne. Onog dana, poslednjeg dana sa Arturom, na pijaci. Pite, voće. Šta je to bilo? A onda se setim. Džoun Dženkins. Kako je ono rekla da se sad preziva? Gardner, Garner? Džoun Garnet. Tako je. Kad smo kasnije razgovarali o njoj, Artur je pomenuo da je poznavala Dot, zar ne? Ubeđena sam da jeste. Mogla bih da se vratim u Overberi i potražim je, da vidim jesu li ostale u kontaktu.

Otprilike sat kasnije čekam autobus. Jedan je od onih ledenih februarskih dana, pa sam zato dobro zabundana, imam šešir, šal i rukavice, ali svejedno moram da pognem glavu kako bih zaštitila lice od vetra. Ponovo je pijačni dan, pa ću poći istim putem kao onomad i nadati se najboljem. Sto puta sam ponovila u sebi razgovor koji je vodila sa Arturom ne bih li se setila gde je rekla da živi, ali bez uspeha. Bila sam se isključila, zar ne? Nije mi bilo ni nakraj pameti da bi to moglo biti važno. Autobus se zaustavlja i isprska me vodom sve do butina. Malo mi fali da odustanem i vratim se kući, ali onda se setim Dot i kako se trudila da preokrene svaku neprijatnost tako što bi zaplesala na kiši ili bila napadno uljudna prema nekom groznom, pa zato samo stisnem zube i ukrcam se.

Da sam rekla Džuli šta sam naumila, ponudila bi da pođe sa mnom. Razmišljala sam o tome. Ali trenutno mi se na neki način sviđa što ovo znam samo ja. Zamišljam kako joj saopštavam da sam uspela, da imam Dotinu adresu ili broj telefona. A ona me hvata za ruke i plešemo po dnevnoj sobi. I šta onda? Nisam imala hrabrosti da zamislim ono posle, odlazak do Dotine kuće ili telefonski razgovor. Šta ako ne bude želela da me vidi? Šta ako sve godine koje smo provele zajedno njoj nisu tako važne kao meni, ako sam samo jedna od mnogih s kojima više nema kontakt? Šta ako me odbije, ako mi zalupi vrata ili spusti slušalicu? Šezdeset dve godine je ipak mnogo, po svačijim merilima. Obe smo u međuvremenu proživele čitav život i možda se više ne bismo slagale kao nekad.

Rizično je, kocka. Ali zar to ne važi za sve ostalo? Za brak, karijeru, prijateljstva? A za ljubav? I za to što jednog hladnog dana pred kraj zime zapucaš autobusom da potražiš ženu koja je možda poznavala devojku koja ti je nekada bila najbolja drugarica?

– Overberi, centar grada – objavljuje vozač, a ja uzimam tašnu i ustajem pazeći da ne padnem. Pad u ovakvom trenutku, kad niko ne zna gde sam, bio bi prava katastrofa.

– Hvala vam – kažem i silazim.

On odlazi i pritom me ponovo isprska.

Ulice su pune sveta. Je li i onda bila ovolika gužva? Čudno je koliko mi je sve izgledalo drugačije kad sam imala Artura uza se, da me drži za ruku kad mi je to bilo potrebno. A sad se plašim. Plašim se da će neko naleteti na mene, ili mi oteti tašnu, ili da ću se okliznuti. Ali onda shvatim da se još više plašim mogućnosti da ću umreti a da ne nađem Dot, pa zato nastavljam dalje.

Oko kombija u kom se prodaju vruće krofne i šećerna vuna širi se miris šećera, koji me vraća u onaj dan kad smo otišli na vašar. Mama nije htela ni da čuje, govorila je da tamo vrvi od raznih probisveta i da nije bezbedno, ali je Bil uspeo da je ubedi. Uvek je znao šta treba da kaže da bi se ona predomislila.

Devojke s posla su pričale o zgodnom momku koji upravlja ringišpilom. Rekle su da onima koje mu zapadnu za oko dodatno zavrti sedište dok prolaze pored njega. Ali meni je od ringišpila oduvek bilo muka. Zato sam stajala sa strane i gledala kako Bil, Dot i Artur zauzimaju mesta. Bilova i Dotina kolena su se dodirivala. Radnik na ringišpilu je stvarno bio naočit. Čim je primetio da ih gledam, pitao me jesam li slobodna, a ja nisam znala šta da mu odgovorim.

– Rekao bih da su ono dvoje par – rekao je i pokazao ka Bilu i Dot. Ona je vrištala, ali više od radosti nego od straha. – A onaj drugi, da li ti je to momak?

Da li je on bio moj momak? Tada još nismo bili načisto. Vladala je osetljiva ravnoteža. Moj brat i njegov najbolji drug, ja i moja najbolja drugarica. Znala sam šta Bil oseća prema Dot, svaka budala bi to primetila, ali nisam bila sigurna koliko je to obostrano.

– Nije – rekla sam, mada nisam bila sigurna koliko je to istina.

– U tom slučaju, da li bih neki put mogao da te izvedem na piće?

Osećala sam kako mi krv navire u obraze. Pogledala sam ga ispod trepavica, tog snažnog muškarca o kome se toliko pričalo, sa očima plavim kao okean i zift-crnom kosom poput Elvisa. Da li se svake večeri nabacuje drugoj? Možda, ali to nije bilo važno, ne naročito. Odabrao je mene.

Vožnja se završila i gledala sam njih troje kako silaze ošamućeno se držeći jedni za druge, kao Dot i ja kad popijemo malo više.

– Dakle? – pitao me je kad su pošli ka meni.

– Dakle šta? – pitao ga je Artur.

Primetila sam da su odmerili jedan drugog, ali i da sam u Arturovim očima ja već njegova devojka.

– Ne – rekla sam. – Izvini.

Zatim sam otišla s njima, srećna što sam deo nečega, deo grupe.

– Šta je hteo? – pitao me je Artur i privukao me bliže.

– Ništa – odvratila sam.

Ali dok smo se kasnije vraćali pešice kući, Dot se durila, a ja nisam mogla da dokučim zašto. Zar je moguće da je to bilo zbog Artura i mene, i promene odnosa u grupi?

To je bila samo jedna u nizu odluka koje su me dovele dovde. Na pijacu u Overberiju i do prodavca pitâ, srdačnog orijaša okruglog lica i punih usana.

– Recite, srce?

Ljudi su svud oko mene, ne postoji red nego nadiru kako ko naiđe, pa znam da mi on neće posvetiti mnogo vremena. Zato moram to da uradim kako treba, da budem kratka i što je moguće jasnija.

– Bila sam ovde s mužem pre dva meseca i naleteli smo na ženu po imenu Džoun Garnet. Moram da je nađem, pa sam se pitala da vam možda nije redovna mušterija.

– Moguće – kaže on. – Ali ja ne pitam za ime.

Zatim se nasmeje. Ne smeje se meni, nego je prosto takav. Zakoračim natrag i naletim na nekoga ko mi kaže da pazim. Već sam spremna za povlačenje.

– Izvinite – kaže on. – Samo sam se šalio. Kako izgleda ta vaša Džoun?

– Otprilike je mojih godina – kažem. – Malo viša od mene, i punija. Kovrdžava seda kosa. Veoma beli zubi.

Uto pomislim da su starije žene nevidljive. I da je se on verovatno neće setiti. Ali onda on digne kažiprst kao da se nečega setio.

– Čini mi se da možda znam ko je to. Ako je to ona na koju mislim, voli moju pitu od buta i bubrega. Dolazi gotovo svake nedelje.

– Da ne znate možda gde živi?

Mala je verovatnoća, a čak i ako zna, ne bi to smeo da mi kaže.

– Nemam pojma, ali obično naiđe u vreme ručka.

– Sačekaću – kažem.

On pogleda na sat. Tek je prošlo deset. – Kako vam drago. Da joj prenesem poruku, ako će vam tako biti lakše?

Kako to da izrazim porukom? Odmahujem glavom, ali on se već posvetio sledećem kupcu i zato se odmičem i počinjem da lutam unaokolo sve vreme pomno posmatrajući.

Nekoliko puta mi zastane dah kad ugledam sedu glavu u daljini, ili kako se saginje da pogleda nešto na tezgi, ali to nije ona. Pitam nekoliko ljudi, mahom starijih, znaju li je po imenu, ali svi odmahuju glavom. Da li stvarno ne znaju ili je samo štite od radoznale neznanke? Možda je tražim da izravnam račune.

Kupujem stvari koje nisam jela otkako je Artur umro: kamamber, borovnice, hleb od kiselog testa. Artur me je stalno zadirkivao zato što sam konzervativna prema hrani, govorio mi da se ne može živeti na sendvičima sa šunkom i kruškama, ali nije bio u pravu što se toga tiče. Ne treba ti mnogo za život, niti je raznovrsnost neophodna. Ali takav život je dosadan. I ja ga više ne želim.

Kad se približilo dvanaest, vraćam se do tezge s pitama. Prodavac uslužuje nekog, ali me primeti i odmahne glavom kako bi mi pokazao da nije dolazila. Ostajem tu i biram malu pitu sa svinjetinom da je ponesem kući, a zatim čekam da platim. Hladnoća počinje da mi smeta. Osećam kako mi se uvlači u kosti i širi po telu. Odustajem i polazim ka autobuskoj stanici. Pokušaću ponovo sledeće nedelje, doći ću malo kasnije, sad bar znam šta da očekujem.

Iako sam upalila gasni kamin, još mi je hladno kad Džuli dođe.

– Čarls se još nije javio – kaže mi.

– Možda još nije video.

– Možda. – Zatim pokaže glavom ka šeširu i rukavicama koji se suše na radijatoru. – Jeste li izlazili?

Sve joj pričam. Ponudi se da pođe sa mnom sledeće nedelje i znam da ozbiljno to misli.

– Uzbudljivo je raditi na dva koloseka, zar ne? – pita dok trlja ruke.

– Još je sve neizvesno – kažem.

Jer stvarno jeste. Čak i ako nađem Džoun, kolika je verovatnoća da je i posle toliko godina ostala u kontaktu s Dot? Čujem Arturov glas kad je rekao da ju je Dot poznavala. Šta je to značilo?

– Imajte malo vere – kaže Džuli.

Da budem iskrena, zapanjena sam što njoj to još polazi za rukom. Martin se ponovo iseljava. Ali ona je sad potpuno drugačija nego u vreme kad sam je upoznala, tek što ju je prvi put bio ostavio. Jača je, preduzimljivija. I dalje je tužna, ali to sve vreme tinja ispod površine.

– Ima li vesti od Erin? – pita me. – Radila je na kasi kad sam jutros išla po čaj i sir, ali nismo mogle da pričamo jer je bio veliki red.

Nisam videla Erin otkako je otišla i trudim se da imam razumevanja za nju. Povratak kući sigurno nije bio lak. Stoga verujem da je dobra vest to što nema vesti. Da je nešto krenulo naopako, sigurno bi se vratila ovamo. Ali ipak mi je teško kad pomislim da je nestala iz mog života čim joj više nisam bila potrebna. Teško mi je da pomislim da sam više usputna stanica nego prijateljica.

– Nema – kažem.

– Tužno, posle svega što ste za nju učinili.

Iako i sama upravo to mislim, nisam spremna da čujem kako je neko kudi, pa zato pokušavam da je opravdam.

– Kad imaš sedamnaest godina, ne znaš gde ti je glava – kažem.

Nadam se da sam u pravu, da je previše zauzeta popravljanjem ocena, žurkama i upoznavanjem devojaka da bi mislila na mene. Nadam se da nije nesrećna i da ne misli da je ostala kod mene duže nego što je bio red.

– Vala baš. Sećate li se toga, Mejbel? Svih tih osećanja. Gospode bože, nimalo mi ne nedostaje to vreme.

E pa, meni nedostaje. Sećam ga se, ali za razliku od Džuli, meni nedostaje. To što mi se telo kretalo kad i kako ja hoću, i osećaj da je više života preda mnom nego za mnom, i to što su me ljudi primećivali. Da li bih ponovo prošla kroz sve to? Bih, s tim što bih štošta drugačije uradila. Vratila bih se u ono vreme s Dot i krenula odatle.

34.

Samo je nedelju dana kasnije, a vreme je potpuno drugačije. Jedan od onih februarskih dana kad u povetarcu osećaš dašak proleća. Još nije stiglo, ali je na putu. Ovog puta sam povela i Džuli, pa se osećam smelije.

– Vratila sam se aplikacijama za upoznavanje – kaže mi.

Trudi se da deluje hrabro, mada bih joj najradije rekla da ne mora to da radi.

– Otišao je? – pitam.

Osvrnem se ka susednom autobuskom sedištu da je pogledam, a ona ukočeno klimne glavom. – Otišao.

– Žalite li što se uopšte vraćao? – Valjda tražim oproštaj. Ali odgovor je očigledan, zar ne? Pa naravno da bi najbolje bilo da se držao podalje od nje.

– Ne – kaže ona na moje iznenađenje. – Jer bih se onda uvek pitala. Ali ovako, pošto se vratio i nije ispalo dobro, mogu da nastavim sa životom.

Nastaviti sa životom. Danas svi to rade. Sledeća osoba, sledeća ljubav. Ne znam odakle crpu snagu za to, odakle im hrabrost.

– Kad sam vas upoznala – kažem joj – videla sam da ste tužni i mislila sam da je to zbog Martina, ali nije, zar ne? Postoji još nešto.

Ona ne odgovara, i kad se osvrnem da je pogledam, vidim suze na njenim obrazima. Otkopčavam tašnu i vadim papirnatu maramicu. Malo je zgužvana, ali čista. Pružam joj je, a ona je uzima, ali je samo drži u ruci kao da nije baš sasvim sigurna šta je to i čemu služi.

– Nije da ne želim da pričam o tome – kaže zatim. – Prosto ne mogu.

Biće spremna jednog dana. Nadam se da ću biti tu. Pitam se da li je Martin to primećivao, da li je znao. Da li je mogao nekako da joj pomogne. Ili je mislio da je prosto takva i da tu nema pomoći. Pružam ruku i stavljam je preko njenih šaka. Sedimo tako sve do kraja vožnje.

– Opet vi – kaže prodavac pita. Zvuči kao da je prijatno iznenađen. – Sigurno vam je mnogo stalo da nađete tu Džoun.

– Jeste – kažem.

I onda je ugledam. U utorak u petnaest do dvanaest ona odlučno hoda ka tezgi s pitama. Onda me primeti i mahne mi. Ona i ne sluti, pomislim, da bi mogla biti ključ čitave ove zavrzlame zbog koje već mesecima razbijam glavu.

– Zdravo, Mejbel. Danas ste bez Artura?

Toliko sam obuzeta mislima o Dot da se na trenutak zbunim. Pa naravno, kad me je poslednji put videla, bila sam sa Arturom. Nije mogla da zna.

– Artur je umro – kažem. – Ima nekoliko meseci.

Ona na to prebledi i nežno me uhvati za mišicu. Čini mi se da mogu osetiti toplinu tog ljudskog dodira kroz bluzu, džemper i kaput.

– Žao mi je što to čujem. Bio je divan, divan čovek.

– Jeste li ga voleli? – pitam je.

Džuli me oštro pogleda. Odstupila sam od plana, ali prosto moram da znam.

– Volela? Sačuvaj bože. Zašto me to pitate? Moj Džon je za mene bio jedini.

Prisećam se šta je Artur rekao onog dana. Da mu se čini da je Džoun bila zaljubljena u njega, i da mu se čini da ju je Dot poznavala. Ako je pogrešio u jednom, lako se mogao prevariti i što se tiče drugog.

– Zbog nečega što je rekao – kažem. – Nema veze.

Tek kad me Džuli oštro mune u rebra shvatim da nisam ni pomenula ono zbog čega smo došle.

– Tražila sam vas – kažem.

– Mene?

– Da. Znate, pokušavam da nađem nekog, jednu prijateljicu, pa sam se pitala da li biste možda mogli da mi pomognete.

Onda se Džuli umeša. – Slušajte. Kako bi bilo da odemo negde na kafu i lepo popričamo?

Džoun se osmehne. – To bi bilo lepo.

Odlazimo u obližnji kafić, jedan od onih s kariranim crveno-belim stolnjacima. Pomalo je staromodan, ali ni mi nismo bolje. Džuli odmah odlazi po dve kafe i čaj, a ja se na trenutak ponadam da će doneti i neki kolač. Obično donese. Džoun i ja odlazimo do stola pored prozora, izmaknutog od ostalih.

– Pa, koga to tražite? – pita me Džoun kad smo se smestile.

Leđima je okrenuta staklu, a ja sam naspram nje, tako da vidim reku ljudi koji promiču ulicom. To me navede da pomislim na jalovost ove potrage. Ima tako mnogo ljudi, čak i u gradiću kao što je Overberi. Ali pronašla sam Džoun, zar ne? A i Dotinog brata, mada još nije odgovorio na Džulinu poruku na Fejsbuku. Ne mogu potpuno da izgubim nadu, jer mi u protivnom ništa više neće ostati.

– Dot – kažem. – Dot Brajtmor. Da li je se sećate?

– O da – kaže ona. – Vas dve ste bile kao nokat i prst. Čudi me što ste izgubile kontakt. Džon i ja smo bili na njenom venčanju nekoliko godina pošto je otišla iz Brotona, a potom smo dugo razmenjivale božićne čestitke, ali smo na kraju prestale.

– Dakle, niste više u kontaktu? – pitam. Na osnovu onog što je rekla, nadam se da makar ima neku njenu skoriju adresu.

– Mejbel, žao mi je što moram ovo da vam saopštim, ali čula sam da je Dot umrla pre nekoliko godina.

Umrla. Dot je umrla. Teško mi je da povežem te reči, iako sam sve vreme to napola očekivala.

– Oh – kaže ona kad je videla moju reakciju. – To je strašno. I još tako brzo nakon što ste izgubili Artura. Stvarno mi je žao što ste to morali da čujete od mene.

Džuli pristiže i pažljivo spušta poslužavnik na sto. Čula je šta je Džoun rekla, pa zato sad izgleda onako kako se ja osećam.

– Umrla je? – pita, koliko da potvrdi.

– Umrla – kažem.

– O, Mejbel, strašno mi je žao.

I baš ovde, u ovom kafiću u Overberiju, pred Džuli i Džoan Garnet, napokon gubim samokontrolu. Raspadam se. Jedno je kad izgubiš nekoga s kim si proveo čitav život, ali šta kad izgubiš nekoga s kim nisi to mogao? Ponekad je to veća tragedija.

Svesna sam da me je Džuli zagrlila i ljuljuška me napred-nazad, da je konobarica prišla da pita može li nekako da pomogne, ali ona samo odmahne glavom i još jače me privije uza se.

Zašto sam ovoliko čekala da to uradim, kad mi je Dot nedostajala svakog bogovetnog dana? Stalno se u mislima vraćam na Artura, ali on me nije sprečavao, stvarno nije. Znala sam da ne želi da to uradim, ali daleko od toga da je zauzeo odlučan stav. Ne bi me sprečavao, znam da ne bi. Posredi je bio kukavičluk. To što nisam znala šta će ona reći kad je pronađem. I to što sam mislila da joj ne značim koliko ona meni, pa nisam znala kako da se postavim. Bilo je to glupo. Eto, sad sam starica i udovica, a čime imam da se pohvalim? Brakom koji je drugo trajao, s puno ljubavi ali bez strasti, starim prijateljstvom koje sam izgubila i novim prijateljstvima koja mi mnogo znače. Da li je to dovoljno? Ako mi nije ostalo još mnogo, jesam li dovoljno rekla i učinila?

Uspevam da se malo saberem i primećujem da Džoun užasnuto posmatra moj slom. Pijucka kafu s mlekom i gleda oko sebe kao da bi najradije utekla.

– Kako? – pitam je.

– Šta kako?

– Kako je umrla?

– O, mislim da je od raka.

Rak. Tako obično. Tako svakidašnje. Nimalo nalik na Dot.

– Znate li gde je sahranjena, gde bih mogla da je posetim?

Ona odmahne glavom. – Na kraju je živela sama u Portsmutu. To je sve što znam.

– Izgubila je muža?

– Šta? O ne, to nije potrajalo. Razveli su se kad su dečaci još bili mali. Dugo je bila sama.

Dovršava kafu i jasno je da želi da ode. Vadi iz tašne beležnicu i zapisuje mi svoj broj.

– Stvarno mi je žao – kaže. – Grozno je kad moraš da saopštiš nekom loše vesti. Prosto... nisam očekivala da ćete se toliko potresti.

Moram da idem. Ali evo mog broja. Znate, ako ikad poželite da popričate s nekim.

Zatim odlazi.

Džuli i ja dugo ćutimo. Reči su suvišne. Ona zna kako se osećam, a i njeno razočaranje je takoreći opipljivo. A onda ona kaže:

– Nadala sam se da ću upoznati divnu Dot Brajtmor.

U samotnim trenucima maštala sam o raznim stvarima. Kako sedim sama s Dot i pretresamo stare uspomene i sećanja, saznajemo šta je koja propustila u životu one druge. I kako je upoznajem s Džuli, Patrišom, Kersti i Erin, ženama koje su mi unele toliko radosti i boje u život otkako sam izgubila Artura. Ali sad je prekasno.

– Hajdemo kući – kažem, pa iskapim šolju.

Džuli klimne glavom i odnese poslužavnik do kase i zamoli ih da nam zapakuju netaknute kolače da ponesemo. Zatim ćutke hodamo do autobuske stanice.

Kad smo stigle do moje kuće, Džuli me pita želim li da uđe i malo posedi. Danas je već provela sa mnom dva sata više nego što je plaćena, ali znam da ona to ne vidi kao posao, znam da bi rado ušla i provela još dva sata obavljajući sitne posliće kako bi mi pomogla. Ali sad želim da budem sama, i zato odmahnem glavom i kažem joj da ćemo se videti sutra.

– Znate gde sam ako vam zatrebam – kaže ona. – Ne mili mi se da sedite sami i tugujete.

Malo mi fali da joj odvratim kako se ni meni ne mili što ona radi isto to, ali ipak se uzdržim.

– Džuli – pozovem je kad se već okrenula da ode. Već danima se kanim da joj kažem, ali čini mi se da mogu to samo kad me ne gleda.

Ali naravno da se ona odmah okrene. – Da, Mejbel?

– Navršila su se tri meseca otkako ste počeli da dolazite ovamo. Vreme je da nastavim sama.

– Ako tako želite.

Nije to pitanje želje, nego moranja. Nemam novca da je plaćam.

– Ako se slažete, ja bih nastavila da dolazim, Mejbel. Jedino će to biti malo ređe, pošto ću morati da usklađujem posete s poslom.

– Hvala vam – kažem. – Volela bih to. Mnogo bih to volela.

Ulazim u kuću, odlazim u dnevnu sobu i tamo, prvi put posle mnogo vremena, zatičem Artura. Stoji kraj kamina. Znam da mi ništa neće reći, da nije stvarno tu, ali mi je ipak malo lakše.

– Dot je umrla – kažem mu, i kad sam to naglas izgovorila, tuga se ponovo obrušava na mene.

Toliko proćerdanog vremena.

– Ti, i Dot, i cela moja porodica. Sad sam valjda ja na redu.

Shvatam da mi ni najmanje ne bi smetalo ako noćas umrem u snu, i pomalo sam zatečena jer se odavno nisam tako osećala. Otkako sam se upustila u potragu, otkako sam upoznala te žene.

Da li mu to nešto poigrava na licu? Tuga, saosećanje, ljubomora? U početku se osećao nesigurno zbog toga što sam toliko bliska s Dot, zbog godina koje smo provele zajedno pre no što sam počela da se zabavljam s njim. Mislila sam da će pokušati da je istisne i bila sam spremna da se borim protiv toga. Ali ko bi očekivao da će ona iz čista mira ispariti? Posmatram ga, pokušavam da dokučim taj izraz lica, ali ono je ravnodušno. Samo učitavam svoja očekivanja u njega. Ta prikaza, to nije Artur. To nije muž koji je šest decenija bio uz mene u dobru i zlu, nego nešto što je moj mozak stvorio jer još nije spreman da prizna da Artur više nije tu. Da me nikada više neće uhvatiti za ruku i pitati me o čemu razmišljam, pa zatim dati sve od sebe da mi pomogne u rešavanju problema.

– Nikad se neću oprostiti od nje – kažem. – Nikad je neću pitati šta ju je navelo da ode i zašto se nije javljala. I da li sam joj nedostajala isto koliko i ona meni.

Odlazim po šolju čaja, i kad se vratim, vidim da ga više nema. Onda ponovo zaplačem. I baš me briga što je posredi čisto samosažaljenje. Valjda je cena dugovečnosti to što moraš da se nosiš s gubicima. Patiš za svakim kog si voleo i izgubio, i to se nagomilava, postaje nepodnošljivo. Štrikliram ih u sebi. Brat, otac, majka, muž i moja najbolja drugarica, moja ljubav.

35.

– Volela sam je – kažem. Tiho, bojažljivo. Nesigurno, čak i posle toliko vremena. Ne u pogledu toga jesu li to prave reči i šta znače, nego zato što ih izgovaram naglas.

– Znam da jeste – kaže Džuli. – Znam, Mejbel.

Ali ne zna.

Tako je blaga prema meni od onog groznog dana u Overberiju, kuva mi čaj, razvrstava mi veš, hranu i lekove. Da li se brine da ću zaboraviti da ih uzmem? Ili da ću napraviti zalihu i popiti sve odjednom? Razmišljala sam o tome, o samoubistvu, ali nikad ozbiljno. Ali da mi nije nje, i njih, možda bi bila druga priča.

Sad staje iza moje fotelje i nežno mi trlja ramena. – Bio je to strašan udarac, zar ne? Izgubili ste Artura, pa ste se nadali – svi smo se nadali – da ćete se ponovo sastati s prijateljicom, a sad moramo da se saživimo s činjenicom da se to ipak neće desiti. Stvarno je teško.

Pitala bih je koji deterdžent za veš koristi, pošto mi je njen miris postao tako poznat i utešan, pa bih počela i ja da ga koristim kako bih imala utisak da je ona tu, ali nisam sigurna hoće li to zvučati čudno.

– Znaju li ostali? – pitam je.

Ne mogu da saopštavam to svakoj ponaosob, kao što sam morala svakog da zovem telefonom kad je Artur umro.

– Da, znaju – kaže Džuli. – Svima je žao.

Zahvalna sam joj što se postarala za to a da nisam ni morala da je zamolim.

Na odlasku mi dovikne da mi je u frižideru ostavila pitu za posle. Sačekam malo, a zatim obučem kaput i obujem cipele. Teško se nakanim da izađem sad kad više nemam Olija, ali moram nešto da obavim. Nešto što je trebalo još odavno da uradim. Možda pre šezdeset dve godine.

Ponekad se u martu ili aprilu desi da izađeš napolje posle meseci vetra i kiše i shvatiš da je proleće. Danas je takav dan, iako smo tek zagazili u mart. Podižem lice ka nebu i puštam da me sunce dotakne. Osećaj je kao da ti prašta voljena osoba. Napredujem polako ali sigurno, stižem do kraja ulice i skrećem levo, u sokak koji vodi ka centru grada. Ubrzo ugledam crkvu i groblje, i osećam kako drhtim iznutra jer već decenijama tu dolazim a nikad nisam rekla ono što je najvažnije. I danas ću to promeniti. Drvo koje se nadvija nad grobove moje porodice prošarano je pupoljcima. Još jedno proleće, još jedan novi početak. Svuda se vide narcisi, lagano se ljuljuškaju na povetarcu.

Kad se pojave prvi narcisi, Artur je imao običaj da kaže da je „proleće propupelo", a kad se pojave u supermarketu, svake nedelje mi je kupovao buket i stavljao ga na prozor kraj moje fotelje. To će mi nedostajati ove godine. Možda bih mogla sama sebi da kupim jedan buket. Da li je to rastrošno? Nije, košta svega jednu funtu, a to je mala cena za osećaj koji će mi pružiti. Ima nečeg u njihovom mirisu i toj jarkožutoj boji što me uvek ispuni nadom. Groblje ih je puno. Izviđačice ih sade svake godine. Viđala sam ih, s dugim kikama i blatnjavih prstiju. Pitam se šta bi moja porodica mislila o tome što se deca trude da im malo razvedre grobove.

– Zdravo – kažem im. – To sam ja, Mejbel. Došla sam da vam kažem nešto.

Nasmejem se nervozno, ali čuje se prizvuk krkljanja. Smeh koji se graniči s kašljem. Rak? Sve ti je sumnjivo kad zađeš u ove godine. Da li je i u Dotinom slučaju tako počelo?

– Saznala sam šta je bilo s Dot, da je umrla. Jel' sad s tobom, Bile?

Kad sam imala dvadeset dve godine, provodila sam svaki slobodan trenutak s Dot, Bilom i Arturom. Ako zatvorim oči, mogu da osetim miris njenog parfema. Kao livada u pozno leto. Onog dana kad smo otišle da se prošetamo, odmah posle Bilove smrti, kad smo mogle jedino da plačemo, morale smo da se sklonimo iz kuće zato što je majka stalno pričala kako bi Bil zaprosio Dot, i mada smo svi znali da je to istina, bilo je previše potresno pomisliti da do veridbe nikad neće doći zato što je đuvegija naprasno umro u dvadeset petoj.

Izašle smo iz grada i zaputile se ka brdima, gde je bila manja verovatnoća da ćemo naići na nekog. Kao i njoj, trebalo mi je da budem tamo, okružena svim tim prostranstvom i vazduhom. Nije imalo šta da se kaže, pa smo zato ćutale, samo smo hodale, iz časa u čas se udaljavajući sve više jedna od druge i od svojih domova. Posle sat-dva sele smo pod krošnju ogromnog hrasta da predahnemo. Dot je zapalila cigaretu, a kad sam pokušala da upalim svoju, shvatila sam da mi se ruke tresu. Valjda sam se ušeprtljala od bola. Dot se nagnula ka meni i pripalila mi, a vrelina plamena bila je kao poziv koji me je vratio natrag na zemlju, i zapitala sam se gde sam to bila, kuda sam otišla pre tog poziva. Čekala sam da Dot odmakne ruku, ali ona nije to učinila.

Jedan vrabac stoji na obližnjoj ogradi. Naginjem glavu u stranu da ga pogledam. Oči su mu sitne i staklaste. Onda odleti, a ja padnem, ili sam se možda samo spustila. Bilo kako bilo, na kolenima sam, na najlonkama mi je sigurno otišla petlja. I plačem, snažni jecaji nadiru i povlače se kao talasi.

– Pogrešila sam. Sve sam pogrešno shvatila. Kad je Artur rekao da treba da se venčamo, činilo mi se da je to očigledan sledeći korak. Ali to nije značilo i da je mudar, zar ne? Znala sam u dubini duše da nije, ali ti si me, majko, uhvatila za ruku i rekla mi da je divno što imaš čemu da se raduješ posle Bila. Ko sam ja da ti to uskratim?

Dot, cigareta, bliskost. Nagnula se još malo bliže i potpuno sam zaboravila na cigaretu, želela sam jedino da dodirnem njenu nežnu kožu. Poljubila me je u obraz, i učinilo mi se da je to test. Htela je da vidi hoću li se odmaći, hoću li biti preneražena, užasnuta. Ali ja sam gorela. Osećala sam se ošamućeno, pomalo omamljeno, kao da sam se tek rodila. Njene usne tako blizu mojih. Kad je obavila ruku oko mog struka, mislila sam da ću na licu mesta umreti od puste želje. A onda su njene usne bile na mojima, imala je ukus meda i dima, mleka i aprilske kiše. I znala sam, toliko jasno da sam se i sama iznenadila, da ne želim da živim više ni dana, ni minuta bez nje.

Želela sam da joj predam svoje telo i srce i zamolim je da ih čuva na sigurnom. Ali kad sam i ja posegnula za njom, ona se odmakla. Bila sam je gladna, tako gladna.

A onda su me njene ruke odgurnule i tek kad je pognula glavu videla sam isto što i ona. Približavao nam se neki čovek. Nisam mogla da mu se osmehnem kad nam je poželeo dobar dan. Nisam više živela u istom svetu kao on. Kad je otišao, bila sam sigurna da ćemo nastaviti. Da ćemo se vratiti tom plamtećem blaženstvu. Ona me je pogledala očima punim pitanja, a ja sam pokušala da svojima odgovorim na njih. Da, da, da.

– Znaš li ko je to bio? – pitala me je.

– Ne. – Jedva da sam ga i pogledala.

– Redž Bišop – rekla je. – Bil ga poznaje. Šta misliš, da li nas je video?

Nisam znala, niti me je bilo briga. – Ne – rekla sam. – Ne verujem.

– Trebalo bi da se vratimo – rekla je. – Čeka nas mnogo posla.

Da se vratimo. U kuću koju pohodi duh mog brata. I našem prijateljstvu. Vremenu pre nego što smo dodirnule plamen i preživele.

– Dot – rekla sam.

Bila je to molba, i ona je to znala. Ali pretvarala se da je nešto drugo.

– Da?

Mogla sam da je zamolim stotinu stvari. Da ostane, da me ponovo poljubi, da mi doveka bude sve na svetu, ali ona se pretvarala da nismo upravo raspalile oganj u svojim životima, i to me je povredilo.

– Hajdemo nazad – rekla sam i otišla, a da je nisam ni pogledala. Vratila sam se kući, gde je majka mesila hleb pa je kuhinja bila puna kvasca, brašna i suza. Prozor je bio otvoren da pusti sunce unutra a tugu napolje.

Kad je Dot rekla da mora kući, ispratila sam je do vrata ustiju punih pitanja. Jesi li ga volela? Da li bi se udala za njega? I šta sam ti ja? Nisam ih pustila napolje. Nisam mogla.

A kad sam sutradan otišla kod nje, njena majka mi je rekla da se Dot ne oseća dobro i da ne može da me vidi. Sledeći put sam je videla na sahrani. Ona kao ucveljena udovica, iako to nije. Ja kao ucveljena sestra. Stajale smo jedna do druge ali se nismo ni dodir-nule. Bila je u jednostavnoj crnoj haljini, plava kosa bila joj je za-češljana nazad, usne bez ruža. Svojevremeno smo se kikotale kad smo zamišljale sebe kao neveste, ali ovako nešto nije nam bilo ni nakraj pameti. Da ćemo stajati na slabašnom prolećnom suncu dok se lopate zemlje obrušavaju na sanduk čoveka kojeg smo obe volele.

Celog dana sam priželjkivala da me pogleda, da mi dâ nekakav znak. Da mi objasni da li je ono što se desilo na padini pod hrastom bilo ludilo zbog tuge ili nešto drugo? Ali ona je neprestano bila u pokretu, svaki čas je odlazila da popriča s nekim ili da uzme piće. Veoma brižljivo me je izbegavala. A i to je samo po sebi predsta-vljalo odgovor.

36.

Na bdenju u našoj kući piće se točilo u potocima. Bila sam omamljena i klonula od tuge. Sendviči koje smo majka i ja napravile ostali su gotovo netaknuti, počeli su da se suše po krajevima. Ali zato su se prazne boce gomilale i zveckale. Posle nekoliko sati izbegavanja, Dot me je uhvatila za ruku i izvela napolje.

– Ne mogu tamo da dišem – rekla je.

Posle toliko godina prirodnog prijateljstva, nisam znala kako da se ponašam u njenom prisustvu. Jesmo li nešto prekinule? Ne, imala sam utisak da nešto popravljamo. Prevazilazimo. Nisam mogla da je gledam, ne u lice. Stoga sam se zapiljila u njenu desnu mišicu.

– Onog dana – rekla je. – Ne znam šta se desilo. Bila sam...

Nisam je pustila da završi, pošto sam bila sigurna da će hteti sve da porekne. Skupila sam hrabrost, sve do poslednje kapi, i nagnula se da je poljubim u usta. Ali ona se odmakla, kao što sam se i pribojavala, a kad smo se obe osvrnule jer smo osetile da nas neko gleda, videle smo Redža Bišopa kako na svega nekoliko metara od nas pali cigaretu. Izvio je jednu obrvu.

– Dame – rekao je.

Ta jedna jedina reč bila je pretnja. Ušle smo unutra bez ijedne reči, i Dot je do kraja poslepodneva prosto isijavala napetost, pa sam bila prinuđena da se pomirim s time da ona mnogo više od mene brine zbog toga šta će ljudi misliti.

Ostalo je svega nekoliko ljudi kad je Redž krenuo u napad. Bio je trešten pijan, pokušavao je da zagrli svako žensko. Sledila sam se kad je prišao i stao između Dot i mene, pa nas obe zagrlio oko ramena.

– Ove dve su prisne prijateljice, zar ne? – rekao je.

Ostali su se odmah vratili svojim razgovorima, ali primetila sam da nas Artur pomno posmatra.

– Štaviše, čini mi se da su one i više od prijateljica. U poslednjih nekoliko dana već dvaput sam ih uhvatio u komprimitujućem položaju.

– Kako se usuđuješ? – rekao je Artur i prišao. – Ovo je bdenje, ako si slučajno zaboravio. A Dot i Mejbel su u žalosti, pa teše jedna drugu. Da se nisi usudio ni da natukneš kako se tu dešava nešto nečasno.

Redž se podsmehnuo, pa pogledao prvo mene, zatim Dot, i na kraju Artura.

– Znam da si slab na ovu ovde – rekao je i malo jače stisnuo moje rame – ali ponekad treba videti ono što ti se dešava ispred nosa.

Otresla sam njegovu ruku i prišla Arturu. Nekoliko prisutnih se osvrnulo da vidi šta se dešava, pošto je svađa očigledno bila na pomolu.

– Molim te, kaži mu da ide – tiho sam rekla Arturu.

– Kazaću mu – odvratio je.

Gledala sam kako odvodi Redža ka vratima. Onaj ko nije čuo šta se upravo desilo, ne bi ni naslutio da između njih nešto nije u redu. Kad se vratio, popravio je kravatu i pročistio grlo, a ja sam mu klimnula u znak zahvalnosti i na tome se završilo.

Dot se tokom narednih meseci udaljila od mene. Polako, toliko sporo da sam znala da bih ispala džangrizava kad bih to nekom pomenula. Ali videla sam šta radi. Onog dana se sve promenilo i najlakše je bilo pretvarati se da se ništa nije desilo. Mesecima sam plakala svake noći u krevetu a da nisam bila sasvim sigurna plačem li za njim ili za njom.

Kad sam se malo prenula iz tugovanja, Artur je uočio tu majušnu pukotinu i ispunio ju je ljubavlju. Zaprosio me je. A nije bilo drugog izbora, zar ne? Ili bar ne nekog ostvarivog. Pristala sam. Kad sam joj saopštila, stvarno sam mislila da će videti da se kako znam i umem grčevito držim onog vremena kad smo sve četvoro bili zajedno. Da činim jedino što mogu. A ona je otišla.

Još klečim, meka zemlja mi grli kolena, stameni nadgrobni spomenici preda mnom podsećaju me na to da se neke stvari nikad ne menjaju.

– Eto tako – kažem i polako, veoma polako, ustajem. – To je cela istina.

Da sam smogla snage da kažem bilo kome od njih, da li bi imao razumevanja? Razmatram jedno po jedno. Tata je obožavao Artura i voleo je da sve bude pouzdano i predvidivo, da se odvija u skladu s njegovim očekivanjima. Ne, on to ne bi razumeo. Majka? Pa, srce joj je već bilo prepuklo, pa još jedna nova pukotina možda ne bi ništa značila. Ili možda bi? Možda bi je to dokusurilo. I Bil. Moj dragi Bil. Možda bi on razumeo moju ljubav prema njoj jer ju je i sâm voleo na isti način. Zamišljam ga kako me hvata za ruke i kaže mi da samo jedno od nas dvoje može da pobedi. Da se to može završiti na samo jedan način. I bio bi u pravu.

Bilo je to drugo vreme. Tada se ljubav ponekad tretirala kao zločin.

Znam da ne bi trebalo, ali pružam ruku da uberem jedan narcis, a zatim ga dižem ka svetlu i divim se njegovoj jednostavnoj lepoti. Poneću ga kući, staviti ga u teglu od pekmeza i prepustiti se sećanjima.

Kad god bi videli Bila i Dot, i Artura i mene, ljudi su nas doživljavali kao dva para. I bili su gotovo u pravu. S tim što niko nije tačno sklopio delove. Ali ne može im se zameriti. Jedino su tako umeli da ih povežu. Nepromišljeno sam im se priklonila samo zato što smo Artur i ja bili jedino preostalo dvoje. Artur je voleo mene. I Bil i ja smo voleli Dot. A koga je Dot volela?

Odlazim do Arturovog groba. Treba li i njemu da kažem? Da. Moram da budem dosledna. A i oduvek sam to želela da mu kažem, ali prosto nisam mogla to da prevalim preko usana. A sad je on mrtav, i ona je mrtva, a meni se jezik napokon razvezao, a grlo mi se otčepilo.

– Arture – kažem. – Ja sam, Mejbel.

Glas mi je tih ali postojan, i ponosna sam zbog toga. Spremam se da mu saopštim nešto najvažnije što mu nikad nisam rekla. Nešto što bi uništilo naš brak još pre nego što je počeo, a opet, mislim, možda nam je to što sam ćutala omogućilo da opstanemo. Kao par. Nju nisam imala, ali njega jesam. I to je bilo nešto. Šest decenija koje smo proveli zajedno, to je i te kako bilo stvarno. S Dot sam imala jedan poljubac i toliko ljubavi da nisam znala šta bih s njom, kao i neutoljenu želju koja nikad nije uminula, ni na trenutak. Ali sa Arturom sam imala život.

Poslepodne se bliži kraju. Posle večere ću izaći da gledam zalazak sunca. Pretvaraću se da je on opet pored mene.

– Hvala ti što si me voleo – kažem. – Žao mi je što nisam mogla da ti pružim onoliko koliko si ti meni. Prosto nisam imala to u sebi. Ali nadam se da si znao da to zaslužuješ. Kad si se zaljubio u mene, moje srce je već pripadalo nekom drugom. Uvek sam mislila da je trebalo to da ti kažem, ali možda je bolje što nisam. Jer nam je ipak bilo lepo, zar ne? Imali smo više dobrih godina nego loših. Jesi li znao da sam volela Dot? Ne kao drugaricu. Kao osobu. Kao ljubavnicu. Jesi li poverovao Redžu Bišopu onog dana? Ponekad mi se činilo da si znao. Dešavalo se da te uhvatim kako me gledaš s nekakvom tugom u očima, kao da razmišljaš o tome da nikad nisi ni imao šanse. A ponekad sam bila sigurna da nisi ni slutio, da nikad ne bi pristao da provedeš život sa mnom da si znao. Žao mi je, Arture. Zato što ti nikad nisam bila žena kakvu si želeo, što nisam mogla to da budem. Ali nije mi žao što sam je volela. Zbog toga mi nikad neće biti žao.

Tek kad sam zakoračila unazad shvatam da neko stoji iza mene. Osvrćem se i vidim Erin. Lice joj oblivено suzama, a pored nje stoji mali kofer s točkićima. Dođe mi da je zagrlim i pitam je šta se desilo.

– Izvinite – kaže ona. – Nisam htela da prisluškujem. Tražila sam vas, ali niste bili kod kuće, a Džuli i ostale nisu znale gde ste. Ovo je jedino mesto gde mi je palo na pamet da vas potražim, pa sam...

Pružam obe ruke, a ona naglo zaćuti. Ali to je kao kad bi neko pokušao da zagradi vodopad. Gotovo mogu da vidim kako pritisak narasta u njoj, kako se reči nagomilavaju.

– Nastavi – kažem joj, jer znam da je to ono što joj treba. Dopuštenje i prostor da govori.

– Razgovarala sam s njima – kaže mi. – S roditeljima i sestrom. Rekla sam im da sam gej, i stvarno sam mislila da će sve biti u redu, da će uvideti da ima mnogo drugih stvari koje vole kod mene i da će im to pomoći da prihvate nešto što im teško pada, ali prevarila sam se. Džejd i tati je manje-više svejedno, s vremenom bi bilo sve u redu, ali ne i što se tiče mame. Ona smatra da je to zlo. Upravo tu reč je upotrebila – zlo. Misli da ćemo svi u pakao. Stvarno to veruje. A sad kad je sve obelodanjeno, jedva može i da me pogleda. Zato sam pošla da vas potražim, da vas pitam mogu li da se vratim samo dok ne smislim šta ću dalje, a kad sam stigla ovamo, vi ste govorili, pa nisam htela da vas prekidam.

Onda zaćuti kao da je ostala bez vazduha, ili bez reči, ili oboje.

– Sad znaš – kažem.

– Jeste li ljuti na mene?

Ne mogu da verujem. Zašto bih bila ljuta na nju?

– Nisam – kažem. – Laknulo mi je. Ne moram sve da ti ponavljam. Ovo me je iscrplo.

– Verujem – kaže ona. – Nije lako čuvati tajnu osamdeset šest godina.

– Dugo je to. Predugo.

Ona prilazi i hvata me podruku.

– Mogu li da se vratim? Samo na nekoliko dana.

Osećam navalu radosti pri pomisli na povratak u one dane kad sam po buđenju znala da je još neko u kući, pa makar i čvrsto spavao u tom trenutku. I kad sam tonula u san uz zvuke njenog vrzmanja ili muzike. Kad sam imala s kim da jedem i kome da kuvam.

– Možeš da ostaneš koliko god hoćeš – kažem joj.

Ona naginje glavu u stranu da je položi na moje rame i onda stojimo tako i posmatramo Arturov grob.

– Da li je bio dobar čovek? – pita me Erin.

– Jedan od najboljih.

– Ali vi ga... niste voleli. Niste mogli.

– O, volela sam ga. Ima mnogo različitih vrsta ljubavi. Nisam mogla da ga volim onako kao on mene, ali to ne znači da nije bilo ljubavi između nas.

– Nešto kao prijateljstvo? – pita ona.

Na to shvatam da sam sve okrenula naopačke. Volela sam drugaricu strastveno i romantično, a muža kao prijatelja.

– Kao prijateljstvo – kažem. – Kao najbolji vid prijateljstva.

Osećam da sam spremna i zato joj blago povučem ruku, pa pođemo. Idemo kući. Uglavnom ćutimo, i drago mi je što je ona tu, ali i zato što mi je ostavila prostora za razmišljanje. Ne možeš živeti u prošlosti, kažem sebi, ali možeš da je povremeno posetiš. A možeš poneti i neke njene delove u sadašnjost, ako ti zatrebaju. Sve ovo vreme sam o godinama provedenim bez Dot razmišljala kao o izgubljenim, ali možda uopšte nije bilo toliko sumorno. Bilo je mnogo srećnih trenutaka, bilo je smeha i određene vrste ljubavi. Ima još stvari pored plamtećeg blaženstva.

37.

– O, Erin se vratila? – pita me Džuli.

Sedimo u dnevnoj sobi, a sa sprata dopiru razni zvukovi. Fen i glas neke pevačice koja peva o povratku u prošlost i ispravljanju grešaka.

– Jeste – kažem.

– A jel' to... za stalno?

Upućujem joj izazivački pogled. Znam da se brine za mene, i da će mi biti naporno ako još neko živi u kući, ali stvarno nije tako. Erin mi ništa ne otežava, nego štošta olakšava.

– Ne znam – kažem. – Nadam se.

Samo se gledamo nekoliko trenutaka, a onda ona ustane i ode u predsoblje.

– Erin! – dovikne ka vrhu stepeništa. – Stavljam vodu. Hoćeš li čaj?

Pet minuta kasnije sedimo sve zajedno. Erin je digla obe noge na stočić, vide joj se rupe na prugastim čarapama. U krilu drži činiju voća koje nudi Džuli i meni.

– Mango?

Sećam se manga koji je Artur kupio na pijaci dan uoči smrti. Kako sam pustila da se smežura i istruli. A onda se nagnem napred i uzmem komad. Božansven je, hladan i sladak. Zašto sam celog života zazirala od svega, šta sam još propustila?

– Dakle, prosto ne mogu da se pomire s time da si gej? – pita je Džuli.

Erin klima glavom. – Verski razlozi. Mama misli da je to zlo.

Stresem se kad izgovori tu reč.

– I ne vidiš način da se to razreši?

Erin zausti da joj odgovori, ali ja sam već digla ruku jer imam nešto da kažem. – A kako da se razreši kad njena majka misli da je to zlo?

– Nije rekla da njena majka misli da je *ona* zla, nego da je homoseksualnost zlo – kaže Džuli.

– Ali ona je homoseksualka. I to nije nešto što je sama odabrala, prosto je takva. I zato, ako je homoseksualnost zlo, onda je ona zla.

Džuli razrogači oči. – Nikad nisam tako razmišljala o tome.

Čuje se zvono i one obe ustanu da otvore.

– To je Hana – kaže Erin, pa se okrene ka Džuli. – Moja drugarica, odnosno devojka s kojom se viđam. Kako god. Cura. Došla je kod mene.

Vraća se i uvodi Hanu. Videla sam je jednom ili dvaput. Ima lepe plave uvojke, široka usta i čvrsto, sportsko telo, tako da uopšte nisam iznenađena što se Erin zaljubila. Nagon mi kaže da to nije ona prava, da nije dovoljno dobra za nju, ali nisam sigurna da možda nisam previše zaštitnički nastrojena. Izgleda da su prevazišle to što se Hana viđa s još nekim. Mene se to ne tiče. Ostaće zajedno ili neće, ali svakako se neće rastati zato što se previše plaše da budu otvorene u pogledu toga ko su.

– Da spremim još jednu šolju čaja? – pita Džuli. – Voda samo što je provrila.

Erin odmahne glavom. – Idemo u moju sobu.

Zatim odlaze i čujemo njihove teške korake na stepeništu. Džuli sačeka čitav minut pre nego što kaže bilo šta, a u međuvremenu se začuje i muzika. Nije naročito glasna, ali ipak se probija kroz tavanicu.

– Bojim se da vas iskorišćava – kaže Džuli, a onda se ljutne kad vidi moj osmeh. – To nije smešno! Vi ste stara žena, Mejbel, a ona je devojka. Prvo muzika, a sad devojka. Zauzima vašu kuću.

– To uopšte nije tačno.

Ona stisne usnice i zatim sedimo tako u pat-poziciji.

– Znate li zašto se toliko brinem za Erin?

– Da. Zato što ste usamljeni i želite nekom da pomognete.

– Oboje je tačno, ali nije to razlog.

– Zašto onda?

– Zato što je ona ja.

Džuli se namršti. – Ona je vi?

Klimam glavom.

– Hoće li biti jasnije ako kažem da je Dot bila moja Hana?

Čekam, a onda se jedva uzdržim da se ne nasmejem kad joj ruka poleti ka ustima.

– Vi i Dot? – kaže. – Volele ste se?

– Pa, ja sam nju volela – kažem. – Stvarno ne znam da li je i ona mene. Otišla je pre nego što smo to raščistile. A onda sam se ja udala za Artura i to je bilo to.

Ona ćuti. Nakratko zatvaram oči, a kad ih ponovo otvorim, vidim da me ona pomno posmatra.

– Ali toliko ste godina bili u braku. Znači li to da ste bili... da ste biseksualni?

Danas ima tako mnogo naziva i etiketa. I to je dobro, svako može da odabere gde spada i utvrdi hoće li se to dopasti njegovoj okolini. Ali ujedno mi je i smešno. U naše vreme postojalo je samo ispravno i pogrešno. Normalno i nastrano. A tek retki su priznali da su ovo drugo.

– Ne – kažem. – Nisam volela Artura na taj način. Za mene je postojala jedino Dot.

– Nisam znala – kaže ona pomalo bespomoćno. – Nisam to ni pomislila, čak ni kad ste mi ispričali šta je Redž Bišop rekao na sahrani.

– Niste ni mogli. Niko nije. Ali juče sam otišla na groblje i sve im rekla.

– Kome, Mejbel?

– Arturu, mojim roditeljima i mom bratu Bilu. Konačno sam im rekla, i osećala sam se kao da mi je ogroman teret pao s leđa.

Ona me gleda kao da se pribojava da sam šenula. Kao da sam možda zaboravila da su svi koje sam nabrojala mrtvi.

– Znam da to nije isto kao da sam im rekla dok su još bili živi, ali bolje ikad nego nikad. I ovo je nešto.

– Da – kaže ona. – Svakako.

Čuju se koraci, a zatim Erin i Hana ponovo ulaze. Hanina kosa je malo razbarušenija nego kad je otišla gore i neprestano se klibere i pokušavaju da uhvate jednu drugu za ruku. Najednom me obuzme zavist, pošto znam taj ošamućen, pometen pogled. Taj sam pogled videla u ogledalu nakon što smo se Dot i ja poljubile. To je mešavina požude, zbunjenosti, ushićenja i toliko čistog zadovoljstva da se graniči s bolom. A pred njima je čitav život ispunjen svim tim, dok sam ja imala samo jednu priliku da to osetim.

– Izlazimo – kaže Erin. – Samo na sat-dva. Treba li vam nešto?

Uviđavna je, i istaći ću to ako Džuli bude imala još koji prigovor ovakvom ustrojstvu stvari.

– Ne. Lepo se provedite – kažem.

Pitam se da li je Erin rekla Hani za mene. Da li je ležala gore glave položene na Hanine grudi, vrela i mahnita od ljubljenja, i rekla: – Ovo moraš da čuješ. – Ne bi mi smetalo i ako jeste. Sad me je baš briga ko zna. To mi je celog života visilo nad glavom, preteći se nadvijalo, a bilo je dovoljno samo da ga izgovorim naglas pa da mu oduzmem moć.

– Dakle, Dot je bila ljubav vašeg života? – pita me Džuli kad su otišle.

Razmišljam o tome. Jeste, razume se da jeste. Ali to je bio i Artur. Bile su to dve potpuno različite ljubavi, jedna kao vatra a druga poput hladne stene, postojana i pouzdana. Ne znam šta bi se desilo da smo Dot i ja pokušale da živimo zajedno. To bi iziskivalo mnogo pretvaranja, mnogo tajnovitosti. Ne znam da li bismo mogle to da izdržimo. I uprkos onome što se desilo onog dana pored staze, ne mogu da znam šta je ona osećala. Da li je poljubac bio više trenutak ludila nego trenutak istine. Može li ljubav tvog života da bude neko koga zapravo nisi mogao da voliš?

– Mislila sam da bi mogla da bude. Nadala sam se da ćemo to saznati.

– Zato ste čekali dok Artur ne umre, pa ste je tek onda potražili – kaže ona. – Iz poštovanja?

– Da budem iskrena, nisam ranije na to ni pomišljala. Nisam razmatrala tu mogućnost. On mi je to predložio, na kraju, porukom koju mi je ostavio. Mislim da sam posle udaje za Artura ubedila samu sebe da je to to. Da sam se opredelila.

Džuli klima glavom. – A njegova smrt vas je na neki način oslobodila.

To nije pitanje, pa zato ne odgovaram, ali da je bilo, evo šta bih joj rekla. Njegova smrt me je navela da se otvorim, da se opustim, navela me je da posmatram svet malo drugačije, da vidim jasnije. Artur mi je predstavljao šezdeset dve godine ljubavi i zaštićenosti, a njegova smrt je bila otvaranje vrata.

Ona odlazi da opere sudove i spremi mi ručak, a ja ostajem prepuštena sopstvenim mislima. Zatvaram oči, ali ne da odremam nego da bih se jasnije setila. Dot i ja u mojoj sobi na spratu.

– Pomenula si da imaš nešto da mi kažeš – rekla mi je.

– Imam. – I želela sam to da joj kažem, a u isto vreme i nisam.

– Pa, da čujem. – Stajala je iza mene i plela mi kiku. Nežno me je lupnula po ramenu četkom za kosu.

– Artur me je zaprosio – rekla sam.

Nisam mogla da joj vidim lice, niti ona moje. Svaka je mogla nesmetano da reaguje na ono što se zbiva.

– Mislim da smo obe znale da se to sprema – rekla je posle pauze koja je delovala sudbonosno. – Šta si rekla?

Na mene je bio red na napravim pauzu. Posegnula sam rukom preko ramena i stavila je na njenu, na dršku četke, a ona se odmakla, pa došla i sela na krevet, naspram mene.

– Rekla sam da – odgovorila sam joj.

Je li to bio blesak bola ili ljubomore? Samo na trenutak, a onda je nestao. Izvila je obrve i upitno me pogledala.

– Jesi li sigurna? – pitala me je.

– Nisam – odgovorila sam tihim, bojažljivim glasom.

A onda sam, iako nije to tražila od mene, počela da se pravdam. – Bio je tako dobar prema meni posle Bilove smrti, tako strpljiv. Znam koliko je pouzdan, stamen. Mislim da će se dobro starati o meni. A i lepo se slažemo, zar ne? Ume da me nasmeje, dobroćudan je. I uvek je spreman za pustolovine. Mislim da će me navoditi da radim stvari koje inače nikad ne bih radila.

Dot je ćutala. Gledala me je i smešila se, ali oči su joj bile tužne.

– Zvuči kao da pokušavaš da me ubediš, ili možda sebe, da si donela ispravnu odluku.

– To nije pošteno.

– Nije?

Spustila sam pogled na posteljinu, jer sam znala da bi, ako je tad pogledam, ako nam se pogledi sretnu, nešto sudbonosno moglo da se desi. I priželjkivala sam to, mada sam se u isto vreme i plašila, i na kraju je strah nadvladao.

– Kad sam bila s njim, i s tobom i Bilom, to su mi bili najlepši trenuci u životu. Čini mi se da ću zauvek moći da ih zadržim ako se budem udala za njega. I da bih se, ako to ne učinim, ako on ode i oženi se drugom a ja ostanem da čekam dok ne naiđe neko ko nije poznavao mog brata, zauvek odrekla tih uspomena.

Odvažila sam se da je pogledam i videla da odmahuje glavom.

– To ne ide tako sa uspomenama. Uvek ćeš ih imati, sve te trenutke koje smo proveli zajedno. Ali to je sad gotovo, zar ne? Završilo se onog trenutka kad smo ostali bez Bila. Imam utisak da pokušavaš da ga zadržiš uza se time što ćeš se udati za njegovog najboljeg druga.

Jesam li stvarno to htela?

– To mogu da razumem. Ne bi da se potpuno rastaneš od njega. Ne bih ni ja. Pored toga, ti želiš da sve bude po pravilima. Brak, deca. A Artur ti upravo to i nudi.

Došlo mi je da vrisnem da greši. Nisam to želela. Želela sam da budem s njom, ali od onog dana kad smo se poljubile ničim nije nagovestila da i ona želi isto. Činilo mi se da sam joj pružila mnogo prilika. Bezbroj puta smo bile nasamo. Uključujući i taj trenutak. Mnogo puta je mogla da se nagne, da premosti taj jaz između nas i ponovo me poljubi. Isto kao i ja, ali nijedna nije to učinila. Da li je i kod nje posredi bio strah, kao kod mene, ili manjak naklonosti? Nisam bila dovoljno hrabra da je pitam.

Kad bih mogla ponovo da se vratim u taj dan, da li bih imala hrabrosti da sve stavim na kocku? Ne znam, ali znam da bi u tom slučaju moj život imao potpuno drugačiji tok.

– Mejbel?

Podižem pogled i vidim da Džuli stoji kraj kauča. Došla je da mi se javi pre odlaska.

– Zamislili ste se – kaže. – Treba li još nešto da uradim pre nego što pođem?

Odmahujem glavom. Ono što meni treba nije materijalno, niti nešto što mi iko može dati. Meni treba druga šansa. Da se vratim kroz vreme. Da budemo iste one devojke i da se ponovi ista ona skrivena ljubav koja je možda postojala između nas.

38.

Neko kuca na vrata kao da pokušava da probudi mrtve.

– U redu je – dovikujem. – Dolazim.

Kad sam posle malo petljanja s lancem napokon uspela da otvorim, vidim Džuli kako stoji na pragu, zadihana i uzbuđena.

– Mislila sam da ćete danas doći oko dva – kažem.

– Tako je, i doći ću, samo sam... morala da razgovaram s vama o nečemu. Mogu li da uđem?

Odmičem se i ona ulazi. Prosto sija, nikad je nisam videla tako srećnu. Šta li se to desilo od juče posle podne do sad što je moglo da izazove takvo ushićenje? Jer je to prava reč da se opiše kako Džuli izgleda. Ushićeno.

– Bolje da sednete, Mejbel – kaže. – A i meni bi bilo bolje. Sva sam kao na iglama. Ne mogu da se svrtim na jednom mestu.

Smešta se na ivicu kauča a ja sedam u fotelju. Živo me zanima šta je posredi.

– Jutros sam dobila poruku na Fejsbuku – kaže ona.

Klimam glavom, podstičem je da nastavi.

– Od Čarlsa.

Dotin brat. U svem onom uzbuđenju oko nalaženja Džoun, a potom i očajanju kad nam je rekla da je Dot umrla, potpuno sam zaboravila na taj trag. A sad kad je Džuli stupila u kontakt s njenim najbližim živim srodnikom, pretpostavljam da će popuniti praznine u onom što znam, da će mi izneti pojedinosti o Dotinom životu kojima nisam imala pristup.

– Nastavite – kažem.

– Samo da popijem malo vode – kaže ona i odlazi u kuhinju. – Hoćete li vi nešto, Mejbel?

232

– Prijao bi mi čaj – kažem.

Dok ona kuva čaj, nagađam šta to ima da mi kaže. Možda nešto o Dotinoj seksualnosti? Razmišljala sam o tome otkako sam saznala da joj brak nije dugo potrajao i da se posle toga nije udavala. Ali kako ću se osećati ako je stvarno to posredi? Hoće li mi biti bolje ako budem znala da je možda osećala isto što i ja, ili pak gore? Puštam um da odluta još dalje. Šta ako mi je ostavila nešto, možda pismo? A Čarls, ili ko god da je bio zadužen za izvršenje testamenta, nije mogao da mi ga uruči sve dosad, dok nije našao način da dopre do mene preko Džuli. Mala je verovatnoća za tako nešto, ali pomisao na reči koje je Dot ispisala malo mi popravlja raspoloženje. Zamišljam njen rukopis, kukice i kvačice. A onda i šta bi to imala da mi saopšti.

– Izvolite – kaže Džuli i spusti mi šolju čaja na prozorsku dasku.

– Mmm, što su lepi narcisi. Divno mirišu!

Mirišu, ali sad sam predaleko odmakla u zamišljanju da mi je Dot nešto ostavila – možda nekakvo objašnjenje, ili izjavu ljubavi, pa makar i prijateljske – i odmah moram da znam kakve to novosti Džuli ima za mene.

– Molim vas, recite mi – kažem joj.

– Pokušavam! Reč je o Dot, Mejbel. Džoun je pogrešila.

Džoun je pogrešila. U vezi s čim? A onda shvatim. Zar je moguće da stvarno to hoće da kaže?

– Mejbel, Dot je živa!

– Ne – kažem. – Ne.

Ruke počinju da mi drhte, a Džulino lice se istog časa snuždi. Nije stvar u tome što ne želim da je to što je rekla istina, nego u tome što sam se pomirila sa suprotnošću i mislim da ne bih to mogla ponovo ukoliko se ispostavi da je posredi greška.

– Mejbel – kaže Džuli, a zatim prilazi i hvata me za ruke. – Kako ste hladni. Valjda od šoka. Dajem vam reč da je ovo istina. Čarls je potvrdio. Ona živi u Portsmutu. Setio vas se čim sam vas pomenula, rekao je da će se Dot sigurno oduševiti ako joj se javite. Mejbel, dao mi je njen broj telefona.

Vraća se do mesta gde je sedela i prekopava svoju tašnu sve dok iz nje ne izvadi ceduljicu, koju mi zatim preda. Na njoj je zapisala

Dotino ime i broj telefona. A ja ne mogu da poverujem. Da je Dot živa, da živi na manje od dva sata vožnje odavde, da će me taj niz od jedanaest cifara na otcepljenom komadiću papira odvesti do nje ako se usudim da ga upotrebim. Nisam ni svesna da plačem sve dok mi Džuli ne pruži maramicu, a onda ne mogu više da zaustavim. Sva osećanja iz poslednjih nekoliko meseci sad kuljaju napolje i ja tu ništa ne mogu.

– Nešto se desilo?

Podižem pogled i vidim da je Erin ušla u sobu. Na sebi ima helanke i vrećastu majicu, a na licu joj se još vide tragovi sna. Sada je na uskršnjem raspustu, što joj je poslednja prilika da uči za završne ispite, mada se, koliko sam mogla da primetim, baš i ne pretrže od učenja. Ako ne spava, onda je s Hanom ili radi u supermarketu kako bi uštedela malo za studije. Nikad nisam bila majka i nemam ni najblažu predstavu o vaspitavanju i usmeravanju, ali bih volela da joj kažem da nema svrhe da štedi novac ako uz to ne zagreje stolicu kako bi se postarala da se za početak upiše na fakultet.

Džuli mi pogledom traži odobrenje, pa zato klimnem glavom.

– Dobila sam poruku od Dotinog brata. Ona je živa i zdrava.

Erin zine od čuda. – To znači da je ona Džoun...

– Pogrešila – kažem. – Zamenila ju je s nekim drugim ili je nešto pobrkala.

– Doduše, Čarls je napisao da je Dotin bivši muž umro pre nekoliko godina – kaže Džuli. – Možda je tako došlo do zabune.

– Ne mogu da verujem da sam uzela zdravo za gotovo ono što je rekla. Ali bila je potpuno sigurna.

Erin prilazi fotelji i povija celo svoje mršavo telo kako bi me zagrlila. Pomalo je čudno, ali i utešno u isto vreme.

– Mnogo sam srećna zbog vas – kaže ona i odmiče se. – Pa, šta je sledeći korak?

Pogledam nju, pa Džuli. – Valjda da je pozovem telefonom, a zatim, ako bude voljna da se vidimo, možda bismo mogle da odemo tamo.

– Ekskurzija! – kaže Erin i nasmeje se.

Volela bih da sačuvam čar tog trenutka. Pre razgovora s Dot, pre nego što se izložim opasnosti da me odbije, ili odgurne, ili mi kaže da moja osećanja nisu ništa spram ustrojstva života. Sad smo sve oduševljene zbog mogućnosti da je žena koju sam volela – koju volim – još živa i da još postoji mogućnost da se ponovo povežem s njom. I zato sam neopisivo zahvalna. Čarlsu zato što je odgovorio na poruku. A Džuli i Erin jer im je toliko stalo do ove potrage koja nema ama baš nikakvog uticaja na njihove živote.

– Moram da idem – kaže Džuli, a zatim ustaje i otresa pantalone. Primećujem da je u starim čarapama i dugačkoj majici s rupicama oko okovratnika i natpisom *Pssst, spavam* na grudima. Ona se nasmeje kad vidi da mi to nije promaklo.

– Još sam bila u krevetu kad je poruka stigla. Samo sam navukla pantalone i dojurila ovamo. Ali kasnije ću doći ponovo, Mejbel, pa ćemo porazgovarati o svemu. Važi? – Zatim se okrene ka Erin. – Hoćeš li biti tu tokom prepodneva? Ovo je veliki šok, samo hoću da budem sigurna da je ona dobro.

– Nego šta – kaže Erin. – Nemam nikakvih planova izuzev da napravim i pojedem tost. Biću tu, Mejbel.

– Dobro sam – kažem i odmahujem rukom kao da pokušavam da rasteram brige.

Ali nisam dobro, stvarno nisam. U rasulu sam. Izbezumljena.

Čuje se škljocanje ulaznih vrata kad Džuli izađe, a zatim Erin odlazi da ispeče sebi tost. Pevuši neku melodiju koja mi je gotovo poznata. Sigurno je posredi neka od onih pesama koje neprestano vrti. Ustajem i odlazim do vrata dnevne sobe. Odatle se vidi kuhinja. Ona i dalje pevuši, s tim što sad i pleše od tostera do fioke s noževima, pa zatim do frižidera, kako bi uzela maslac i pekmez. Tako je puna života, tako prisutna. Shvatam da sam pogrešila kad sam rekla Džuli da je Erin ja. Ona je mnogo više Dot.

A onda mi sine. Staviću je u testament. Ostaviću joj kuću. Tako nikad neće morati da se vrati svojoj porodici koja je htela da je smoždi i sapne. Moći će da bude ovde, da bude ono što jeste. Ili da proda kuću i kupi nešto po svom ukusu. Mogu da je vidim u jednom od onih modernih, prostranih stanova, s mnogo svetla i parketom. Ona se najednom okrene i vidi da je posmatram.

– Šta je bilo? – pita me. Glas joj blag, dobroćudan.

– Ništa.

– Hoćete li da vam spremim nešto, Mejbel?

– Ne – kažem. – Ništa.

Kad donese sebi tanjir tosta i čašu ceđenog soka od pomorandže, ponovo sednem i zagledam se u Dotin broj.

– Da li je zastrašujuće? – pita ona. – To što ćete je pozvati. Napraviti prvi korak.

Klimam glavom. Jer nema svrhe pretvarati se da nije tako. Nikada nije lako ponovo uspostaviti kontakt – ili makar to pokušati – posle toliko godina. Ali kad se pomiriš s neizvesnošću, kad postoje snažna osećanja a ne znaš na čemu si, ili na čemu si bio, onda je to nešto drugo.

– Hoćete li da ja to uradim? – pita me.

Smejem se. Ala je neustrašiva ta devojka koja se plašila da prizna porodici ko je. Znam da bi stvarno učinila to za mene, ali ne ide to tako. Kako bih ja reagovala da me pozove neka devojčica i kaže mi da je Dotina prijateljica? Prestare smo za posrednike.

– Sama ću – kažem. – Samo pokušavam da smislim šta ću da kažem.

Ona ćuti, tako da se narednih minut-dva čuje jedino krckanje tosta. Posmatram narcise, gledam ženu umornog lica koja prolazi ulicom vodeći za ruku dvoje dece.

Kad kažem da sam spremna, Erin klimne glavom i izađe. Ne moram to da je zamolim i zato sam joj zahvalna. Čekam da je čujem na stepeništu, a zatim vadim mobilni telefon iz fioke i počinjem da ukucavam brojeve, jedan po jedan, vrlo pažljivo. Ne bih da sad pogrešim i dobijem pogrešnu osobu. Iz nekog razloga mi se čini da je strašno važno da uradim ovo kako treba.

Čujem da telefon zvoni, jednom, dvaput, triput. Zatim prestane, ali se isprva ne čuje ništa. Samo nekakvo grebuckanje. A onda začujem glas. Njen.

– Halo?

Osećam kako grudva počinje da mi narasta u grlu i na trenutak mi se čini da neću moći da protisnem ni reč.

– Dot – kažem promuklo. – Zdravo, Dot. Ovde Mejbel. Mejbel Bomont.

Ona ćuti toliko dugo da već pomislim da su posredi neke smetnje ili da mi je prekinula vezu. Odmičem telefon od uva i vidim da je još na vezi, pošto sekunde za merenje trajanja poziva i dalje otkucavaju.

– Mejbel – kaže ona glasom jasnim poput zvona. – Čarls je rekao da ćeš mi se možda javiti. Odavno se nismo videle.

Odavno. Zatvaram oči i vidim kako godine munjevito proleću preda mnom. Moje venčanje, sahrane mojih roditelja, selidbe. Dan za danom na daktilografskim poslovima u raznoraznim firmama, letovanja u Velsu i Kornvolu i jedno ili dva u Francuskoj. Jednodnevni izleti, šetnje šumom, sedenje sa Arturom u ovoj sobi, svako s knjigom u krilu dok se čaj puši u šoljama na stolu.

– Tako je – kažem. – Tražila sam te.

– Šta? Svih ovih godina?

Zadirkuje me, kao i uvek, i ne mogu da se nasmejem.

– Ne, ne godinama. Nekoliko meseci. Otkako je Artur umro.

Čuje se oštar udah. – Ti i Artur ste bili zajedno sve ovo vreme, sve do pre nekoliko meseci?

Klimam glavom, zaboravila sam da me ona ne vidi. – Tako je – kažem.

– Pa, Mejbel, stvarno sam zatečena. Hoćemo li da se vidimo?

Tek tad shvatam da bi mi bilo dovoljno čak i ako ostane na tome, to što sam joj čula glas. Neodoljivo pevuckav, zvonak. Zabava koja se nazire između reči, nagoveštaj nestašluka. Ali to nije sve, jer ona priča o susretu, a ja to želim više nego išta.

– Hajde – odgovaram. – Samo kaži kad, Dot, i ja ću doći.

39.

Na kraju sve krećemo na put. Erin je htela da pođe ali nema auto, pa se Džuli ponudila da vozi, ali joj se prekjuče auto pokvario nasred kružnog toka u Overberiju i treba da zameni kočione pločice. Rekla je da je imala sreće što nije proletela kroz vetrobransko staklo kad su joj kočnice otkazale, i sve smo se složile da je to božji blagoslov. Onda smo razgovarale s Peti, i rekla je da bi volela da bude deo toga, tim pre što je išla s nama u London, ali da ne možemo sve da se naguramo u njen *fiat 500*. Tu je uskočila Kersti. Ona vozi nekakvo čudo koje je više kombi nego automobil, i sad komotno sedimo u njemu i sve bruji od uzbuđenog čavrljanja.

Ja ne učestvujem u razgovoru. Muka mi je. Doti sedi do mene u dečjem sedištu, a Kersti ispušta umirujuće zvuke kad god joj se učini da se malena sprema da zaplače. U jednom trenutku joj ponudim kažiprst, a ona ga uhvati i čvrsto stisne. Posle nekog vremena postane prilično neprijatno jer mi je zglob savijen, ali ne usuđujem se da izvučem prst da je ne bih rasplakala. Plašim se da se Kersti ne predomisli, da ne zaključi kako je ovo ipak previše. Zato polako okrećem prst dok ne zauzmem udobniji položaj.

Erin je na suvozačkom sedištu i kad je čujem kako priča Kersti da je kupila sebi i Hani karte za *Flitvud Mek*, zapitam se jesu li to oni *Flitvud Mek* za koje sam čula ili nešto deseto. Kersti uzbuđeno cijuče, ali je svaki čas prekida kako bi čula navigaciju. S moje druge strane sedi Džuli, ali ona je izvila vrat kako bi razgovarala s Peti, koja sedi sama na zadnjem sedištu, o Hariju, muškarcu s časova plesa s kojim je ova nedavno počela da izlazi. Ili da se viđa, ili kako se to već kaže.

Vozimo se već dvadeset minuta, kad najednom odnekud počne da se širi nepodnošljiv smrad.

– Šta je ovo, pobogu? – pitam i izvučem prst iz Dotine ruke kako bih zapušila nos.

Ona na to počne da vrišti.

– Kersti dušo, mislim da je treba presvući – kaže Džuli.

Nailazimo na benzinsku pumpu i Kersti skreće i parkira se. Ja izlazim da se malo protegnem dok joj Džuli pomaže oko bebe.

– Kako se osećate? – pita me Peti, a lice joj je oličenje brige.

Zaustavljam se. Znam da sam bela kao kreč. Kersti me je malo našminkala za ovu priliku, ali znam da bih, kad bih stala ispred ogledala, videla klovna koji pilji u mene. Šta će Dot da pomisli?

– Šta ako njoj sve to nije značilo toliko kao meni? – pitam.

Pati me hvata za ruke. – O tom potom. Ali ne zaboravite da ste se vi udali.

Sve znaju celu priču. Razmišljam o tome što je rekla. Istina je. Ja sam se udala. Možda je Dot mislila da ono što se desilo između nas smatram greškom. Blagi bože, šta ako je celog života bila ubeđena u to?

– Nisam znala šta drugo da radim – kažem.

– Znam – kaže Peti. – Znam.

Ne pušta mi ruke, pa stojimo tako sve dok nam Džuli ne dovikne da smo spremni da nastavimo put.

– Jeste li ikada bili zaljubljeni? – pitam je dok se vraćamo ka automobilu.

Peti uzdahne. – Samo u Sarinog oca.

Dovoljno smo blizu da nas ostali čuju i Džuli koristi priliku da bocne Peti prstom dok se ova provlači kraj nje.

– Jesi li spremna da nam već jednom kažeš ko je to?

– Mislim da znam ko je – kažem.

Sve se osvrnu ka meni.

– Stvarno? – kaže Peti. – Da čujemo.

Klimam glavom. – Majkl Silver, zar ne?

Sve uglas uzdahnu, a Doti se prepadne i istog časa zaplače. Ponovo joj dam da me drži za prst.

– Kako ste znali? – pita me Peti.

Džuli izgleda kao da će eksplodirati. – Prokleti Majkl Silver! A mislila sam da je dobričina.

– Primetila sam kako reagujete kad je on na televiziji – kažem. – I odgovarajućih je godina. A tu su i Sarine božanstvene plave oči. Samo sam sabrala dva i dva.

– To je moja velika tajna – kaže Peti. – Zaljubila sam se u Majkla Silvera, a on je bio oženjen i nije hteo da ima ništa s našim detetom.

Glas joj nijednom nije zadrhtao, ali joj je licem prešla senka, što me navodi na pomisao da nikad ne možeš preći preko nečeg takvog.

– I nijednom je nije video? – proverava Džuli odmahujući glavom.

– Ni jedan jedini put.

Posle toga ćutimo. Šta tu ima da se kaže? Narednih nekoliko kilometara posmatram kroz prozor polja i drveće što promiču i razmišljam o tome kako ima i gorih stvari nego da zbog okolnosti i okoline ne provedeš život s nekim koga voliš. Mnogo je gore ono što je Peti doživela. Ravnodušnost. Da li bih danas mogla to da podnesem? Ali ne, iznova prolazim u sebi kroz naš telefonski razgovor, kao i mnogo puta pre, obično u ranim jutarnjim satima. Da je ravnodušna, rekla bi da ne želi da me vidi, zar ne? Glas joj je bio vragolast, veseo. Zvučala je kao da je srećna što me čuje.

Čini mi se da je prošlo tek nekoliko minuta, a Kersti se već parkira u običnoj ulici punoj kuća i kaže: – Mislim da je to ovde.

Ne mogu da poverujem koliko je blizu bila. Izgvirujem kroz prozor ka Dotinoj kući. Izgleda kao da je sagrađena tridesetih, a ispred je mali uredan travnjak.

– Hoćete li da uđete sami? – pita me Džuli. – Ili da jedna od nas pođe s vama.

Znam da želi da odaberem nju. Bila je uz mene na svakom koraku ovog putovanja, ali ipak moram ovo da uradim sama. Nadam se da će kasnije biti vremena za upoznavanje. Da ću moći da joj predstavim ovu šaroliku grupu žena koje volim kao da su mi porodica.

– Sama ću, ako nemate ništa protiv – kažem.

Ona klima glavom, očigledno je razočarana. A ja želim da joj zahvalim, ali i za to će kasnije biti vremena. Izlazim iz automobila, zatvaram klizna vrata, odlazim stazom i stajem na prag. Sad nas razdvaja samo to malo drveta. Gledam na sat. Dot je rekla u jedanaest, što je za pet minuta. Šta sad radi unutra? Vrzma se tamo-amo i proverava je li sve spremno? Sedi sleđena u fotelji? Ili stoji s druge strane ovih vrata dok joj srce divljački udara kao onog dana kad smo se poljubile?

Kucam i odmičem se. Kad se osvrnem ka autu, Kersti mi brzo mahne, i zamišljam ih kako sede tamo i pretresaju novost o Majklu Silveru. Mogla bih da se vratim i pridružim im se. To bi bilo lako. Ali tek što sam to pomislila, začujem nešto. Čangrljanje lanca i otvaranje vrata. A evo i nje. Dot Brajtmor. Na licu joj je širok osmeh, a oči joj prosto sijaju. Izgleda potpuno drugačije, a opet isto. I ja je volim. Bože, koliko je volim. Želim da pružim ruke, privučem je u zagrljaj i kažem joj da sam pogrešila, da sam bila glupa, i da sam sad tu, i da znam da smo sad već stare, i da sam poranila pet minuta ali se nadam da nije prekasno.

– Mejbel – kaže mi. – To si stvarno ti.

Stojimo tako, nepomične, a onda se ona odmakne da me pusti unutra. Kuća joj je kao kovčeg s blagom. Rasparen nameštaj, fotografije i svetlucave drangulije. Prosto znam da je svaki komad sama odabrala zato što joj se dopao, ne obazirući se na to šta se sa čime slaže niti šta će drugi ljudi misliti. U dnevnoj sobi mi ponudi da sednem, i ja se opredeljujem za jarkoružičastu fotelju. Ona seda na ivicu otomana s cvetnim dezenom i počinjemo da razgovaramo.

Prvih pola sata razmenjujemo životne priče. Priča mi o svojim sinovima i unucima, i vidim kako joj se lice menja kad izgovara njihova imena, kao da te jednostavne reči sadrže u sebi njihovu esenciju i radost koju su joj doneli. Podsećam se na činjenicu da ne bi to imala da smo pronašle način da budemo zajedno. Pričamo o poslovima koje smo obavljale i gde je ko putovao. Što u mom slučaju nije daleko. A ona je bila na mestima koja ne mogu ni da zamislim, kao što su Maroko, Brazil i Kanada. Uvek je bila neustrašiva. Ali ne osećam stid dok joj izlažem svoj život. Bio je skroman, ali značajan na svoj način. Ne važi li to za svačiji?

– Žao mi je što si ostala bez Artura – kaže ona.

Onda me gleda, dugo i postojano. I to nas vraća u pedesete, to strašno i divno vreme.

– Moje prijateljice – kažem.

– Molim?

– Stvarno bih volela da još pričamo, ali neke prijateljice su me dovezle ovamo i sad sede ispred u autu, a ne bih da me dugo čekaju. Jedna ima bebu, tako da...

Dot se nasmeje. – Pa onda ih pozovi da uđu – kaže,

Volela bih da smo tu samo ona i ja, ali to ne bi bilo u redu. Te žene su me držale za ruku tokom celog ovog putovanja, i zato je poziv da uđu najmanje što mogu da učinim. Otvaram vrata i mašem im, a zatim Dot prilazi i staje iza mene, pa ih gledamo dok izlaze iz auta.

Kersti se proteže i zeva.

– Što je lepa! – kaže Dot.

Džuli se grohotom smeje nečemu što je neko rekao, celo telo joj se trese.

– Reklo bi se da je zabavna – kaže Dot.

Peti oprezno izlazi držeći Dotino sedište u pregibu lakta.

– Ovakva elegancija se retko viđa – kaže Dot.

I Erin, koja iskače sa svog sedišta i dotrčava prilazom kao uzbuđeno kuče.

– Eh, mladosti – kaže Dot.

Predstavljam ih jednu po jednu, a Dot tiho cikne kad joj kažem da je gotovo imenjakinja sa Doti, koja u tom trenutku već puzi njenim predsobljem u potrazi za nečim neprikladnim što bi strpala u usta.

– Dobro došle – kaže Dot. – Kakvo zadovoljstvo. Da pristavim vodu?

40.

Na povratku sam smirenija, voljnija da učestvujem u razgovoru.

– Izgleda baš kako sam je zamišljala – kaže Kersti i pljesne rukama, a zatim ih brže-bolje vrati na volan kad se Erin baci da ga uhvati.

– Stvarno? – pita Džuli. – Ja stvarno ne znam šta sam očekivala. A šta je s vama, Mejbel? Kako je bilo videti je ponovo posle svih ovih godina?

Kako odgovoriti na to pitanje? Bilo je kao čudo, kao kad nađeš detelinu s četiri lista ili vidiš pomračenje sunca. A u isto vreme nije bilo ništa naročito, kao da si se video s najboljim prijateljem. Ugodno i lako.

– Osećala sam se kao da sam se vratila kroz vreme – kažem.

– Jeste li stigle sve da razjasnite pre nego što smo ušle? – pita Erin. – Zašto je otišla, šta je osećala i sve ostalo?

Odmahnem glavom. – Ne, to će morati da sačeka neki drugi dan.

A biće još dana. Pomalo sam se plašila da je pitam, budući da sam ja njoj ušla u trag. Mislila sam da će mi otvoreno reći ako želi da se ponovo vidimo. I srećom, želi. Doći će mi u posetu sledeće nedelje. Ostaće nekoliko dana. Nismo precizirale koliko. Od pomisli na nju u mojoj kući grlo mi se steže a srce počinje da lupa.

Celim putem smo presrećne. Uspele smo. I mada mi se čini da imam još mnogo razloga za život, ne bih se bunila ni da sad umrem. Ali posle uspona dolaze padovi. To sam naučila. I zato se, kad su me ostavile ispred kuće i kad sam ušla, osećam kao izduvan balon. Erin je otišla na smenu u supermarketu. Sâm ne mora uvek da znači i usamljen, ali ponekad je tako. Uzbuđena sam jer znam da je Dot živa, da je takoreći nadohvat ruke, a ja ovde, sasvim sama, gde sam provela život.

Odlazim do kredenca i uzimam blokče, pa listam sve do spiska koji sam sastavila. Odavno ga nisam proveravala.

1. ~~Obavesti prijatelje i familiju~~
2. ~~Javi se pogrebnom preduzeću~~
3. ~~Idi u supermarket~~
4. ~~Očisti kuću~~
5. Nađi D
6. Pomogni Džuli da vrati muža
7. Pomogni Patriši da vrati ćerku
8. ~~Postaraj se da Kersti bude dobro~~ Pomiri Kersti s porodicom
9. Pripazi na Erin

Uzimam hemijsku olovku, i dok štrikliram svaku stavku, smešno mi je koliko sam se prevarila u pogledu nekih. Lupkam po devetoj i razmišljam. A onda uzimam ajped da potražim lokalne advokate. Deset minuta kasnije imam zakazan termin za razgovor o testamentu. A šta sad? Spremam šolju čaja i sedam u fotelju, a onda ga pijuckam dok je još vreo i razmišljam o tome šta radiš kad obaviš sve sa spiska.

Iznenadim se kad se začuje kucanje. Progvirim kroz prozor i vidim da je to Džuli. Ima izraz lica koji ne mogu da dokučim. Delom briga, a delom tuga. Vidi da je posmatram i osmehne mi se, pa pokaže ka vratima. Ulazi sama jedino kad zna da je očekujem.

– Nisam očekivala da ću vas danas ponovo videti – kažem.

– Da, znam. Otišla sam kući, ali prosto nisam mogla da se skrasim. Mogu li da vas odvedem da vidite nešto što mi je veoma važno?

Zaustim da kažem nešto u stilu „samo ako nije daleko", ali onda zatvorim usta i razmislim.

– Da – kažem.

Zato što sam još tu, još živa, i želim da učestvujem u svemu. Pogledaj šta sam dosad uradila, šta sam promenila. I pojma nemam šta bi moglo biti sledeće. Ulazimo u njen auto, sunce nam bije pravo u lice. Ona stavlja tamne naočare, a ja zatvaram oči i pitam se gde ćemo biti kad ih ponovo otvorim. Ne putujemo daleko. Kad čujem škljocaj ručne kočnice, otvaram oči i vidim da smo kod crkve. Ona me ćutke vodi na groblje, pored grobova moje porodice, pa do ugla, nedaleko od Artura. Zaustavlja se ispred spomenika od crnog mermera i ja čitam šta piše na njemu.

Samanta Vilis
9. jun 1970 – 11. jun 2022.
Ćerka, majka, sestra, supruga i prijateljica
Tvoja je uvek morala da bude zadnja

Osmehnem se poslednjem redu, a onda mi ruka pođe do usta. Pogledam Džuli, a ona samo stoji pognute glave, s rukama na leđima. Čekam.

– Moja starija sestra – kaže posle nekoliko dugih minuta.

Na brzinu preračunavam. Ta žena, Džulina sestra, umrla je dva dana posle svog pedeset drugog rođendana. Prošle godine. Umrla je prošle godine.

– Žao mi je – kažem.

Potpuno beznačajna izjava. Ali ipak se sećam kako su mi razni ljudi govorili to posle Arturove smrti – poštar, vikar, vlasnik salona za šišanje pasa – i da mi je ipak predstavljalo kakvu-takvu utehu. Zato sam to i rekla.

– Bila sam u žalosti kad smo se upoznale, ali pojma nisam imala da ste i vi.

Ona sleže ramenima. – Mislim da svi žalimo za nečim. Za detinjstvom, za voljenom osobom ili snom.

Istina je, mada nije nešto što bih očekivala da čujem od nje. Čekam da sve začini nekom šalom, ali ona ćuti.

– Kakva je bila? – pitam je.

Ona se osmehne, i drago mi je što sam je to pitala. Ko još ne želi da priča o nekome koga je voleo? Ko ne želi da taj nastavi da živi u pričama i uspomenama?

– Bila je nemoguća, dobra i duhovita – kaže.

Kad bih morala da isto tako opišem Artura u tri reči, koje bih odabrala? Svakako pouzdan. Strpljiv. Dobar. Ponovo ih izgovaram u sebi. Pouzdan, strpljiv, dobar. Stvarno ne bih mogla da tražim više od toga.

– Hoćete li da sednemo? – pitam je i pokažem ka obližnjoj klupi.

– Da, svakako.

Sedimo pogleda i dalje uprtih u grob njene sestre.

– Ima dana kad mi se ne mili da ustanem iz kreveta – priznaje mi.

Klimam glavom, znam taj osećaj. – Sve sam pogrešno povezala. Videla sam da ste neprestano tužni, ali sam mislila da je to zbog bračnog brodoloma. A uopšte nije bilo to posredi, zar ne?

– Pa, svakako mi nije pomoglo.

– Ali on ipak nije ljubav vašeg života, zar ne?

Džuli ćuti. Kad ponovo progovori, izgleda kao da cedi reči.

– Ona je to bila. Sem. Ima raznih vrsta ljubavi, zar ne? Petina najveća ljubav je njena ćerka, meni je to bila sestra, a vama Dot. Još nisam sigurna što se tiče Kersti i Erin. Možda su premlade da to znaju. Martin je bio samo, šta ja znam, nešto usputno. A nas dve smo oduvek bile nerazdvojne, u dobru i zlu.

Koliko me je samo puta slušala dok pričam o tome kako sam izgubila brata, a srce joj je bilo slomljeno na istom mestu.

– Hvala vam – kažem – što ste me doveli ovamo. I što ste mi rekli za nju.

Ona spušta ruku na moju i onda sedimo neko vreme na suncu, istovremeno u sadašnjosti i u uspomenama.

Zatim me odvozi do kuće i ostavlja me ispred, odbija poziv da uđe. Sedim u fotelji sa šoljom čaja i tacnom vanilica, i vraćam se kroz vreme, sve do jednog dana kad smo išli na izlet. Ja i Dot, Bil i Artur. Izletnička korpa i vedro nebo. Bilijev ford anglija s jednim pokvarenim brisačem. Njih dvojica napred, nas dve pozadi. Oni su razgovarali o kriketu i filmu koji hoće da gledaju, dok smo nas dve razmenjivale tračeve o ženama s posla. Vidim je kako se smeje, kako se presamićuje i maše mi rukom da ućutim, mada se ne sećam šta ju je navelo na to. Kad smo stigli u brda i našli mesto na osami, Dot je prostrla karirano ćebe i pritisnula ga korpom i trima cipelama (iz nekog razloga je uzela po jednu moju, svoju i Bilovu). Bilo je veoma živo. Bil je izazvao Artura da pojede kuvano jaje za manje od trideset sekundi, i ovaj je to uradio. Dot je pojela sve sendviče sa sirom. Artur je u šali izjavio da će se oženiti Dot jer je napravila njegove omiljene kolače, i mada sam znala da je to glupo, ipak sam bila malčice povređena. Kad smo završili s jelom, Dot je rekla da bi malo protegla noge, a Bil je odmah ustao.

– Ti ostani ovde – rekla mu je. – Mejbel, jesi li za šetnju?

Ustala sam i otresla mrvice sa suknje, a zatim su njih dvojica gledali kako odlazimo.

– Šta misliš, hoćemo li imati još mnogo ovakvih leta? – pitala me je Dot.

– Kako to misliš?

– Pa, mnogo mi je lepo, pa sam se zabrinula da bi se nešto moglo promeniti.

– Šta, na primer?

– Na primer da jedan od njih zaprosi jednu od nas. Onda više ne bi bilo isto.

Nisam to očekivala. – Prilično sam sigurna da Artur još ne razmišlja u tom pravcu. A što se tiče tebe i Bila, ne bih se nimalo iznenadila, mada ne mislim da će to išta promeniti.

– Jesi li sigurna? – Zastala je, pa sam i ja. Pogledale smo jedna drugu.

– Šta bi se time promenilo? – pitala sam je.

Odmahnula je glavom. Posegnula je preko malog odstojanja između nas i uhvatila me za ruku. – Mi. Ovo. Naše prijateljstvo.

– Neće – rekla sam. – Neću to dozvoliti.

Kako sam mogla da znam? Bilo je to poslednje leto koje smo nas četvoro proveli zajedno, a potom se sve... ne toliko promenilo koliko potpuno urušilo. Ali kad se setim tog dana, te šetnje, živo me zanima na šta je mislila. Šta je pokušavala da mi kaže.

Kad smo se vratile do ćebeta, Artur i Bil su ležali jedan do drugog. Artur je tiho hrkao, a Bil je bio podmetnuo obe ruke ispod glave. Osmehnuo nam se.

– Kad biste da se vratimo? – pitao nas je.

Pomislila sam na našu kuću, na daktilografski biro, sve sitnice koje su mi ispunjavale dane. Nije ostajalo mnogo vremena za nebesko prostranstvo i misli koje nesputano skakuću tamo-amo.

– Nikad – rekla sam.

Bil se nasmejao i pružio ruku Dot. Kad ga je uhvatila, povukao ju je ka sebi, tako da mu je gotovo sela u krilo.

– Mogla bih ovde da živim – složila se Dot.

– Sa mnom? – pitao ju je Bil.

Zagledala se u njega, i to je potrajalo toliko dugo da sam se zapitala treba li da se okrenem na drugu stranu, a onda se osvrnula ka meni i videla da mi se rumenilo širi obrazima, ali se pretvarala da ništa ne primećuje.

– Da – rekla je.

Da su bili sami, sigurno bi je poljubio. Jesu li se već ljubili pre toga? Sigurno jesu. Ali sve je i dalje bilo nedužno, bez skrivanja. Kao da ima bezbroj mogućnosti. Kao da sve može poći ovim ili onim tokom.

Kad se probudio, Artur je pitao šta je propustio, a mi smo mu rekli da nije propustio ništa. Ali čini mi se da nije bilo baš sasvim tako. Osećala sam se kao da se nešto promenilo, tek neznatno, između nas četvoro. Činjenica je, i uvek je tako bilo, da sam mogla i bez njega, da mi je do njega najmanje bilo stalo. A na kraju sam s njim provela čitav život.

Auto nam se pokvario kad smo krenuli nazad. Nešto u vezi sa akumulatorom. Srećom, Bil je uspeo da skrene s puta i bezbedno se zaustavi pre nego što se motor ugasio i potpuno otkazao poslušnost. Morali smo da čekamo duže od jednog sata, namrgođeni i željni da se domognemo kuće. Ramena su mi izgorela na suncu pa mi je koža bila zategnuta i bolna. Izašli smo iz auta i posedali na bankinu da čekamo mehaničara kojeg je Bil pozvao sa obližnjeg telefona za hitne intervencije. Dot je pokušavala da nas razonodi, ali nikome nije bilo do smeha. Kao da nam je to upropastilo dotle savršen dan, mada niko ne bi umeo da objasni zašto. Kad sam napravila venčić od belih rada i vezala ga Dot oko doručja, rekla je nešto što nikad nisam zaboravila.

– O Mejbel, cveće me uvek ispunjava beznađem. Samo me podseti na to da sve umire.

41.

– Devojčice imaju nov tablet – kaže Peti. – Smeju da razgovaraju sa mnom preko kamere kad god požele. Sigurna sam da će se brzo zasititi te novotarije, ali zasad me zovu i po pet-šest puta na dan.

Sedimo kod nje u stakleniku, a ona nam naliva čaj.

– Hoće li dolaziti ovamo? – pitam je.

– Pitali su me da li bih mogla da leto provedem tamo – kaže ona. – Znate već, da im pomognem oko čuvanja dece preko raspusta.

– Šta si odgovorila? – pita je Džuli.

Čekamo da čujemo odgovor. Znam koliko voli devojčice i koliko joj nedostaju, ali ne bih volela da je iko iskorišćava.

– Rekla sam da ne mogu – kaže, na moje iznenađenje. – Čitav život mi je ovde. I vi ste ovde. – Tu pokaže redom na svaku. – A imam i Harija.

Kersti veselo uskliкne: – Opa, Hari!

– Ne mogu da verujem da si mu napokon pružila priliku – kaže Džuli kroz smeh.

Hari već pet godina dolazi na Petine časove plesa, a čak sam i ja primetila da je bacio oko na nju.

– Kako se to desilo? – pita Kersti.

Sve gledamo Peti, a ona uhvati jednu ruku drugom i kaže: – Zbog Mejbel.

Nisam to očekivala.

– Mejbel je mogla da potone u tugu posle Arturove smrti, ali je umesto toga promenila čitav život. To je istinska hrabrost. – Onda me pogleda. – Naučili ste me da moram pustiti Saru da ide i početi da živim sopstveni život.

– Stvarno?

– Da, stvarno. Pokazali ste mi da nikad nije prekasno.

Džuli klima glavom. – A meni ste pomogli da progovorim o Samanti.

U međuvremenu je i ostalima ispričala o svojoj sestri. Čini mi se da joj je to malo popravilo raspoloženje. Deli s nama anegdote i uspomene, i tuga joj se još vidi u očima, ali manje nego pre. Valjda svi vučemo neke svoje rane. Niko ne prođe neozleđen.

– Mislite li da je to s Harijem ozbiljno? – pitam.

Peti obara glavu, i još jednom primećujem koliko je lepa. Volela bih da sam mogla da je vidim dok se bavila manekenstvom, kako je izgledala kao tinejdžerka i mlada žena. Ali možda je najlepša upravo sada, kad je proživela ceo život, stekla mudrost.

– Čini mi se da bi moglo biti – kaže.

Džuli sedi do nje, i na to prebaci ruku preko Petinih ramena i nežno je stisne. Pitam se da li je pomislila na Martina i na to kako ga je dvaput izgubila.

– Imaš li ti nekog u vidu? – pita je Peti, na šta shvatim da su nam misli sigurno išle sličnim tokom.

– Ne – kaže Džuli. – Nikud ne žurim, zar ne? Prvi put u životu ne osećam se kao da moram da budem s nekim. Trenutno uživam u slobodi. A ako se za godinu-dve neko pojavi, neću se buniti.

– Samački život ima svojih prednosti – kaže Peti.

U pravu je. Kad je Artur umro, predstavljalo mi je izvesno olakšanje to što ne moram da se obazirem ni na koga drugog kad su posredi jelo i gledanje televizije. I što imam čitav krevet samo za sebe i ne moram da pričam ako nisam za to raspoložena. Ali onda se Erin uselila i toliko sam uživala u njenom društvu da mi ništa drugo nije bilo važno. Ako sve bude kako treba, za nekoliko meseci odlazi na studije, tako da ću ponovo uživati u blagodetima samačkog života dok ne dođe preko raspusta. Svega taman koliko treba, rekla bih.

Kersti je ćutljiva. Sedi na podu naslonjena leđima na fotelju i hrani Doti iz bočice. Prati razgovor, ali ne kaže takoreći ništa. Posmatram Doti, i kako joj se kapci polako spuštaju i naglo se dižu dok se opire snu.

– Mrzela sam da živim sama – kaže sad. – Volim žamor i metež porodičnog života.

– Kada ste živeli sami? – pitam je. – Pre Bena?

– Da. Posle studija sam neko vreme živela s cimerkama, a onda sam uspela da kupim sopstveni stančić. Bio je mali, dovoljan samo za mene, ali sam bila strašno ponosna jer je moj. Unela sam sve svoje stvari, okrečila ga i pokačila slike, ali se tamo nikada nisam osećala kao kod kuće. Zato što nije bilo nikog drugog. Kad sam upoznala Bena, noćila sam kod njega tri-četiri puta nedeljno, tako da smo ubrzo počeli da živimo zajedno.

Pitala bih je šta se dešava s njenima, ali ne bih da navaljujem. Međutim, Džuli nije toliko obzirna.

– Nameravaš li da se ponovo vidiš sa svojima?

– Da. Htela sam da kažem da me je Mejbelina hrabrost nadahnula da to uradim. Ben i ja za dve nedelje idemo kod njih na vikend.

– Jesi li nervozna zbog toga? – pita je Peti.

– Nisam naročito. Razgovaram s njima telefonom – sa oboma – i imam utisak da sam se ogrešila o Tonija. Čini mi se da je dobar čovek i da je mama srećna s njim. A Ben je oduševljen jer je mislio da ga se stidim, mada ja o tome nisam imala pojma. I zato ga vodim da upozna moju porodicu, tako da ćemo napokon moći da se venčamo.

Doti sad već čvrsto spava, pa Kersti pažljivo ustaje i odnosi je u hodnik da je stavi u kolica.

– Svaka čast – kaže joj Peti kad se vratila. – To je onda stopostotni učinak, Mejbel.

– Kako to mislite?

– Zbog vas smo sve skupile hrabrost da učinimo nešto i da budemo iskrene.

Ne znam šta da kažem.

Te večeri Erin i ja spremamo pasulj i tost.

– Ponekad se ništa ne može meriti s pasuljem i tostom – kaže ona.

A ja se slažem. Mažem tost maslacem dok ona meša pasulj i sećam se kako smo Artur i ja stajali zajedno u istoj ovoj kuhinji, kako je on radio jedno a ja drugo. Uvek je bio oran da se bavi nečim, da se pridruži drugima, da ponudi pomoć i doprinese makar malo. A ja sam smatrala da je to besmisleno, da pojedinac ne može ništa da promeni. A Peti je sad našla način da bude srećna i da u tome ne zavisi od ćerke, Džuli je dopustila sebi da žali za sestrom, Kersti je odlučila da dozvoli ljudima koje voli da se međusobno upoznaju. A Dot se vratila u moj život. I to samo zato što sam odlučila da pokušam, što sam posle toliko godina odbijanja napokon preduzela nešto.

Erin stoji kraj frižidera. – Da izrendam malo sira da pospemo odozgo? – pita me.

– Što da ne?

Stavljam čajnik na šporet, i kad voda provri vadim dve šolje iz kredenca i jednu pokažem Erin. Ona samo klimne glavom. Ista je kao ja, nikad ne odbija šolju čaja. Naučila je da ga sprema tačno onako kako volim. Kao što ga je Artur spremao.

Dok jedemo za stolom, Erin me zapitkuje o Dot.

– Hoću li vam smetati dok ona bude ovde? Vas dve imate štošta da podelite.

– Imamo, ali će sve biti u redu.

– Vi samo kažite ako treba da vam ostavim malo prostora. Uvek mogu da odem u svoju sobu ili da izađem.

Sviđa mi se što zove to svojom sobom. Nadam se da će tako i ostati. Uviđam da mogu i sad da popričam s njom o onome što mi se mota po glavi.

– Erin – kažem joj.

Ona podigne pogled i najednom se uozbilji. Izgleda kao da misli da ću joj saopštiti da umirem. – Šta je bilo?

– Samo sam htela da ti kažem da ćeš ovde uvek imati svoje mesto. Kad budeš na raspustu, kad diplomiraš, uvek.

Ona povija glavu, a kad je ponovo uspravi, vidim da su joj oči pune suza.

– Nisam htela da te uznemirim – kažem. – Samo ne bih da misliš da moraš da se vratiš tamo, kod svojih. Jer ne moraš.

Shvata li ona šta hoću da kažem? Sve je potpisano i overeno. Kad ja umrem, ova kuća ide njoj. Ali da li bi bilo previše da joj to baš sad saopštim, dok jedemo pasulj i tost? Ne bih da misli kako mora da mi pokazuje beskrajnu zahvalnost. Što se mene tiče, to je prosto logičan potez. Ova kuća je moja i neće mi još dugo biti potrebna, ali njoj hoće.

– Hvala vam – kaže ona.

Ne mogu da dokučim da li je shvatila. I hoće li se prenaziti kad je posle moje smrti neko pozove telefonom i kaže joj da je sad vlasnica kuće. Zasad mi potpuno odgovara da ostane tako.

– Izlaziš li večeras s Hanom?

– Ne – kaže ona i malo se namršti.

– Problemi?

– Ne, ništa u tom smislu. Njeni su je pritisnuli, kažu da mora da se uozbilji jer se bliže završni ispiti. Pretpostavljam da isto važi i za mene. Zato ću se zatvoriti u svoju sobu i pokušati da upamtim sve istorijske datume.

Klimam glavom. Razmišljam o nama dvema i predstojećoj večeri. Ja u prizemlju, ona na spratu.

– Rado bih pomogla. Mogu da te propitam ili tako nešto – kažem. – Ne znam sve što i ti, ali ako imaš neke knjige kojima bih mogla da se poslužim...

Glas mi utihne, ali ona se široko osmehne. – Stvarno hoćete?

– Naravno.

Stavlja poslednji komad tosta u usta i odlazi na sprat, a zatim se vraća natovarena debelim udžbenicima. Ne kajem se zbog onog što sam predložila bez razmišljanja. Možda ću nešto i naučiti. To je privilegija u ovim godinama. Promeniti nešto, naučiti nešto. Razvijati se.

42.

Došao je dan Dotinog dolaska i ja ne mogu da se smirim. Rekla je da će doći oko podneva, a ja se budim u pet. Osećam da mi je srce teško u grudima, kao da ne može u sebe da primi toliko ljubavi. Silazim i pristavljam vodu za čaj, a onda mi nešto napolju privuče pažnju. Nešto zeleno viri iza jedne saksije. Otvaram zadnja vrata i izlazim u papučama. U pitanju je veštačka koska kojom je Oli voleo da se igra. Odneću je Kersti kad sledeći put budem krenula na tu stranu.

Vreme kao da mili. Čekam da se i Erin probudi, pa joj nudim ovsenu kašu i tost. Smeje mi se jer kuvam čaj za čajem. Zatim objavljuje da ide u biblioteku, a ja bih je zamolila da ostane i pomogne mi da se nečim zaokupim dok čekam, ali znam da ne mogu. Pretvorila sam Dotinu posetu u presudan događaj koji sam iščekivala čitavog života, a možda će sve proteći bezazleno i jednostavno, kao ćaskanje dveju starih prijateljica koje se odavno nisu videle.

Dok perem sudove od doručka, stojim na istom mestu odakle sam jutros videla ono zeleno napolju i najednom se setim nečega. Posredi je samo delić razgovora onog poslednjeg dana koji smo Artur i ja proveli zajedno.

– Znaš li gde je Olijeva kost? – pitao me je.

– Ona zelena stvar koju vucara unaokolo? Nisam je videla.

– Potražiću je sutra. Kao da je pomalo izgubljen bez nje.

To je sve. Ali da li to samo zamišljam, ili je posle toga stvarno uzeo moje blokče kao da hoće nešto da zapiše?

Nađi D

I jesam li ga stvarno videla kako zapisuje nešto pre nego što sam ga pitala da li je za šolju čaja? Podigao je pogled, spustio olovku i rekao da će ga on skuvati. U sebi dovršavam poruku umesto njega.

Nađi Dečkovu kost

Jesam li potisnula to i nekako ga zatrpala jer sam želela da poruka ima neko drugo značenje? Jer mi je to bilo potrebno? Sad ionako nije važno. Njega više nema i nikada neću saznati. Ako je nažvrljana, nedovršena poruka o psećoj igrački bila ono što je potrebno da me natera da uradim nešto što sam oduvek želela, što mi je bilo potrebno, onda neka tako bude. Život se ne odvija uvek onako kako očekujemo, pravolinijski. To sad znam.

Odlazim da skuvam još jednu šolju čaja i zatičem Artura kako stoji naslonjen na kuhinjski kredenac. Gledam ga, pomno ga posmatram, zato što prosto znam da ga vidim poslednji put. Da će zauvek nestati onog trenutka kad Dot uđe u ovu kuću.

– Zbogom, Arture – kažem mu. – Lepo spavaj.

A onda trepnem i više ga nema.

U pola dvanaest primoravam sebe da se skrasim i zato sedam u fotelju. Erin je juče donela s posla buket svežih narcisa, tek su počeli da se otvaraju. Prisećam se kako smo se Dot i ja upoznale. Imale smo jedanaest godina, obe smo bile nove u školi, a obrele smo se zajedno kad je nastavnik, gospodin Denis, rekao da se podelimo u parove, na šta se ona osvrnula ka meni i upitno me pogledala. Učili smo šta je dovelo do Drugog svetskog rata, što u to vreme nije bila davna prošlost.

– Kako je Hitler naveo ljude da glasaju za njega? – pročitala sam naglas s papira koji smo dobile.

Dot se nije obazirala na mene. Osvrtala se oko sebe da vidi gde je nastavnik. Šta to smera?

– Hoćeš li da otrčim do kraja hodnika i nazad a da on ne primeti? – Trznula je glavom ka nastavniku.

Bila sam zapanjena. Zašto bi to uradila? – Neću – odvratila sam.

Slegnula je ramenima i okrenula papir ka sebi. – Hajde onda da radimo ovo.

Bilo mi je jasno da se ta devojčica veoma razlikuje od mene. Tada sam prvi put videla koliko ljudi mogu da budu drugačiji. I koliko neodoljivi. To je jedino što sam tog dana naučila.

Kad čujem kucanje, glasno i samouvereno, ustanem i duboko udahnem pre nego što ću poći u predsoblje. Ona stoji na mom pragu, ovde, u Brotonu, gde sam je pronašla i potom izgubila. Nekome sa strane to bi verovatno izgledalo kao da je jedna starica došla u posetu drugoj. Ništa naročito ili sudbonosno. Ali ovde, u dubini moje duše, to što stojim pred njom ravno je omanjem čudu.

– Tu si – kažem, i odmah poželim da povučem reč i kažem nešto manje glupo.

– Tu sam – kaže ona. – Mogu li da uđem?

Toliko toga imam da joj kažem. Toliko pitanja da joj postavim. Ali odakle početi? Od čaja. Kupila sam neke otmene biskvite i sad ih ređam na tacnu dok čekam da voda provri. Ostavila sam je u dnevnoj sobi i sad je zamišljam kako se osvrće unaokolo i u sebi komentariše život koji sam živela. Ruke mi se tresu dok uzimam mleko iz frižidera. Govorim sebi da prestanem, da se smirim. Ne znam kako će se ovo odvijati i zato ne smem previše da se nadam. Možda na kraju ne bude ništa.

Ali to se neće desiti. Jer ovo jeste nešto. To što sam je našla, i što je ona sad ovde, u kući koju sam godinama delila sa čovekom kojeg smo nekada obe poznavale.

– Mogu li da pomognem? – pita me ona s kuhinjskih vrata. – Divna ti je kuća, Mejbel.

Dodajem joj šolju i polazim za njom u dnevnu sobu. Posmatram je dok razgleda sve redom, primiče se da bolje vidi Arturovu i moju sliku s venčanja, uzima s police školjku koju sam nekada davno pronašla na plaži u Kornvolu. Stvarno je tu. Njena plava kosa sad je seda, i više nema uvojaka. Ošišana je kratko, gotovo kao Erin. Mislim da je Erin rekla da se to zove dečačka frizura. I krupnija je, telo joj je zaobljenije i ženstvenije.

– Propustila sam tvoje venčanje – kaže.

– I ja tvoje.

Ona prezrivo šmrkne. – Da si došla, možda bi mi objasnila da grešim. Da to neće potrajati duže od nekoliko godina.

Ćutim, znam da obe razmišljamo o mom braku i da li je to bio dobar izbor ili ne. Da li bi se mogao smatrati uspešnim.

– Dragi Artur – kaže. – Bio je dobar čovek.

Klimam glavom.

– Jeste li bili srećni zajedno?

To je teško pitanje. Nadam se da ću tokom predstojećih dana imati priliku da joj u potpunosti odgovorim. Ali sad oklevam.

– Da – kažem. – Dobro, bilo je dobrih i loših dana. Ali više dobrih.

– Niste imali dece – kaže ona.

– Ne. Nismo.

Pitaj me, kažem u sebi. *Pitaj me zašto, i jesam li želela da sam umesto njega s tobom. Uvek si bila hrabrija, Dot, i potrebno mi je da sada budeš hrabra za obe.*

Kao da mi je pročitala misli, ona se okrene i upilji se u mene onim svojim očima, i vidim da se nimalo nisu promenile. I dalje su svetlucave i iskričave, s nagoveštajem nestašluka.

– Kad si me poljubila onog dana posle Bilove smrti...

– Da? – Ostajem bez daha.

– Jesi li... ozbiljno to mislila? Mislila sam da jesi, ali onda se na dan sahrane nešto desilo kad nisam bila sasvim pri sebi, i posle toga više ništa, a kad si rekla da ćeš se udati za Artura, pomislila sam da sam se možda prevarila. Ali nisam se prevarila, zar ne?

Nepomično stojim i posmatram je. U njenom glasu čujem strah, i tugu. Da li je sve moglo da bude drugačije? I da li bih to želela?

– Jesi li zato otišla? – pitam je. – Zato se nisi javljala?

Ona povija glavu. – Ti si odabrala. Nisam mogla da ostanem i gledam kako se to obistinjuje.

– Nisi se prevarila – kažem.

– Sve ove godine – kaže ona i uzima mi šolju, pa ih obe spusti na stočić. – Čitav život. A mogle smo...

Ne puštam je da dovrši rečenicu. Previše je bolno. Mogle smo da budemo zajedno, da iskusimo još onog plamtećeg blaženstva, da

pustimo strast i požudu da nas godinama vode. Mogle smo da slo-
mimo srca svojim porodicama, da budemo razotkrivene i krivično
gonjene. Mogle smo da pređemo onu tanku crtu između zadovolj-
stva i bola, između ljubavi i gubitka. A onda ja ne bih imala Artura.
I ne bi bilo njenih sinova i unuka. Nemoguće je izbrisati živote koje
smo živele. Imamo samo današnji dan i ono što nam budućnost
donese.

– Imaćemo nov život – kažem. – A počinje sada.

Ona klima glavom i vidim da razume sve što želim da je zamo-
lim da razume. – Novi život – kaže.

A kad mi dodirne ruku, kroz mene kao da prostruji vatra.

Zahvalnica

Mnogima dugujem zahvalnost za pomoć u stvaranju ovog romana. Bila sam bezvoljna kad sam počela da ga pišem i sigurno ne bi postao knjiga kakva je danas da nije bilo podrške nekih veoma posebnih ljudi. Idemo redom.

Hvala mom agentu Džo Vilijamson što je verovala u ovu knjigu i pomogla mi da ponovo verujem u sebe. Hvala mojoj urednici Izobel Ejkenhed što se zaljubila u Mejbel i pomogla mi da napravim ovu knjigu što je moguće bolje, a i za ohrabrujuće napomene. Hvala i ostalima iz *Boldvuda* za tako toplu dobrodošlicu.

Hvala Semu Hamfrizu, koji je pročitao rukopis i oduševio se kad sam već bila gotovo spremna da dignem ruke od svega. Hvala Sari Koks, koja je osetila da se mučim i ponudila mi besplatno savetovanje. Sutradan je pročitala čitav nacrt i dugo smo razgovarale o svemu kako bi mi pomogla da isplivam. Hvala Luiz Din i *Novelriju* – znate vi zašto. Hvala Suzi Lajns, Rouan Kolman i Džen Fokner, koje su pročitale neke delove i dale mudre savete.

Hvala Polu Berstonu i Karen Maklaud i ostalim kolegama s njihovog kursa kreativnog pisanja, koji su mi pomogli da uvidim kako bi ovu priču o grupi žena trebalo da ispriča Mejbel. Hvala svima iz *Bišop Beveridž Klaba* u Barou na Soru koji su mi pričali o tome kako se živelo pedesetih. Sve greške su isključivo moje.

Hvala Niki Smit, Loren Nort i Zoi Li, koje su čitale prve verzije rukopisa, na motivacionim razgovorima preko *Zuma*, vrcavim i dovitljivim gifovima i neprestanoj podršci. Da li bih mogla bez vas? Nisam sigurna. Ali drago mi je što ne moram.

Hvala brojnim kolegama piscima koji su bili tako velikodušni što se tiče vremena i podrške.

Hvala Džodi Metjuz, Ebi Roson i Lidiji Hauland jer su me bodrile iz dana u dan. Hvala mojim roditeljima i celokupnoj familiji za podršku, pokazano zanimanje i dobru volju.

Hvala mom mužu Polu Herbertu, koji mi je bio najveći oslonac. Hvala i mojoj deci Džozefu i Elodi zato što me stalno zapitkuju koju knjigu sad pišem („I dalje?") i misle da sam najbolji pisac na svetu.

Beleška o autoru

Lora Pirson je autorka ženskog pisma o stvarnim problemima i temama važnim ženama. Osnovala je *The Bookload* na *Fejsbuku* i ima nekoliko tekstova objavljenih u *Gardijanu* i *Telegrafu*. Dosad je objavila šest romana.